Auf dem

Feld

schneiden sie
des Nachts

Magnus Mahlmann

Auf dem Feld schneiden sie des Nachts

Ein Fall für Laurenz Broich

J.P. BACHEM KRIMI

Bibliografische Information der Deutschen Nationalbibliothek
Die Deutsche Nationalbibliothek verzeichnet diese Publikation
in der Deutschen Nationalbibliografie; detaillierte bibliografische
Datensind im Internet über **http://portal.dnb.de** abrufbar.

Porträtfoto hintere Umschlaginnenseite: © B. Dünkelmann

1. Auflage 2020
© J.P. Bachem Editionen, Köln 2020
Alle Rechte vorbehalten.
Titelillustration und Satz: Svenja Klein, Köln
Lektorat: Astrid Roth, Köln
Druck und Bindung: CPI books GmbH, Leck
Printed in Germany

Originalausgabe

ISBN 978-3-7510-1213-3 Buchausgabe
ISBN 978-3-7510-1240-9 PDF
ISBN 978-3-7510-1241-6 EPUB
ISBN 978-3-7515-1242-3 MOBI

Aktuelle Programminformationen finden Sie unter:
www.bachem.de/verlag

1

Mittwoch, 22. November

Er hatte die alte Holztür gerade so weit aufgeschoben, dass er durch den schmalen Spalt ins Innere der Scheune hatte huschen können. Das Knarzen hatte gottlob niemanden geweckt. Draußen dämmerte der neue Tag, doch hier drinnen war es finster. Nur ein paar schmale Streifen fahlen Lichts fielen durch die Ritzen in der Wand und zeichneten Gitterstäbe auf die Atemwolken aus seinem Mund. Soweit er es erkennen konnte, war niemand mehr hier gewesen, nachdem er am Abend zuvor seine Vorbereitungen getroffen hatte. Er griff ins Stroh und fühlte das Holz der Kiste, die metallenen Beschläge, fuhr mit der Hand bis zur Rückseite über den Deckel und ertastete den Strick.

Er hatte sich entschieden.

Ja, dafür stand er: Kaplan Paulus, der entschiedene Diener. Einfacher Arbeiter im Weinberg des Herrn, demütig, bußfertig, aber entschieden. Wer nicht mit mir ist, der ist gegen mich, sagt Christus, der Herr.

Seine Eltern hatten ihn Paul genannt, Paul Scholten, sie hätten ihn ebenso gut Saul nennen können, dachte er. Vom Paulus zum Saulus hatte er sich gewandelt, genau in die falsche Richtung, war von einem Sehenden zu einem Blinden geworden, aber es war noch nicht zu spät. Noch konnte er handeln. Wobei der Vergleich mit Paulus/Saulus nicht recht passte. Eher mit Judas Iskariot.

Sind Verräter nicht auf ihre Weise wichtige Figuren

der Weltgeschichte? Zumindest der Heilsgeschichte? Ohne den Verrat des Judas hätte es das Leiden und Sterben Jesu Christi nicht gegeben, keine Auferstehung, keine Erlösung von den Sünden. Trotzdem hatte Judas sich danach erhängt.

Der Strick lag rau, schwer und überraschend warm in seiner Hand. Direkt über seinem Kopf verlief der tragende Balken. Kaplan Paulus ließ ein Ende des Stricks zu Boden gleiten, holte aus und warf es hoch und über den Balken, fasste es und zog es zu sich heran. Obwohl sie ihn damals bei den Pfadfindern rausgeworfen hatten – zu reaktionär sei er, fast rechtsradikal! –, wusste er immerhin, wie man Knoten knüpft.

Nein, nein, nein, von Advent wollte er nichts hören. Erst sollte ordentlich das Christkönigsfest gefeiert werden, auch wenn ringsum schon die Weihnachtsmärkte öffneten. Zwar galt Laurenz als »liberal«, doch bei bestimmten Dingen war er durchaus konservativ und das Kirchenjahr gehörte dazu. Mit ehrlicher Entrüstung lehnte er darum die Spekulatius ab, die Nadeesha Ratnasiri ihm freundlich anbot. Gerade hatte er mit der Pfarrsekretärin einen kleinen Plausch gehalten, jetzt spähte er durchs Fenster des Pfarrbüros hinüber zum Portal der Kirche, das in einem unschlüssigen Novembermorgenlicht dalag. Gewöhnlich nahm er sich vor den ersten Terminen des Tages etwas Zeit, um ein paar Minuten allein in der dämmrigen Kirche zu sitzen, der Stille zu lauschen und seinen Gedanken nachzuhängen. Manchmal kam es dort aber auch zu überraschenden Begegnungen.

Nadeesha, die seiner stummen Überlegung gefolgt zu sein schien, sagte: »Ich habe vorhin einen Mann hineingehen sehen. Ich glaube, ein Mitbruder von Ihnen.«

»Wer – Pater Matthew?«

»Nein, den hätte ich doch erkannt. Ein Mann in Ihrem Alter etwa, kurzes Haar, graues Jackett, Kollarhemd.«

Laurenz lächelte und meinte: »Trotz des Priestermangels gibt es noch immer eine ganze Reihe von Kollegen, auf die diese Beschreibung zutrifft.«

»Nur mal wieder auf Sie nicht«, erwiderte Nadeesha trocken.

Er blickte unwillkürlich an sich hinab. Im Kollarhemd fühlte er sich immer ein wenig eingeengt. Stattdessen trug er heute, wie so oft in der kühleren Jahreszeit, Jeans, Rollkragenpullover und ein altes Leinensakko mit einem kleinen Kreuz am Revers.

»Na, dann schau ich mal«, sagte Laurenz, trat aus dem Büro auf den Kirchplatz hinaus und begann sofort, in seinem Leinensakko zu frieren. Es wurde nicht besser, als er die Kirche betrat, und sogar noch schlimmer, als er erkannte, wer sich da in einer der hinteren Bänke niedergelassen hatte.

Monsignore Marc Wagner, Personalchef des Erzbistums Köln, hörte seine Schritte und erhob sich. Er setzte ein breites Lächeln auf und deutete auf den Platz neben sich.

»Ich wusste doch, dass ich dich hier um diese Zeit antreffe«, sagte er leise.

Laurenz schüttelte sich, um das Frösteln loszuwerden, aber es verschwand nicht.

»Was soll dieser Überfall, Marc?«, stieß er hervor.

»Noch dreister als beim letzten Mal. Da hast du mich immerhin telefonisch vorgewarnt.«

»Lass mich doch erst mal erklären …« Marc hob beschwichtigend die Hände, doch Laurenz ließ seinen einstigen Studienfreund und heutigen Vorgesetzten nicht zu Wort kommen.

»Ihr habt mich hierher beordert, gegen all meine Bedenken. Und weil ich nun einmal dem Erzbischof und vor allem dem lieben Gott die Treue versprochen habe, habe ich mich natürlich darauf eingelassen und bin hierher zurückgekommen, in mein eigenes Heimatveedel, um hier neuer Pfarrer zu werden. Und was soll ich sagen – es läuft. Einigermaßen. Jeden Tag ein bisschen besser. Ich kann hier was bewegen, hier ist was im Entstehen und ich habe mich sogar damit arrangiert, dass das Detektivbüro meiner Schwester direkt um die Ecke liegt und mein verrückter Mitbewohner aus dem Knast meinen verrückten, fast neunzigjährigen Großvater betreut – und jetzt«, er holte tief Luft, »wollt ihr mich etwa schon wieder woanders hinschicken?«

Marc Wagner hatte geduldig gewartet, dass Laurenz' Wortschwall versiegte, nun sagte er schlicht: »Wir schicken dich nirgendwohin. Wir hören ja nur Gutes über dein Wirken hier. Dein seelsorgerisches Wirken – und was du … nun ja … sonst noch tust. Deswegen bin ich hier. Können wir uns bitte setzen?«

Laurenz zuckte die Achseln und ließ sich auf die Bank nieder, Marc hockte sich neben ihn und sagte fast im Flüsterton: »Es geht um Paul Scholten.«

»Dieser miese kleine Denunziant? Bitte sag mir nicht, dass du seinetwegen hier auftauchst.« Laurenz konnte es kaum glauben.

»Doch. Aber anders als du denkst. Ich weiß, du hast ihn gefressen, weil er sich vor ein paar Wochen über dich beschwert hat.«

»Beschwert?«, zischte Laurenz. »Er hat mich beim Kardinal angeschwärzt. Wegen der paar Kondome. In der Nachbargemeinde machen sie das seit Jahren.«

Marc grinste nur. Laurenz' Pfarrei Sankt Magdalena betrieb unter anderem einen »Nachbarschaftsladen« in einer Hochhaussiedlung, der Lebensberatung und praktische Hilfen in allen erdenklichen Formen und Situationen anbot. Paul Scholten hatte kürzlich auf einem kirchlichen Blog darüber gelesen und sich sofort in heller Empörung an den Erzbischof gewandt.

»Kondome sind vielleicht Sünde, aber Abtreibung noch mehr«, setzte Laurenz hinzu.

Dieser Scholten widerte ihn an. Er nannte sich schlicht Kaplan Paulus, war trotz seines Alters von Mitte Vierzig immer noch Kaplan und strebte wohl auch nichts anderes an, denn das ließ ihm offenbar die Freiheit, sich mit allerlei sehr zwielichtigen Gruppen einzulassen, die Messe nur im außerordentlichen Ritus zu feiern – auf Lateinisch und mit dem Rücken zur Gemeinde – und bei jeder Gelegenheit unkatholische Vorgänge anzuprangern, beziehungsweise Dinge, die er für unkatholisch hielt.

»Mit der Formulierung, was du sonst noch tust, meine ich was anderes«, erwiderte Marc. »Ich habe gehört, dass du dich zusammen mit deiner werten Schwester als Detektiv betätigst.«

Laurenz wollte gleich wieder aufbrausen, doch diesmal war Marc schneller.

»Ich komme nicht, um dich deswegen zu tadeln, falls du das denkst. Im Gegenteil.« Er senkte die Stimme noch weiter und sagte: »Ich brauche deine detektivische Hilfe. Paul Scholten ist spurlos verschwunden.«

Laurenz sah Marc einen Augenblick lang reglos an und überlegte. Nein, es war nicht der erste April, es war und blieb November. Er schüttelte den Kopf. »Da musst du dich an Linda wenden. Oder am besten gleich an die Polizei.«

»Geht nicht«, erwiderte Marc. »Das muss vollkommen vertraulich bleiben.«

»Das Detektivbüro Broich steht seit drei Generationen für absolute Diskretion«, sagte Laurenz und klang plötzlich wie sein eigener Großvater.

»Ich bitte dich nicht als Personalchef. Sondern als Freund.«

Laurenz zögerte lange.

Dann räusperte er sich und sagte. »Okay, ich kann dir vielleicht helfen. Aber nicht auf eigene Faust. Nur gemeinsam mit Linda. Und ihr müsst sie dafür anständig bezahlen.«

»Geld ist unser geringstes Problem«, murmelte Marc.

»Wir können gleich zu ihr gehen«, sagte Laurenz und erhob sich.

Marc stand ebenfalls auf und folgte ihm zum Ausgang.

»Das Haus meiner Schwester ist nur zwei Straßen von hier, da ist auch das Büro der Detektei«, erklärte Laurenz.

Doch den Weg konnten sie sich sparen, denn direkt vor dem Kirchenportal stand Linda, die Lederjacke hoch zugeknöpft und derart blass, dass das kleine Nasenpiercing in ihrem käseweißen Gesicht richtig zu leuchten schien.

»Ich muss mit dir reden«, presste sie hervor, ohne Laurenz und seinen Besuch zu begrüßen.

»Oh, wir auch mit dir, Schwesterherz«, lächelte Laurenz und deutete auf Marc, um beide miteinander bekannt zu machen. »Das ist …«

»Allein«, sagte sie tonlos. »Jetzt gleich.«

Laurenz runzelte die Stirn, machte eine entschuldigende Geste in Marcs Richtung und ging mit Linda ein paar Schritte auf den Platz hinaus.

»Was ist denn los?«

»Ich brauche deinen Rat.«

Sie flüsterte beinahe so wie Marc vorhin. »Als Bruder ... und als Seelsorger.

Also weißt du ... Olek und ich ...«

»Ja, ich weiß«, nickte er und grinste. »Ich bin ja nicht blind. Das sieht ja jeder, dass da was zwischen euch läuft. Also, von meiner Seite ...«

»Ich habe wirklich ein moralisches Problem«, unterbrach sie ihn.

Irgendetwas belustigte ihn an dieser Aussage. Es war eindeutig nicht fair von ihm, und zu keinem anderen Menschen würde er an dieser Stelle etwas Doofes sagen, aber sie war und blieb nun einmal seine kleine Schwester und er der große Bruder, der immer einen blöden Spruch heraushauen musste. So sagte er leichthin: »Im Nachbarschaftsladen kriegst du kostenlos Kondome.«

»Dazu ist es zu spät«, erwiderte sie mit ernster Miene.

»Bitte?«

Ihre Lippen bebten.

»Laurenz, ich bin schwanger«, flüsterte sie.»Ich ... hab überhaupt keine Ahnung, was ich jetzt tun soll.«

»Wow«, machte Laurenz bloß.

Er trat einen Schritt zurück, wie um sie besser betrachten zu können. In ihrem Gesicht stand Zweifel. Oder Verzweiflung? Seit seiner Zeit als Knastseelsorger war er mit fast jeder Art von Lebensumständen vertraut – aber es war ein reiner Männerknast gewesen, ungewollte Schwangerschaften waren da nicht vorgekommen.

»Wow«, wiederholte er, breitete die Arme aus und drückte Linda an sich. »Trotzdem herzlichen Glückwunsch.«

»Ja.« Sie erwiderte seine Umarmung. »Tut mir leid, das war gerade etwas kindisch von mir. Ich habe dich total überfallen.«

»Nicht schlimm. Das ist nicht mein erster Überfall an diesem Morgen.« Er nickte zu Marc hinüber, der geduldig vor dem Kirchenportal stand und wartete. »Eigentlich wollten wir gerade zu dir, es geht um einen Auftrag. Aber das kann natürlich warten. Jetzt haben wir erst mal Wichtigeres zu besprechen.«

»Was für ein Auftrag?« Linda löste sich aus der Umarmung und straffte sich. Augenblicklich kehrte Farbe in ihr Gesicht zurück.

»Wer will mich beauftragen?«

»Das Erzbistum Köln.«

»Ach was.« Sie beäugte Marc Wagner. Dann flüsterte sie: »Dein Erzbischof sieht in der Zeitung ganz anders aus.«

»Das ist nicht der Kardinal.« Laurenz lächelte. »Marc Wagner ist der Personalchef. Und ein alter Freund. Bist du sicher, dass du jetzt über Berufliches sprechen willst?«

»Ja. Das hilft mir, das Chaos in meinem Kopf in den Griff zu kriegen. Und einen so solventen Klienten wie das Erzbistum Köln kann ich gerade ziemlich gut gebrauchen.«

»Na, dann komm.«

Laurenz ging mit Linda zu Marc und machte die beiden miteinander bekannt. Zu dritt liefen sie den kurzen Fußweg von der Kirche zur Detektei, die im Erdgeschoss jenes zeitlos grünen, typisch rheinischen Dreifensterhauses lag, in dem Laurenz und Linda aufgewachsen waren. Ihr Großvater, Eberhard Broich senior, hatte das Haus einst gekauft und das Detektivunternehmen gegründet, bevor später Lindas und Laurenz' Eltern den Betrieb weitergeführt hatten. Die verbrachten inzwischen ihre zweite Lebenshälfte lieber auf Mallorca, während Linda die Detektei betrieb und sich nebenher mit Opa Eberhard herumschlug, der in der Dachgeschosswohnung des Hauses residierte.

»Da kennen wir uns mehr als zwanzig Jahre«, sagte Marc, »und erst jetzt sehe ich mal, wo du eigentlich herkommst, Laurenz.«

»Da gibt es nicht viel zu sehen«, meinte Laurenz abwinkend.

Doch als Linda die Tür öffnete, wurde er Lügen gestraft, denn gleich im Hausflur gab es durchaus etwas zu sehen: Ein breitschultriger, mittelalter Mann mit einem tätowierten polnischen Adler auf dem blanken Schädel kam gerade die Treppe herab, einen Wäschesack in der Hand.

»Gestatten? Olek Masur«, sagte Laurenz. »Auch ein alter Weggefährte von mir. Er hilft uns im Haushalt. Also meiner Schwester und meinem Großvater. Und auch mir drüben im Pfarrhaus.«

Und er könnte demnächst außerdem der Vater meiner Nichte oder meines Neffen werden, dachte Laurenz noch, während Marc und Olek einander die Hände schüttelten. Wobei natürlich in dieser Hinsicht tausend Fragen offen waren. Laurenz merkte, dass er Lindas Nachricht noch nicht mal ansatzweise verdaut hatte, und am liebsten würde er jetzt in Ruhe mit seiner Schwester und seinetwegen auch mit Olek über all das reden, statt mit ihr und Marc in einen neuen Fall einzusteigen.

Doch Linda wirkte inzwischen wieder so geschäftig wie immer und sagte zu Olek: »Würdest du uns einen Kaffee machen?«

»Klar.« Olek lehnte den Wäschesack gegen die Wand und verschwand in der Küche.

Laurenz und Marc folgten Linda ins Büro. Marc bestaunte den wuchtigen Schreibtisch, der noch aus den Gründertagen der Detektei in den Fünfzigerjahren stammte, während Linda rasch einige Papierstapel und Aktenordner auf dem Sofa und dem Couchtisch beiseiteschob. Dann nahm sie hinter dem Schreibtisch Platz und sah die beiden Priester gespannt an, die sich auf das Sofa gesetzt hatten.

»Was kann ich für Sie tun, Herr Wagner? Oder ist die korrekte Anrede Monsieur? Beziehungsweise – wie heißt das gleich noch mal?«

»Monsignore«, verbesserte Laurenz.

»Schon gut«, sagte Marc und lächelte. »Wir sollten es lieber nicht so förmlich halten. Denn eines will ich gleich vorwegschicken: Ich bin ganz inoffiziell hier.« Er rutschte ein bisschen auf dem Sofa vor, als wolle er es so wenig wie möglich berühren und durch die Geste unterstreichen, dass er eigentlich gar nicht anwesend war. »Es geht hier um eine knifflige Angelegenheit, die absolut vertraulich behandelt werden muss.«

Linda lehnte sich in ihrem Schreibtischstuhl zurück und sagte: »Das Detektivbüro Broich steht seit drei Generationen für …«

»… absolute Diskretion«, vollendete Marc, »das habe ich schon gehört.«

»Haben Sie das.« Linda warf ihrem Bruder ein kurzes Lächeln zu.

Laurenz lächelte mechanisch zurück und konnte immer nur das eine Wort denken: schwanger. Mensch, Linda. Er hatte sich nie gefragt, ob sie Kinder wollte oder nicht, sie hatten auch nie darüber gesprochen, und erst jetzt fiel ihm auf, dass die Vorstellung von Linda als Mutter überhaupt nicht zu seinem Bild von seiner Schwester passte. Sah sie nicht auch tatsächlich verändert aus? Lag da nicht plötzlich so ein Schimmern in ihren Augen, ein Glanz, der vorher noch nie dagewesen war? Leicht verzögert nahm er wahr, dass Marc neben ihm zu einem ausführlichen Bericht angesetzt hatte.

»… zwei Wochen Urlaub«, sagte Marc gerade, »und

zwar ganz kurzfristig. Georg – also Georg Hedwein, der leitende Pfarrer der Gemeinde – hatte nichts dagegen, denn Kaplan Scholten ist ihm ohnehin keine allzu große Hilfe, ehrlich gesagt. Am vergangenen Samstag hätte er seinen Dienst wieder aufnehmen sollen, also Scholten, doch einen Tag zuvor, am Freitag, hat er an Pfarrer Hedwein eine dürre Nachricht geschickt: Er habe etwas außerordentlich Dringendes zu erledigen und könne erst am Montag wieder in Gorzbach sein. So heißt das winzige Dorf im Oberbergischen, wo Scholten wohnt.«

»Also vorgestern. Am zwanzigsten.« Linda nickte und begann, sich Notizen zu machen. »Aber er ließ sich nicht blicken.«

»Genau. Es gibt seit Freitag kein Lebenszeichen von ihm. Das Handy ist aus oder im Flugmodus, da meldet sich nur die Mailbox.«

»Wo hat er denn seinen Urlaub überhaupt verbracht, der Herr Kaplan?«, fragte Linda.

»Das wusste Pfarrer Hedwein nicht zu sagen«, antwortete Marc und warf Laurenz einen Seitenblick zu. »Die Kommunikation zwischen Paulus Scholten und seinem Vorgesetzen läuft, nun ja, suboptimal.«

»Scholten weiß überhaupt nicht, was Kommunikation ist«, warf Laurenz ein. »Für den bedeutet Kommunikation, den Gläubigen mit dem Höllenfeuer zu drohen. Und Mitbrüder, die unter Seelsorge etwas anderes verstehen als er, beim Erzbischof anzuschwärzen.«

»Also bitte, Laurenz.« Marc machte ein tadelndes Gesicht.

»Stimmt es etwa nicht?«

Marc schwieg einen Moment. Dann sagte er: »Wenn du mir in der Sache helfen willst, musst du deinen Groll gegen Scholten ein wenig zurückstellen. Kriegst du das hin?«

»Erst mal ist noch nicht raus, ob ich dir helfen will. Oder überhaupt *kann*. Das hier ist das Business von Linda, und es ist ihre Entscheidung, ob sie den Fall annimmt oder nicht. Und wenn ja, ob sie dann meine Hilfe möchte.«

Und in ihrem Zustand, hätte Laurenz beinahe noch hinzugefügt, sollte sie vielleicht lieber etwas kürzertreten. Wobei er sich im selben Moment eingestehen musste, dass er nicht die geringste Ahnung von ihrem *Zustand* hatte. Ihm wurde plötzlich bewusst, dass es in seinem – zugegeben sehr überschaubaren – Freundeskreis gar keine Leute mit Kindern gab, er kannte überhaupt keine Frau, deren Schwangerschaft er aus der Nähe mitverfolgt hatte.

Als hätte Linda seine Gedanken gelesen, sagte sie: »Danke, Laurenz, wir kommen klar. Also, Herr Wagner, wer könnte uns denn helfen? Hat Herr Scholten Familie? Eine Haushälterin? Eine heimliche Geliebte? Oder einen Liebhaber?«

Beim letzten Wort verrutschten Marcs Gesichtszüge für einen Sekundenbruchteil.

»Soweit ich weiß, sind seine Eltern früh verstorben«, sagte er dann. »Aber er hat einen Bruder, der hier in Köln lebt. Pfarrer Hedwein hat diesen Bruder wohl schon kontaktiert, aber ohne Ergebnis. Der wusste nichts. Andere Verwandte sind mir nicht bekannt. Und auch keinerlei Liebschaften, welcher Natur auch immer die sein mögen. Eine Haushälterin gibt es auch nicht. Scholten ist ein ziemlicher Eigenbrötler.«

»Okay.« Linda schob den Kugelschreiber hinter ihr linkes Ohr und faltete die Hände auf dem Schreibtisch. »Nun zu der entscheidenden Frage: Was, glauben Sie, steckt hinter dem Verschwinden unseres Gesuchten? Ist jemandem etwas aufgefallen in letzter Zeit? Eine Persönlichkeitsveränderung zum Beispiel?«

»Schön wär's ja«, brummte Laurenz und fing sich erneut einen tadelnden Blick seines Studienfreundes ein.

»Gab es Anzeichen einer Depression oder allgemein Burn-out?«, fragte Linda, die die Nickligkeiten zwischen den beiden Priestern geflissentlich überhörte. »Ungewöhnliche finanzielle Aufwendungen, Veränderungen im Lebensstil, rätselhafte Andeutungen, neue Bekanntschaften ... hat der Pfarrer etwas in dieser Richtung erwähnt?«

»Neue Bekanntschaften«, wiederholte Marc gedehnt, »nun – Scholten feiert in seinem Gorzbach jeden Freitag in der Dorfkirche die Messe im außerordentlichen Ritus. Für eine sehr kleine, aber treue Gemeinde. Und in jüngerer Zeit haben da angeblich ein paar Personen mitgefeiert, die von weiter herkamen. Und einer von denen ist durch etwas grenzwertige Kleidung aufgefallen.«

»Zu gewagt?«, fragte Linda. »Oder was heißt grenzwertig?«

»Es handelte sich wohl um einen Kapuzenpullover mit rechtsextremen Symbolen.«

»Na, das ist doch mal interessant«, sagte Linda und zog den Kugelschreiber wieder hinter ihrem Ohr hervor. »Wurde Herr Scholten denn irgendwie von Nazis bedroht? Hat er sich in der Flüchtlingshilfe engagiert oder ...«

Sie brach ab, als Laurenz sein verächtliches Lachen nicht länger unterdrücken konnte.

»Scholten von Nazis bedroht?«, höhnte er. »Eher hat er sich denen angeschlossen.«

»Das ist doch Spekulation«, widersprach Marc. Laurenz registrierte sehr wohl, dass der Personalchef die Bemerkung zumindest nicht brüsk zurückwies.

»Traust du es ihm denn zu, dass er sich mit irgendwelchen Rechtsextremen einlässt?«, fragte er deshalb.

»Ich bete, dass es nicht so ist«, sagte Marc und ließ ein wenig die Schultern hängen. »Wenn Scholten tatsächlich eine Verbindung zu rechtsextremen Gruppen hätte – so einen Skandal können wir gerade wirklich nicht brauchen. Weniger denn je.«

»Manchmal glaube ich«, murmelte Laurenz, »ihr fürchtet einen Skandal mehr als die Tatsachen dahinter, die den Skandal erst zum Skandal machen.«

»Wie meinst du das?« Marc rückte unwillkürlich ein Stück von seinem Freund ab.

»Du verstehst mich genau«, gab Laurenz zurück. »Jedenfalls stehen Linda und ich nicht zur Verfügung, um irgendetwas zu vertuschen, was immer da am Ende herauskommt.«

»Laurenz, bitte! Davon ist doch gar nicht die Rede.«

»Apropos«, meldete sich Linda wieder zu Wort. »Ich muss Ihnen noch eine Sache erklären, Herr Wagner. In achtzig Prozent aller Fälle tauchen vermisste Personen nach wenigen Tagen ganz von allein wieder auf. Bei denen, die verschwunden bleiben, liegt meine Erfolgsquote bei etwa zwei Dritteln. Aber was Sie beachten müssen – die Suche nach einer Person ist bisweilen ein schwerer Eingriff in deren Persönlichkeitsrecht.«

»Bitte?«, machten beide Priester gleichzeitig.

»Ihr Herr Scholten ist volljährig, oder? Das ist ein freies Land – sogar für Priester. Es gibt kein Gesetz, das es einem Erwachsenen verbieten würde, spurlos zu verschwinden. Sollte ich ihn finden, und sollte er mir untersagen, seinen Aufenthaltsort an Sie weiterzugeben, dann bin ich daran gebunden. In diesem Fall kann ich Ihnen nur mitteilen, dass er lebt und dass ich Kontakt hatte, mehr aber nicht. Das Honorar würde in einem solchen Fall allerdings trotzdem fällig.«

Laurenz kratzte sich am Kopf. Über solche Sachen hatte er noch nie nachgedacht. War ja auch nicht sein Job.

»Es sei denn«, fuhr Linda fort, »Sie können ein berechtigtes Interesse geltend machen. Das trifft beispielsweise bei Schuldverhältnissen zu. Ähm – nicht im moralischen Sinne, wie Sie das als Theologe vielleicht verstehen, sondern wenn Ihnen jemand im finanziellen Sinne etwas schuldet. Wenn ich Personen suche, handelt es sich dabei meistens um Männer, die heimlich umziehen, um ihren sitzengelassenen Frauen und Kindern keinen Unterhalt mehr zahlen zu müssen. Das wäre so ein typisches berechtigtes Interesse.«

Wie aufs Stichwort klappte die Tür auf und Olek balancierte ein Tablett mit drei dampfenden Kaffeetassen, Milch und Zucker herein. Fiel es Laurenz schon schwer, sich seine Schwester als Mutter mit Baby vorzustellen, sprengte die Idee von Olek als Familienvater den Rahmen seiner Fantasie. Schließlich kannte er ihn noch als Strafgefangenen, und der Wuppertaler Knast war nicht Oleks erste Station hinter Gittern gewesen. Andererseits kümmerte er sich rührend um Eberhard senior und schien stets genau zu wissen, wo er die Marotten des Alten liebevoll tolerieren durfte und wo er ihnen energisch Grenzen setzen musste. Vielleicht würde er das mit einem Kind ja genauso gut hinkriegen?

Aber warum wich Olek seinem Blick aus? Auch zu Linda vermied er jeden Augenkontakt, stellte den Kaffee ab und zog sich zurück. Linda sah ihm stirnrunzelnd nach, bis er die Tür von außen wieder schloss.

Marc goss einen Tropfen Milch in seinen Kaffee, rührte um und sagte: »Alles verstanden, Frau Broich. Aber Paul Scholten ist Priester dieser Diözese, er schuldet dem Erzbischof Gehorsam.«

»Für mich gilt das weltliche Recht«, erwiderte Linda, »nicht das kirchliche.«

»Hm, ja, klar. Aber ich werde prüfen lassen, ob wir da staatskirchenrechtlich im Zweifel eine Handhabe finden.« Er trank einen Schluck. »Puh, das ist ein guter Kaffee.«

»Osterkaffee«, sagte Laurenz. »Olek kann damit Tote zum Leben erwecken.«

»So weit müssen wir hoffentlich nicht gehen«, erwiderte Marc. »Ich gehe davon aus, dass Paul Scholten lebt und dass er in irgendeine schlimme Sache hineingeraten ist, aus der wir ihn wieder herausholen müssen. Alles, was ich euch erzählt habe, weiß ich natürlich nur von Georg Hedwein – und das meiste davon stammt auch nur aus zweiter Hand. Er steht Ihnen zu einem ausführlichen Gespräch zur Verfügung, Frau Broich. Falls Sie den Fall übernehmen. Was ich sehr hoffe.«

Linda klickte auf dem Computer herum, tippte etwas, dann spuckte der Drucker ein Dokument aus. Sie reichte es Marc Wagner über den Schreibtisch und sagte: »Das ist mein Angebot mit Kostenvoranschlag, dort unten können Sie unterschreiben. Nehmen Sie es ruhig mit und schicken Sie es mir später zurück, wenn Sie sich entschieden haben.«

»Habe ich längst. Darf ich?« Marc ließ sich Lindas Kugelschreiber reichen und kritzelte seine Unterschrift aufs Papier, ohne es richtig durchzulesen. »Ich habe nämlich keine Ahnung, an wen ich mich sonst wenden könnte.«

Linda und Laurenz tauschten ein kurzes, vertrautes Lächeln. Diesen letzten Satz bekamen sie beide in ihren jeweiligen Metiers recht häufig zu hören, auch wenn die Anlässe natürlich sehr unterschiedlich waren. Trotzdem gab es zwischen Seelsorge und Detektivgewerbe mehr Gemeinsamkeiten, als man meinen könnte – auch mehr, als den Geschwistern eigentlich lieb war.

Marc reichte Linda das Papier zurück, stand auf und schüttelte ihr die Hand.

»Dann auf gute Zusammenarbeit«, sagte er.

Linda wollte schon aufstehen, doch Laurenz sagte: »Ich bringe dich zur Tür, Marc.«

Als die beiden Priester im Hausflur standen, sagte Laurenz mit gesenkter Stimme: »Ich habe schon verstanden, dass du die Polizei so lange wie möglich aus dem Spiel halten willst. Aber wenn Scholten sich tatsächlich in irgendwelche extremistischen Aktionen verstrickt haben sollte, dann wird das eine Nummer zu groß für uns.«

»Deine Schwester macht nicht den Eindruck, dass sie sich von großen Nummern Angst einjagen lässt«, entgegnete Marc.

»Ich weiß. Und dennoch – sobald ich das Gefühl habe, es könnte gefährlich für Linda werden, breche ich die Sache ab.«

Marc musterte Laurenz erstaunt. »Ich wusste gar nicht, dass du dich so um deine Schwester sorgst. Bitte versteh mich nicht falsch – aber solange wir uns kennen, hatte ich immer das Gefühl, dass du deiner Familie eher etwas distanziert gegenüberstehst.«

Dieses Gefühl hatte Laurenz selber auch gehabt. Bis vorhin.

Er verabschiedete sich von Marc, stürmte zurück ins Büro und sagte: »So, jetzt können wir endlich in Ruhe reden.«

»Genau.« Linda betrachtete irgendetwas auf ihrem Computerbildschirm. »Komisches Gemälde. Ein altertümlicher Bischof auf einem prächtig geschmückten Pferd. Sieht nach Barockzeit aus.«

Laurenz ging um den Schreibtisch herum und betrachtete das Bild, es diente als Profilfoto im Facebook-Account eines Users namens *Paulus Capellanus.*

Das würde zu Scholten passen. Ein Foto von Scholten selbst fand sich weiter unten – ein gedrungener Mann mit Halbglatze und kleinen, tiefliegenden Augen, er trug eine Soutane, unter der sich ein runder Bauch abzeichnete.

»Wie bist du so schnell auf sein Profil gekommen?«, fragte Laurenz.

»Es war der einzige Paulus in Herrn Wagners Freundesliste.«

»Wie kommst du so schnell an Marcs Freundesliste?«

»Über deine Freundesliste, Bruderherz.« Sie grinste. »Wie oft habe ich dir schon gesagt, du sollst deine Freundesliste auf *unsichtbar* stellen?«

»All diese Einstellungen, das ist so lästig …«, stöhnte Laurenz. »Kannst du es mir nicht noch mal erklären, wie das geht?«

»Erklär du mir erst mal, was das für ein Typ auf dem Pferd ist. Sagt dir das irgendwas?«

»Das ist Papst Clemens XIV., der lebte im achtzehnten Jahrhundert«, sagte Laurenz. »Typisch.«

»Was ist daran typisch?«

»Dieser Papst hat den Jesuiten-Orden verboten. Papst Franziskus wiederum ist Jesuit. Bilder von Clemens XIV. sind ein subtiles Erkennungszeichen für Leute, die Franziskus ablehnen. Weil er ihnen zu menschenfreundlich ist.«

»Unsere Zielperson wird mir immer sympathischer«, brummte Linda.

Dann stand sie auf, öffnete den Wandschrank, nahm eine Flasche Cognac und zwei Gläser heraus.

»Was wird das?«, fragte Laurenz eine Spur zu unwirsch.

»Zum allerersten Mal werden wir ganz offiziell zusammen an einem Fall arbeiten, du und ich«, sagte Linda. »Darauf sollten wir anstoßen, Bruderherz.«

»Geht das nicht auch mit Apfelsaft? Wir sollten Olek bitten, alkoholfreien Sekt zu besorgen. Und … hey, warte, tu das nicht!«

Linda hatte gerade ein Päckchen Zigaretten aus der obersten Schreibtischschublade geholt, hielt inne und sah ihn schief an.

Dann ließ sie sich auf der Armlehne des Sofas nieder und sagte leise: »Beinahe bereue ich schon wieder, dass ich es dir überhaupt erzählt habe.« Alle Souveränität und Geschäftigkeit wichen so schnell aus ihrem Gesicht, wie sie vorhin zum Vorschein gekommen waren. »Ich dachte, du könntest mir helfen, Laurenz. Ich muss eine Entscheidung treffen. Zwei sogar. Ich kann keinen Berater brauchen, für den das Ergebnis längst feststeht. Ich weiß schon – nach der Lehre deiner Kirche müsste ich in Jubel ausbrechen und dankbar sein, weil Gott der Herr mir ein Kind schenkt. Und ich müsste sofort mit Olek zusammen zum Traualtar rennen, damit du uns deinen heiligen Segen gibst. Aber so ist eben das Leben nicht.«

»Als ob ich das nicht wüsste.« Kurz war Laurenz beleidigt. Er dachte an den Nachbarschaftsladen der Gemeinde. Wie oft hatte er schon mit den Beraterinnen darüber gesprochen, dass die Kirche sich auf die Lebenswirklichkeit der Menschen einlassen müsse. Plötzlich beschlich ihn der Verdacht, dass Leute, die Wörter wie *Lebenswirklichkeit* benutzen, vermutlich in Wahrheit relativ weit weg von dem waren, was der Begriff eigentlich bezeichnete.

»Ich fühle mich überhaupt nicht bereit für ein Kind«, sagte Linda. »Ich hab nie gesagt, dass ich keine Kinder möchte, aber in meiner Vorstellung war das immer eine Entscheidung, die weit in der Zukunft lag. Okay – ich bin neununddreißig, vielleicht wäre es irgendwann eh zu spät gewesen, darüber nachzudenken. Aber jetzt gerade überrollt mich das alles total.«

»Seit wann weißt du es denn?«, fragte Laurenz.

»Eigentlich schon eine ganze Weile, ich hab gleich gespürt, dass sich was verändert. Ich hatte es aber verdrängt und mich auch nicht getraut, einfach mal einen Test zu machen. Gestern war ich bei meiner Ärztin. Ich bin etwa in der zehnten Woche.« Sie verschränkte die Arme. »Ich muss mich also sehr schnell entscheiden, ob ich das Kind bekommen will. Oder nicht.«

Laurenz ließ sich wieder aufs Sofa plumpsen und fragte: »Was spricht denn so sehr dagegen?«

»So ziemlich alles«, sagte sie. »Der Job, die Gesellschaft, das Leben, einfach alles. Wenn ich an meine Freundinnen denke – toughe, erfolgreiche Frauen, mit guten Karrieren, vielseitigen Interessen ... plötzlich wurden sie Mama und verschwanden von jetzt auf gleich aus der Stadt in irgendeinen Doppelhaushälftenalbtraum der Vororthölle hinter hübschen Hecken, wo sie die Fenster jahreszeitlich dekorieren und von früh bis spät den Nachwuchs umsorgen, abgeschnitten von allem anderen, bis sie vor Erschöpfung aufs Sofa sinken. Und wenn sie dann noch die Kraft haben, zum Telefon zu greifen, dann rufen sie mich an und heulen mich voll, wie glücklich sie sind. Und ihre tollen Männer sind natürlich keine Hilfe, denn die müssen ja jetzt das Familieneinkommen sicherstellen und arbeiten jeden Tag zehn Stunden, werden befördert und glänzen durch Abwesenheit und kaufen ihren Frauen zum Trost einen SUV, damit die Lady standesgemäß vor der Kita vorfahren kann. Laurenz!« Plötzlich lag Panik in ihrem Blick. »So könnte ich doch nicht leben! Da gehe ich vor die Hunde!«

»Es gibt doch auch Familien, die ganz anders leben«, wandte er ein. »Die Cafés in der Stadt sind voll von jungen Eltern mit Kindern, auf den Spielplätzen im Veedel sitzen Mütter und Väter mit ihren Laptops und kriegen das auch irgendwie hin mit Familie und

Job und allem. Niemand wird gezwungen, aufs Land ziehen, der es nicht will. Und außerdem«, Laurenz musste grinsen, »glaube ich kaum, dass Olek dir einen SUV kauft. Wie hat er überhaupt reagiert?«

»Ich hab es ihm gestern Abend gesagt.« Sie senkte unwillkürlich die Stimme. »Er war direkt total aus dem Häuschen und hat Vorschläge gemacht, wie wir das Baby nennen. Und welcher Raum als Kinderzimmer geeignet wäre. Und wie er das Bettchen zimmern würde, solche Sachen. Als ich ihm von meinen Zweifeln erzählt habe, ist er aus allen Wolken gefallen. Ich glaube, er hat das auch auf sich bezogen. Also auf uns, auf ihn und mich.«

»Und …?«, fragte Laurenz vorsichtig. »Wie stehst du zu ihm? Ich meine – mir selbst war bisher auch nicht klar, ob ihr nun eigentlich fest zusammen seid oder nicht.«

»Mir doch auch nicht!« Sie hatte geschrien, erschrak über sich selbst und flüsterte: »Ich weiß das nicht. Es lief doch alles so gut bis jetzt. Olek war einfach da, ohne große Worte zu machen. Wir tun uns gut und er tut Opa gut und dir tut er auch gut, alles auf seine Weise, und wir mussten uns bisher keine Gedanken machen, wie wir das definieren. Aber jetzt ist auf einmal alles anders. Das überfordert mich total.« Sie griff nach der Zigarettenschachtel und öffnete sie, dann schloss sie sie wieder und legte sie zurück in die Schublade. »Ich kann jetzt nicht weiter darüber nachdenken«, sagte sie. »Lass uns arbeiten. Das lenkt mich erst mal ab.« Sie drehte das kleine Rad an der Computermaus, anscheinend scrollte sie durch Scholtens Facebook-Profil. »Na, bitte. Da haben wir doch schon was.«

Laurenz stand auf und sah erneut auf den Bildschirm. In Scholtens Timeline dankte ein gewisser Otto Altmann dem *hochw. Herrn Kaplan für die tatkräftige Unterstützung des neuen Vereins »Muttererde-Vaterland«.*

Linda klickte auf das Profil von Otto Altmann. Die Geschwister erwiderten den kalten Blick eines Mannes um die dreißig, der einen akkuraten blonden Seitenscheitel und eine randlose Brille mit kleinen runden Gläsern trug. Das Titelbild zeigte einen überladenen barocken Hochaltar. Mehr war nicht zu sehen.

»Ziemlich übersichtliches Profil«, meinte Laurenz.

»Offenbar hat da jemand im Gegensatz zu dir seine Privatsphäre-Einstellungen im Griff«, sagte Linda.

»Oder er hat einfach sehr viel zu verbergen. Das sieht schon ziemlich schräg aus. Findest du nicht?«

»Ich kenne jede Menge Leute, die auf so was stehen«, erwiderte Laurenz. »Kitschig und konservativ heißt ja nicht automatisch rechts.«

»Sicher nicht. Aber der Name dieses Vereins ist doch ziemlich eindeutig. Ich werde mir den später mal etwas näher ansehen.« Sie speicherte das Profil von Otto Altmann unter den Lesezeichen, kehrte zu Scholtens Profil zurück und scrollte weiter nach unten bis zu einem fett gedruckten Slogan: »Stoppt den Babycaust!«

»Das heißt was?«, fragte Linda.

»Es gibt Leute, die Abtreibungen mit dem Holocaust gleichsetzen«, sagte Laurenz dumpf. »So was solltest du dir im Augenblick vielleicht lieber nicht durchlesen.«

»Nein.« Linda klickte das Bild weg, schloss alle Tabs am Rechner und zog nun doch eine Zigarette hervor. »Willst du auch eine?«

Laurenz rang mit sich. Seit Monaten versuchte er, mit dem Rauchen aufzuhören, und dieses Büro hier, in dem schon Opa Eberhard gequalmt hatte und Laurenz' und Lindas Eltern, war einer der wenigen Orte, an denen er es sich immer noch gestattete. Bis jetzt.

»Dann halt nicht.« Linda zuckte mit den Achseln und ließ das Feuerzeug klicken, lehnte sich zurück und nahm einen tiefen Zug. Im nächsten Moment lief ihr Gesicht grün an, sie sprang auf und polterte aus dem Büro und durch den Flur zum Gäste-WC neben der Treppe, um sich lauthals zu übergeben.

Laurenz seufzte, er war unschlüssig, was er tun sollte. Dann nahm er Lindas Zigarette aus dem Aschenbecher und zog daran, setzte sich an den Computer und suchte im Internet die Website der Pfarrgemeinde von Georg Hedwein. Er fand die Nummer des Pfarrers und tippte sie in sein Handy ein.

Durch die offene Bürotür hörte er die Klospülung und dann das Knarzen der Treppe, mit dem Opa Eberhard sich von oben ankündigte. Kurz darauf war ein Poltern zu hören, dann schallten fürchterliche Flüche durchs Haus.

Laurenz war in wenigen Sätzen im Flur und sah seinen Großvater, der schimpfend gegen die Wand lehnte: »Wer lässt denn den Wäschesack hier mitten im Flur liegen? Die reinste Todesfalle! Ich hätte mir den Hals brechen können!«

»Den muss Olek stehen gelassen haben«, murmelte Laurenz und bückte sich, um die verstreute Wäsche seines Großvaters vom Boden aufzuklauben und wieder in den Sack zu stopfen.

Nochmals war die Klospülung zu hören, dann der Wasserhahn, dann tauchte Linda wieder auf. Sie war kalkweiß und hielt sich am Türrahmen des Gäste-WCs fest.

»Alles in Ordnung?«, fragte Laurenz und stellte den Wäschesack wieder gegen die Wand, aber in sicherem Abstand zur Treppe.

»Klar«, brummte Linda. »Hier auch?«

»Klar«, sagten Laurenz und Eberhard senior wie aus einem Mund.

Und der Alte setzte hinzu: »Was ist mir dir, Kind? Zu viel getrunken?«

»Hätte ich besser mal«, sagte Linda, löste sich vom Türrahmen und wankte zum Büro zurück. »Kommst du, Bruderherz? Wir wollen uns diesen Otto näher anschauen.«

Otto war ein gottesfürchtiger Mann. Noch vor dem ersten Kaffee verrichtete er sein Morgengebet und davon ließ er sich auch nicht durch das Rumpeln und Poltern abhalten, das aus einem der anderen Gebäude kommen musste. Vermutlich aus der Scheune. Annabell war schon mit den Kindern aufgebrochen. Seit sie auf diesem abgelegenen Hof lebten, brachte sie Cajetan und Monica jeden Morgen mit dem Auto bis zur Haltestelle, an der der Schulbus abfuhr. Die Kinder von Goran und Svea nahm sie auch mit, ebenso Svea, die in der Stadt einkaufen wollte. Außer ihm selbst konnten also gerade nur Goran und Kaplan Paulus auf dem Hof sein.

Otto ärgerte sich über das Misstrauen, das er plötzlich empfand. Warum sollte da nicht mal etwas rumpeln und poltern, einfach so? Schließlich waren sie hier, um zu arbeiten, tatkräftig, mit ihren Händen, wie es einem deutschen Mann anstand. Trotzdem dieses Misstrauen. Die Konflikte waren zwar beigelegt, aber nicht ausgestanden. Er trat aus dem Haus und sah, wie in diesem Moment die große Scheunentür aufschwang. Goran trat heraus, schob die Tür gleich wieder zu und stellte sich davor, als wolle er Otto den Zutritt verwehren.

»Was ist da los?«, fragte Otto.

»Wir müssen reden«, sagte Goran. »Über den Kaplan.« Er trug wieder seinen Kapuzenpulli mit den Runenzeichen, obwohl er seinem kindischen Heidenkult doch eigentlich abgeschworen hatte. Als Otto näher an die Scheune herantrat, sah er, dass Goran schwitzte. »Wir haben ein echtes Problem.«

2

Donnerstag, 23. November

Laurenz saß auf dem Beifahrersitz von Lindas altem Beetle und telefonierte unentwegt, während sie über die kurvenreiche A4 hoch ins Oberbergische Land fuhren. Für das Treffen mit Pfarrer Hedwein hatte er an diesem Vormittag drei Termine verschieben müssen und stimmte sich nun mit Father Matthew Mutumba und der Pastoralreferentin Biggi Schikorsky über die weiteren Planungen ab. Der Alltag eines leitenden Pfarrers glich schon lange dem eines Topmanagers, aber es machte ihm Spaß. Meistens jedenfalls. Als sie jetzt die Autobahn verließen und zwischen nebelverhangenen Hügeln der Landstraße folgten, schien ihm das allerdings alles weit weg und unwirklich. »Wo die Wälder noch rauschen …« – die Melodie des alten Bergischen Heimatliedes kam ihm in den Sinn, schon als Kind hatte er die Familienausflüge ins Bergische so empfunden, als sei dort die Zeit stehen geblieben.

Doch das täuschte, denn der Dorfplatz der kleinen Ortschaft Gorzbach empfing sie mit einer geschlossenen Bäckerei, einer verrammelten Kneipe und einem leer stehenden Ladenlokal, das noch entfernt die Aufschrift *Schlecker* erahnen ließ. Nur die Dorfkirche mit ihrem Bruchsteingemäuer schien sich dem Lauf der Zeit trotzig entgegenzustemmen, der wuchtige Turm ragte wie der Bergfried einer Trutzburg in den Novembermorgenhimmel. An das winzige Pfarrhaus aus Fachwerk mit seinem Schieferdach und seinen grünen Fensterläden schmiegte sich eine steinalte Eiche, unter deren ausladenden blattlosen Ästen ein riesiger Landrover stand. Daran lehnte ein breitschultriger Mann mit grauem Stoppelhaar, den man auch für einen Jäger halten konnte, würde da nicht unter der grünen Steppjacke der Priesterkragen hervorragen.

Linda parkte am Straßenrand und kramte schon in ihrem Portmonee, bevor sie murmelte: »Ach nein, hier muss man bestimmt kein Parkticket ziehen.«

Sie stiegen aus.

»Willkommen im Oberbergischen«, sagte Pfarrer Hedwein mit breitem Lächeln und schüttelte den beiden Besuchern die Hände. »Danke, dass Sie sich die Zeit nehmen, lieber Mitbruder. Und Sie natürlich auch, Frau Broich. Schickes Auto.«

»Ihres aber auch«, meinte Linda mit Blick auf den Landrover.

»So was braucht man hier oben«, sagte Hedwein. »Vor allem im Winter. Unser Seelsorgebereich umfasst den halben Landkreis und besteht aus mehr als zwanzig verschiedenen Kirchorten. Da ist man ganz schön unterwegs. Kein Vergleich zu Köln, nehme ich an.«

»Nein«, sagte Laurenz. »Bei mir reichen Fahrrad und Straßenbahn.«

»Und im Zweifel das Auto der Schwester«, fügte Linda hinzu. »Also, das hier ist die Kirche unseres verschwundenen Herrn Scholten?«

»Na ja, vor allem die Kirche unseres Herrn Jesus Christus«, antwortete Hedwein und lachte. »Ja. Und außerdem wohnt Kaplan Scholten hier im Pfarrhaus. Der Ort hat schon seit dreißig Jahren keinen eigenen Pfarrer mehr und es gibt hier auch keine Sonntagsmesse mehr. Aber Herr Scholten zelebriert hier jeden Freitagabend die Messe in der außerordentlichen Form des Ritus und hat damit eine kleine treue Gemeinde um sich geschart. Die Leute kommen aus Gummersbach, aus Wipperfürth, aus Siegen hierher, manche sogar extra aus Köln oder aus Bonn, weil sie Paul Scholtens Art, die heilige Messe zu feiern, schätzen.«

»Außerordentlicher Ritus«, wiederholte Linda, »das habe ich gestern schon einmal gehört. Was bedeutet das eigentlich? Klingt in meinen Ohren irgendwie … unanständig.«

Wieder lachte Hedwein.

Auch Laurenz musste gegen seinen Willen grinsen. »Darunter versteht man die Messe, wie sie vor der Liturgiereform des Konzils üblich war. Alles ist auf Latein und der Priester dreht den Leuten den Rücken zu.«

»Wie unhöflich«, meinte Linda.

»Kann man auch anders sehen«, widersprach Hedwein. »Wenn der Priester mit dem Gesicht zum Altar steht, dann schaut die ganze Gemeinde in dieselbe Richtung, nämlich auf Christus. In der modernen Messe scheint es manchmal, als wäre der Priester ein Gastgeber, ein Entertainer auf einer Bühne. Aber davon abgesehen …«, er bemerkte, wie Laurenz die Augenbrauen hob, »… ist die alte Form des Ritus für manche Menschen auch ein Ausdruck dafür, dass sie mit der heutigen Kirche unzufrieden sind und sich nach einer vermeintlich goldenen Vergangenheit zurücksehnen.«

»Was man hier vielleicht sogar verstehen kann«, murmelte Laurenz und deutete auf die leer stehenden Gebäude rund um den Dorfplatz.

»Tja, so ist das«, meinte Hedwein. »Die Leute fahren zum Einkaufen in die Stadt oder bestellen gleich alles im Internet. Viele Jüngere ziehen ohnehin weg. Da kann man beim Gedanken an früher schon mal nostalgisch werden.«

»Wobei unser Mitbruder Scholten wohl weniger ein Nostalgiker ist«, warf Laurenz ein, »sondern eher handfester Reaktionär.«

»Ich habe schon gehört, dass Sie nicht das beste Verhältnis zu meinem Kaplan haben«, sagte Hedwein. »Ich weiß es zu schätzen, dass Sie uns trotzdem helfen. Ich dachte, wir treffen uns am besten hier und werfen gemeinsam einen Blick ins Haus. Vielleicht finden wir ja einen Hinweis, wo sich Paul Scholten aufhält.« Er zog ein Schlüsselbund hervor, hielt kurz inne und sagte: »Ich würde normalerweise nie einfach so in eine fremde Privatwohnung eindringen. Aber die Situation rechtfertigt das, denke ich. Oder?«

»Ganz sicher«, meinte Linda. »Ist halt auch eine Art außerordentlicher Ritus. Kommt in meinem Job öfter vor.«

Hedwein schloss die Tür auf und bückte sich beim Eintreten, um nicht mit dem Kopf gegen den niedrigen Türbalken zu stoßen.

Schweigend sahen sie sich um. Das Erdgeschoss bestand aus Diele, Küche und Wohnzimmer, die wie eine alte Bauernstube möbliert waren. Kruzifixe, geschnitzte Madonnen und mehrere Rosenkränze mit dicken hölzernen Perlen zierten die gekalkten Wände. Nirgends lag etwas herum, alles war sauber und aufgeräumt und Laurenz kam sich vor wie in einem Heimatmuseum.

Linda stieg die schmale Treppe hinauf, die beiden Männer folgten ihr. Das Schlafzimmer war mit Bett und Schrank spartanisch möbliert, das kleine Gästezimmer mit Bett und Stuhl sah so verstaubt aus, als sei es seit Jahren nicht betreten worden. Im Kontrast dazu schien das Arbeitszimmer geradezu überzuquellen. An zwei Wänden vollgestopfte Regale, in denen die Bücher in zwei Reihen hintereinanderstanden, während sich auf dem Schreibtisch und einer wuchtigen antiken Anrichte weitere Bücher und Zeitungen stapelten. In einer Vitrine funkelten prunkvolle liturgische Geräte des Barock, darüber hingen matt schimmernde Ikonen an der

Wand. Kruzifixe in allen möglichen Größen waren an den übrigen freien Stellen an der Wand angebracht.

Laurenz und sein Mitbruder Hedwein standen etwas unschlüssig mitten im Raum, während Linda ihrem kleinen Rucksack ein Paar Einmalhandschuhe aus dünnem Latex entnahm und sie überstreifte, bevor sie begann, die Schubladen am Schreibtisch zu inspizieren.

»Falls ihr helfen wollt«, sagte sie über die Schulter hinweg, »da sind noch mehr Handschuhe.«

»Was suchen wir denn überhaupt?«, fragte Hedwein. Die Situation bereitete ihm sichtbares Unbehagen.

»Was immer uns einen Anhaltspunkt zu Scholtens Aufenthaltsort geben könnte«, sagte Linda. »Briefe, Rechnungen, vielleicht ein Reisekatalog oder eine Buchungsbestätigung ... ein Tagebuch wäre toll. Hat dieser Mann eigentlich keinen Computer? Kommuniziert er noch per Brieftaube?« Sie richtete sich auf und sah Hedwein an.

»Er hat ein Notebook«, sagte der Pfarrer. »Das trägt er ständig bei sich. Er wird es mitgenommen haben, wohin auch immer.«

»Waren Sie vorher schon einmal hier?«, fragte Linda.

»Manchmal treffen wir uns hier zu Dienstgesprächen«, antwortete der Pfarrer, »aber dann sitzen wir unten im Wohnzimmer. Hier oben bin ich nur einmal gewesen. Wieso?«

»Fällt Ihnen spontan eine Veränderung auf? Fehlt irgendetwas? Ein besonderer Gegenstand?«

»Puh ...«, murmelte Hedwein, »schwer zu sagen.«

Auch Laurenz sah sich unwillkürlich um, obwohl die Frage nicht an ihn gerichtet gewesen war. In dieser überbordenden Fülle würde vermutlich nicht mal Scholten selbst sagen können, ob etwas fehlte.

Da sagte Hedwein: »Doch, wahrhaftig! Das Kreuz fehlt.«

»Ist das ein Witz?«, fragte Linda und deutete auf die unzähligen Kruzifixe an der Wand.

»Nein, ein ganz bestimmtes«, widersprach Hedwein, machte einen Schritt auf den Schreibtisch zu und zeigte auf eine freie Stelle, wo ein Nagel herausragte. Um ihn herum konnte man tatsächlich bei näherem Hinsehen den schwachen Schatten eines Gegenstandes erkennen, der da gehangen haben musste. Der Umriss war kreuzförmig, aber nicht, wie bei einem Kruzifix üblich, mit dem nach unten verlängerten Längsbalken. Vielmehr sah er gleichmäßig aus wie ein Pluszeichen.

»Sein Jerusalem-Kreuz«, sagte Hedwein. »Das war ihm immer ganz besonders wichtig. Darum erinnere ich mich überhaupt nur daran, ich weiß, wie sehr es ihm am Herzen liegt. Wenn er das mitgenommen hat ...« Der Pfarrer fuhr sich mit der Hand über das stopplige Haar. »Es wirkt fast so, als wolle er für länger wegbleiben. Oder für immer. Wie einer, der bei Nacht und Nebel fliehen muss und nur das Allerwichtigste mitnehmen kann.«

»Laptop und Jerusalem-Kreuz«, sagte Laurenz und merkte, wie höhnisch seine Worte klangen. »Ein einsamer Ritter auf digitalem Kreuzzug.«

Linda hatte unterdessen den rechten Latexhandschuh von den Fingern abgezogen und das Wort in die Suchzeile ihres Handys eingetippt, sie hielt es den beiden Männern hin und fragte: »So was ungefähr?«

Das Foto auf dem Handybildschirm zeigte ein metallenes Kreuz mit gleichmäßigen Balken, die an den Enden wiederum kleine Querbalken aufwiesen, während um den Schnittpunkt der beiden Balken herum vier kleinere Kreuze angebracht waren.

»Ja, genau so sieht es aus.« Hedwein nickte, dann sah er Laurenz an. »Auf dem Querbalken stehen die

Worte *Deus vult* – Gott will es. Das Kreuz hat er wohl als Student bei einer Wallfahrt im Heiligen Land erworben. Doch das macht einen ja noch nicht zu einem, wie Sie sagen, Kreuzritter.«

Laurenz wollte gerade etwas erwidern, aber Linda war schneller.

»Im Falle von Herrn Scholten vielleicht ja doch«, sagte sie und wischte auf ihrem Handy herum. »Hier, das ist seine Facebook-Seite. Vor ein paar Wochen hat er geschrieben, dass es dringend Zeit sei für einen neuen Kreuzzug. Gegen *Genderwahn* und *Klimareligion*. Und vor allem gegen die *Islamisierung*.«

»Das geht natürlich gar nicht«, schnaubte Hedwein. »Wie oft habe ich ihm gesagt, dass er sich im Internet zügeln soll!«

Linda wischte weiter auf dem Bildschirm herum, tippte auf ein Foto und vergrößerte es mit Daumen und Zeigefinger, bevor sie es dem Pfarrer entgegenstreckte.

»Kennen Sie diesen Mann? Er heißt Otto Altmann. Haben Sie den schon mal gesehen?«

»Nein.« Hedwein schüttelte den Kopf. »Wer ist das?«

»Ein Facebook-Freund von Herrn Scholten«, sagte Laurenz. »Marc Wagner hat uns erzählt, dass angeblich in jüngerer Zeit ein paar seltsame Gestalten bei der freitäglichen Messfeier hier aufgetaucht seien. Könnte dieser Mann einer von ihnen sein?«

»Ich weiß von diesem Problem auch nur vom Hörensagen«, sagte Hedwein. »Frau Kötter hat es mir erzählt, sie wohnt im Nachbardorf und übernimmt hier an der Kirche den Küsterdienst.« Er fuhr sich mit der Hand an die Stirn. »Ach, da fällt mir ein: Ich hätte fast vergessen, dass ich nachher noch einen Aushang machen muss.«

»Was für einen Aushang?«, fragte Linda.

»Für morgen. Dass die Messe ausfällt. Wegen …

was schreibe ich denn da am besten? Wegen Krankheit? Es sei denn ...« Er warf Laurenz einen herausfordernden Blick zu.

»Nein, auf keinen Fall.« Laurenz hob abwehrend die Hände. »Ich habe morgen Abend gar keine Zeit. Wir feiern bei uns in St. Magdalena freitags die Segensmesse. Natürlich im ordentlichen Ritus.«

»Aber das wäre doch eine gute Gelegenheit, dass Sie sich selbst ein Bild von der Gottesdienstgemeinde machen können«, entgegnete Hedwein und wandte sich an Linda. »Ich habe Sie so verstanden, dass Sie sich von den Mitfeiernden mögliche Hinweise darauf erhoffen, was mit Kaplan Scholten geschehen sein könnte.«

»Genau.« Linda nickte. »Das ist eine hervorragende Idee.« Sie klopfte Laurenz auf die Schulter. »Und dein Personalchef schickt dir bestimmt eine Vertretung für deine eigene Messe. Schließlich ist er höchstpersönlich unser Auftraggeber und wird alles dafür tun, dass wir vorankommen, meinst du nicht?«

Laurenz wollte erwidern, dass Linda ebenso gut allein herkommen könne. Die Gottesdienstbesucher würden vor der geschlossenen Kirchentür stehen und Pfarrer Hedweins Aushang lesen und Linda könnte sie befragen. Im gleichen Moment sah er einen ausgewachsenen Hooligan mit Nazipullover vor seinem inneren Auge, der Linda mit einem Faustschlag niederstreckte. So ein Unsinn, sagte er sich, Hooligans mit Nazipullovern gehen nicht in die Kirche, schon gar nicht hier am äußersten Rand der bekannten Welt, also zumindest des Erzbistums Köln, um die Alte Messe zu feiern, und selbst wenn – Linda war schon mit ganz anderen Typen fertig geworden. Allerdings war sie da ja auch noch nicht schwanger gewesen. Und irgendwie machte es ihn neugierig, ob nun dieser Otto Altmann vielleicht wirklich eine der besagten Personen mit »grenzwertigem« Outfit war und welche Verbindung zu dem Mann bestand, der ihn, Laurenz, so gern beim Kardinal anschwärzte. Außerdem hatte Linda recht, sie hatten einen offiziellen Auftrag.

»Na gut«, sagte er schließlich. »Aber nicht tridentinisch, dafür bin ich gar nicht ausgebildet. Gibt es überhaupt einen frei stehenden Altar in dieser Kirche? Oder nur einen Hochaltar?«

»Natürlich«, antwortete Hedwein. »Denken Sie etwa, wir wären hier 1962 eingefroren?«

Laurenz grinste, ließ nochmals den Blick durch Paul Scholtens Arbeitszimmer schweifen und verkniff sich eine Antwort.

»Dann haben wir das geklärt.« Linda zog sich den rechten Handschuh wieder über und suchte weiter in den Schubladen.

Laurenz wandte sich an Hedwein und fragte: »Sie haben tatsächlich keine Ahnung, wo Scholten stecken könnte? Er hat doch spontan Urlaub erbeten. Wo fährt er denn gerne hin?«

»Das ist es ja«, meinte der Pfarrer. »Er fährt fast nie in die Ferien. Und wenn, dann verbringt er seinen Urlaub in einem Kloster in der Steiermark. Da habe ich letzte Woche gleich angerufen, nachdem diese kryptische Nachricht von ihm kam, dass er noch etwas sehr Dringendes zu erledigen habe.«

»Aber dort war er nicht«, mutmaßte Laurenz.

»Nein, der Abt sagte mir, dass Scholten seit dem letzten Jahr nicht mehr dort gewesen sei. Ich habe überhaupt keinen Anhaltspunkt, wohin er gefahren sein könnte. Er kann in Australien sein und genauso gut im Nachbardorf. Ich hatte erst überlegt, mich hier ein wenig umzuhören. Manchmal bekommen die Leute ja etwas mit, vor allem hier auf dem Land. Aber dann würde sich sofort herumsprechen, dass er verschwunden ist. Und das würde Verwirrung stiften, das will ich natürlich vermeiden. Deshalb bin ich sehr froh, dass Monsignore Wagner die glänzende Idee hatte, sich an Sie beide zu wenden und diskret mit dem Problem zu verfahren.«

»Seltsam, nicht wahr?«, meinte Laurenz. »Dass wir den Leuten oft nicht die Wahrheit zumuten, aus Angst, sie zu verwirren?«

»Worauf beziehen Sie das?« Hedwein runzelte die hohe Stirn. »Auf die Situation der Kirche allgemein?«

»Auch das.« Laurenz lächelte. »Aber auch auf unseren Fall. Ich meine – wenn jemand aus meinem Seelsorgeteam spurlos verschwinden würde, würde ich sofort wild herumtelefonieren und jeden anrufen, der mir vielleicht weiterhelfen könnte. Und ich würde zur Polizei gehen und ihn als vermisst melden. Es könnte doch sein, dass ihm etwas zugestoßen ist. Ein Autounfall. Oder dass er beim Wandern verunglückt ist, was auch immer. Doch das scheint Ihnen nicht in den Sinn gekommen zu sein. Im Gegenteil, Sie gehen automatisch davon aus, dass Scholten etwas ausgefressen hat.«

Hedwein schaute betreten zu Boden, als sei ihm das bis gerade gar nicht richtig bewusst gewesen.

»Sie haben recht. Ich fürchte tatsächlich, dass er, wie Sie es nennen, was ausgefressen hat.«

»Wer ist Helmut?«, fragte Linda plötzlich.

Die beiden Männer wandten sich zu ihr um. Linda hielt einen handbeschriebenen Zettel hoch. Karopapier, von einem Notizblock abgerissen. Darauf waren Daten und Geldbeträge vermerkt.

»Siebenhundert Euro am 2. Oktober dieses Jahres«, las Linda vor. »Vorher, am 17. Juli, dreitausend Euro. Im Mai zweitausend. Und so weiter. Hat er jemanden bezahlt? Für … was auch immer?«

»Nein.« Hedwein schüttelte unwillkürlich den Kopf.

»Dieser Helmut ist der ältere Bruder meines Kaplans. Und das, was man als gescheiterte Existenz bezeichnet. Er pumpt sich immer wieder Geld von Paul Scholten.«

»Ah, der Bruder.« Linda nickte und machte mit dem Handy ein Foto von dem Papier. »Herr Wagner erwähnte, dass Sie mit diesem Helmut telefoniert hätten, um nach dem Verbleib unserer Zielperson zu fragen?«

»Richtig. Aber der hat mich ziemlich abblitzen lassen. Meinte nur, er habe seit Wochen nichts von seinem Bruder gehört und auch keine Idee, wo er hin ist. Aber mit jemandem wie mir spricht er eh nicht so gern. Er hat irgendwas gegen die Kirche. Keine Ahnung, was und aus welchem Grund.«

»Na, dann wird es Zeit, dass jemand wie ich ihn mal besucht«, sagte Linda und legte den Zettel zurück in die Schublade. »Geben Sie mir die Nummer von Helmut Scholten?« Sie zog sich die Handschuhe ab. »Hier wären wir so weit durch, denke ich.«

Er sah es so deutlich vor sich wie seit Jahrzehnten nicht. Wie sie den alten Handkarren über das Kopfsteinpflaster zogen, vorbei an den kleiner werdenden Trümmerbergen und den zurückweichenden Ruinen, die eine nach der anderen überbaut wurden mit dem blanken Beton einer neuen Zeit. Der Karren hatte womöglich mal einer Flüchtlingsfamilie gehört, die damit ihre Habe von Ostpreußen hierher an den Rhein geschafft hatte. Der mächtige Schreibtisch, den der junge Eberhard Broich und seine drei Freunde darauf balancierten, war in irgendeiner städtischen Behörde ausgemustert worden. Dort saßen sie jetzt an luftig-modernen Tischen mit Resopalplatten auf schlanken, schräg gestellten Holzbeinen, als könnten sie sich, indem sie sich mit den Resten des alten Mobiliars, das die Bombennächte auf widernatürliche Weise überlebt hatte, auch der Schwere der Schuld entledigen. Kein Problem für den jungen Eberhard, er übernahm die Sache. Also den Schreibtisch. Hatte irgendwo den Karren organisiert und drei Freunde zusammengetrommelt und nun karrten sie das Massivholzmonstrum quer durchs Viertel und hievten es schließlich durch die schmale Tür des grünen Dreifensterhauses, das er just erstanden hatte. Das Erbe war nicht üppig gewesen, aber es reichte zusammen mit den Einnahmen aus dem Unternehmen, das er zwei Jahre zuvor gegründet hatte und das er nun aus dem feuchten Keller einer demnächst abzureißenden Brandruine in dieses neue Domizil ein paar Straßenecken weiter übersiedelte. Das diskrete Schild mit der Aufschrift *Detektivbüro Broich* prangte bereits neben dem Eingang.

Die Geschäfte gingen gut in einer Zeit, in der jeder irgendwen suchte. Kein Wunder, nach den Jahren des Krieges und nach dem Chaos des Zusammenbruchs. Man wandte sich entweder an das Rote Kreuz oder, wenn man es sich leisten konnte, an ihn, den feschen jungen Detektiv, der mit seiner Diskretion und seiner untrüglichen Spürnase jede noch so unscheinbare Spur witterte.

Das war alles so lange her.

Niemals hätte er für möglich gehalten, so alt zu werden, wie er jetzt war. Und seit vielen Jahren hatte er nicht mehr hier im Büro an diesem Schreibtisch gesessen. Der Handkarren war sicher längst verrottet, die drei Freunde von damals lange tot. Sein Sohn Eberhard junior hatte dieses Büro übernommen und schließlich seine Enkelin Linda. Der Schreibtisch stand so unverrückbar an seinem Platz wie in allen Jahrzehnten, nur alles andere änderte sich laufend. Irgendwann kamen Fernschreiben anstelle der Telegramme, später Faxe und heute Emails oder wie das heißt. Die mechanische Olympia mit dem ständig verklemmten Y war einer elektrischen Schreibmaschine gewichen und diese dem ersten einer langen Reihe verschiedenster Computer. Neben der Tastatur lagen jetzt die drei glatt gestrichenen Blätter mit den fett gedruckten Buchstaben.

Was sagt dir die zweiundzwanzig null acht?
Denkst du dann an jene Nacht?
Ja, in der Tat:
Verrat.

Das stand auf dem ersten. Der zweite lautete:

Bist du endlich aufgewacht?
Erinnerst du
die Folgenschwere
jener Nacht?

Und im dritten Schreiben hieß es:

Wer hat davon gewusst,
damals im August?
Du hast alles gegeben
und musst damit leben.

Drei anonyme Briefe, die seit dem Sommer aufgetaucht waren. Mutmaßlich überbracht von der unbekannten Frau mit Karorock und hohen Stiefeln, die Olek im September um ein Haar in flagranti erwischt hatte. Und außerdem eine großformatige Botschaft an der Plakatwand direkt gegenüber dem Haus. Seither hatte es keine neuen Botschaften mehr von ihr gegeben. Und keinen einzigen Hinweis darauf, was sie eigentlich von ihm wollte. Keine Forderung, kein Versuch einer Erpressung, nichts dergleichen. Und seine eigene Enkelin, Firmenerbin, Nachfolgerin im Range der besten Spürnase Kölns, unternahm keinerlei ernsthafte Versuche, die mysteriöse Briefeschreiberin aufzuspüren und zur Rede zu stellen.

Immerhin hatte sie genug zu tun, also Linda, die Geschäfte liefen wieder einmal gut. Zurzeit, so hatte er heute Morgen beim Frühstück mitbekommen, suchte sie einen Kirchenmann. Einen Kirchenmann, der auf politische Abwege gekommen war. So etwas konnte natürlich nicht gut gehen. Kirchenleute sollten sich aus der Politik heraushalten. Das war eine von sehr vielen seiner Lebenserfahrungen, eine sehr frühe noch dazu. Kirche und Politik, das sollte man lieber komplett trennen, sonst gab es nur Ärger für alle Beteiligten.

Wieder strich Eberhard mit der linken Hand über die drei DIN-A4-Blätter, nahm mit der anderen das Cognacglas und leerte es.

Irgendwer suchte immer irgendwen, damals wie heute. Trotz Internet und all dem Zeug gab es immer noch Menschen, die schwer aufzustöbern waren. Und darum brauchte es Spürnasen, damals wie heute. Doch was die drei Briefe betraf, wurde ihm allmählich klar, dass er hier nicht der Suchende war, ganz im Gegenteil. Jemand hatte ihn, Eberhard Broich senior, gefunden. Nach wer weiß wie langer Suche. Und würde sich früher oder später wieder bemerkbar machen. Er goss sich nach.

Der Cognac im Schränkchen hier hinter dem Schreibtischstuhl war eine weitere Konstante durch die Jahrzehnte. Als Detektiv brauchte man natürlich höchste

Konzentration und ein unbestechliches Gedächtnis. Aber manchmal wollte man auch einfach Dinge vergessen, die man lieber nie gesehen hätte. Das gehörte eben auch zu diesem Beruf. Cognac half manchmal.

Seit sie wieder im Auto saßen, hatte Laurenz zunächst die sieben Nachrichten auf seiner Mailbox abgehört und dann begonnen, die einzelnen Anrufer zurückzurufen. Linda nervte das offensichtlich, denn sie drehte zwischendurch immer wieder die Musik lauter, worauf Laurenz den Lautstärkeknopf wieder zurückdrehte und sich vorkam, als wären sie wieder Kinder und würden sich um den Kassettenrekorder zanken. Zwischendurch fragte er: »Wann sind wir zurück in Köln?«

»Ne halbe Stunde brauchen wir schon noch«, sagte Linda.

»Okay«, sagte er zu Birte Molzhagen vom Kirchenvorstand, »ich werde es nicht rechtzeitig schaffen. Kannst du den Termin ohne mich wahrnehmen?«

»Du bist nicht so unentbehrlich, wie du gerne wärst«, sagte Birte und er konnte sie durchs Telefon lächeln hören.

»Stimmt.« Er lächelte auch. »Dann schreib mir später, wie es gelaufen ist. Bis dann.«

Er steckte das Handy weg und atmete durch.

»Ganz schön busy, Bruderherz«, meinte Linda, ohne den Blick von der Straße zu nehmen. »Ich hatte echt immer ein anderes Bild von dir.«

»Bitte? Welches denn, wenn ich fragen darf?«

»Na, du warst immer eher der stille, nachdenkliche Typ. Dein Theologiestudium passte irgendwie dazu, auch wenn Mama und Papa das total seltsam fanden. Und Opa eh. In meinem Bild von dir war das stimmig. Und dein vorheriger Job im Knast auch, so ein bisschen weltabgewandt, weißt du? Aber jetzt bist du mitten im prallen Leben – und tanzt auf tausend Hochzeiten.«

»Manchmal sogar wörtlich«, warf er ein und lachte.

»Ja. Mir kam die Kirche immer ziemlich schnarchnasig vor. Mir war das gar nicht so klar, wie ihr euch in den Kindergärten und Krankenhäusern engagiert, nicht zu vergessen der Nachbarschaftsladen, die Sozialprojekte, die Jugendverbandsarbeit und die Seniorenclubs.«

»Ja.« Es gefiel ihm, wie sie das schilderte. Er lachte wieder und meinte: »Und stell dir vor, manchmal beten wir sogar noch. Oder feiern Gottesdienst.«

Dann wurde er unvermittelt ernst und sagte: »Es gibt natürlich so Leute wie dieser Scholten, die das alles viel zu weltlich finden. Zu sehr an den Zeitgeist angepasst.«

»Du verprügelst ihn aber nicht, wenn wir ihn finden, oder?«

»Ich werde mich beherrschen. Wenn wir ihn überhaupt finden.«

»Das werden wir«, sagte Linda entschlossen. »Dieser Otto Altmann wird uns zu ihm führen.«

»Was macht dich da so sicher?«

»Das hab ich im Gefühl. Ich bin immerhin die beste Spürnase von Köln. Also – nach Opa, wohlgemerkt.«

»Opa«, wiederholte Laurenz und seufzte. »Darüber wollten wir auch noch einmal reden: Mir hat er immer noch nichts zu dem 22. August 1944 gesagt. Was er in der besagten Nacht vielleicht getan hat.«

»Fängst du schon wieder mit dieser Geschichte an.«, sagte Linda unwirsch.

»Es sollte dich auch interessieren. Wenn da ein Schatten auf unserer Familie liegt und auf dem Unternehmen, dann musst du dich dem ebenfalls stellen.«

»Herrje, ja, verdammt, irgendwann reden wir mal darüber«, schimpfte sie, »aber bitte nicht jetzt.«

»Wieso nicht? Wir haben noch eine knappe halbe Stunde Zeit.«

Da trat Linda unvermittelt auf die Bremse, drückte den Knopf der Warnblinkanlage und ließ den Wagen auf dem Standstreifen der Autobahn ausrollen.

»Hey«, sagte Laurenz, »so dringend ist es auch wieder nicht.«

Doch dann sah er ihr grünes Gesicht, und schon taumelte sie hinaus und um das Auto herum, um sich in die Böschung zu erbrechen.

Laurenz fand ein Päckchen Taschentücher im Handschuhfach, stieg ebenfalls aus und hielt ihr eines hin.

»Danke«, stöhnte sie. »Oh, Gott, das kam jetzt aber plötzlich.«

»Soll ich vielleicht lieber weiterfahren?«

»Bloß nicht. Dann kotze ich noch mehr ...«

Als sie eine knappe Stunde später wieder im Kölner Magdalenenviertel ankamen, hatte Laurenz auch seinen Folgetermin abgesagt und bestand darauf, Linda noch ins Haus zu begleiten.

»Ich bin schwanger, Laurenz, nicht krank«, sagte sie, während sie den alten Beetle mit einem Klick auf den abgegriffenen Autoschlüssel verriegelte. »Du kannst mich doch jetzt nicht monatelang wie eine Patientin behandeln.«

»Monate?«, wiederholte Laurenz. »Heißt das, dass du schon eine Entscheidung getroffen hast?«

»Nein, verdammt, habe ich nicht. Und wenn du

dich weiterhin so bescheuert benimmst, wird mir das die Entscheidung bestimmt nicht leichter machen.«

»Du findest Fürsorge also bescheuert.«

»Ja. Weil sie nichts mit mir zu tun hat. Sondern mit diesem Kind.« Linda blieb mitten auf dem Bürgersteig stehen und drehte sich zu Laurenz um, fast standen sie Nase an Nase wie zwei Streithähne in einem Comicstrip. »Dieses Kind, das wohlgemerkt erst mal nur ein verdammter unförmiger Zellklumpen in meinem Bauch ist.« Sie seufzte tief und ließ ihren Kopf gegen seine Schulter fallen. »Okay, ein verdammter unförmiger Zellklumpen mit eigenem Herzschlag. Ach, Mist, das ist alles so kompliziert.«

Sie löste sich von ihrem Bruder und sie gingen schweigend weiter, bis sie das Haus erreichten und Linda die Tür öffnete.

»Opa?«, rief sie. »Nanu, was machst du im Büro?«

»Gar nichts«, antwortete der Alte, der gerade in den Flur trat und hastig ein paar gefaltete Blätter in die Tasche seiner Strickjacke schob.

»Hast du getrunken?« Linda schnupperte. »Das ganze Haus riecht nach Cognac.«

Laurenz runzelte die Stirn. Er roch nichts dergleichen. Konnte es sein, dass die Nase von Schwangeren sensibler war?

»Vorsicht, Opa!«, rief er und packte den Alten am Ellbogen, bevor der beinahe abermals über den Wäschesack gestolpert wäre.

»Warum räumt den denn keiner weg?«, ereiferte sich Eberhard senior. »Was treibt denn Olek den ganzen Tag? Wo steckt er überhaupt?«

»Ja, genau«, sagte Linda und sah Laurenz fragend an. »Wo ist Olek?«

»Woher soll ich das wissen?«, gab Laurenz erstaunt zurück.

»Er übernachtet doch in letzter Zeit immer bei dir. War er nicht da?«

»Nein. Ich dachte, er hätte in seinem Zimmer im Pfarrhaus geschlafen, weil er mir nicht … also, bei dir war er auch nicht?«

Laurenz kratzte sich am Kopf. »Nein, ich hätte ihn ja gesehen oder wenigstens gehört.«

»Toll«, stöhnte Linda. »Ganz, ganz toll. Entschuldigt mich …«

Damit schob sie sich zwischen Bruder und Großvater hindurch und stürzte zum Gäste-WC.

3

Freitag, 24. November

Auf der Mülheimer Brücke wehte ein kräftiger Wind und Linda musste ordentlich in die Pedale treten, um dagegen anzukommen. Der Wind war eine Spur zu warm für Ende November und schmeckte nach nassem Asphalt oder nach dem Geruch der Baumaschinen auf der gesperrten Fahrspur nebenan. Helmut Scholten wohnte in Riehl und Linda hatte eigentlich mit der Straßenbahn hinüberfahren wollen, aber noch auf dem Weg zur Haltestelle hatte sie gespürt, dass ihr dabei sofort wieder übel werden würde. Also war sie umgekehrt und hatte das Fahrrad geholt. Die Bewegung an der Luft tat ihr gut und half auch gegen die bleierne Müdigkeit.

Sie hatte fast die ganze Nacht über wach gelegen und auf das Geräusch des Hausschlüssels im Türschloss gewartet. Aber nichts. Im Morgengrauen war sie endlich eingeschlafen und hatte im Traum ein riesiges Baby herumgetragen, es hatte auf dem Kopf das Tattoo eines polnischen Adlers gehabt und um den Hals eine Kette mit einem schweren goldenen Kreuz.

Olek war seit einem halben Jahr auf freiem Fuß, also aus dem Gefängnis entlassen, aber er besaß verrückterweise noch immer kein Handy. War nicht auf Facebook, Twitter oder Instagram, rein digital gesehen existierte er quasi gar nicht. Bisher hatte Linda diese Schrulligkeit irgendwie reizvoll gefunden, sie gehörte zu den vielen Besonderheiten, die den großen schweigsamen Mann auch anziehend machten. Jetzt hasste sie Olek dafür, dass er sich einfach so aus dem Staub gemacht hatte, ohne eine Spur zu hinterlassen und ohne dass sie eine Chance gehabt hätte, ihm wenigstens per WhatsApp eine unflätige Verwünschung hinterherzusenden oder einen Liebesschwur oder beides auf einmal.

Er war auf freiem Fuß, sie musste unwillkürlich den Kopf schütteln über diese leicht altertümlich wirkende Formulierung, die sich da in ihren Gedanken geformt hatte.

Achtzig Prozent aller verschwundenen Personen tauchten nach ein paar Tagen von allein wieder auf. Ihr kam in den Sinn, was Laurenz gestern zu Hedwein gesagt hatte. Ging sie etwa auch davon aus, dass Olek sich verzogen hatte? Konnte es nicht sein, dass ihm etwas zugestoßen war? Dass er auf dem Weg zum Bäcker von einem Auto angefahren worden war und jetzt bewusstlos in irgendeinem Krankenhaus lag, als namenloser Patient, weil er keinen Ausweis bei sich trug und auch sonst nichts, um seine Identität festzustellen? Sie konnte natürlich bei der Polizei anrufen und nach einem Mann mit Adlertattoo auf dem Schädel fragen.

Vielleicht aber hatte es gar keinen Unfall gegeben, sondern ein paar alte Bekannte waren aufgetaucht, Leute aus Oleks früherem Leben, die noch eine Rechnung mit ihm zu begleichen hatten … vielleicht würde der Rhein in diesem Augenblick seine Leiche irgendwo bei Arnheim ans Ufer spülen. Nein.

Sie war sich ziemlich sicher, dass Olek vorgestern ihr Gespräch mit Laurenz belauscht hatte. Dass sie sich weder bei Olek sicher sei noch gar bei dem Kind. Das hatte ihn aus der Bahn geworfen und er hatte sich Hals über Kopf davongemacht. Um für zwei oder drei Tage nachzudenken und dann zurückzukehren? Oder um für immer dieses Leben in Köln, das er ein halbes Jahr lang gelebt hatte, hinter sich zu lassen? Klar, sie konnte ihn mit etwas Mühe bestimmt ausfindig machen. Laurenz kannte Olek lange genug aus dem Knast, ihm würde einfallen, was Oleks Anlaufstellen wären, welche Orte es in Oleks Vergangenheit gab, welche alten Kumpel und welche verflossenen Geliebten. Doch im Moment wusste sie nicht mal, ob sie das wollte. Er sollte verdammt noch mal von allein zurückkommen. Aus eigenem Antrieb. Oder sich zum Teufel scheren.

Das Kind. Auch so ein komisches Wort. Kind. Als wäre es schon eine eigenständige Person. Nach Laurenz' Verständnis war es das wohl, aber vor allem war es im Moment einfach ein Teil ihres eigenen Körpers. Über den nur sie selbst zu bestimmen hatte. Und zugleich war es das auch nicht, dieses Kind, denn es war ihr fremd. Ein fremdes Wesen, ein Eindringling mitten in ihrem Unterleib. Man brauchte bloß diesen Beratungsschein. Das war keine große Sache, auch der Eingriff nicht. Nicht medizinisch jedenfalls. Nächste Woche schon konnte sie wieder sie selbst sein, Herrin im eigenen Körper, rauchen und trinken und Auto fahren ohne Reue oder Übelkeit. Ohne sich das Hirn zu zermartern, wie sie ohne Olek, aber dafür mit einem sabbernden, nölenden Säugling und einem labernden, nervigen Großvater am Hals die Detektei führen sollte … eigentlich war sie entschieden. Wäre da nicht dieses Klopfen, das sie nicht aus dem Ohr bekam, pock, pock, pock, die Ärztin hatte das Gerät extra leiser gestellt. Trotzdem klopfte es. So ein winzig kleines Herz.

Sie hatte die Brücke hinter sich gelassen und fuhr am Rhein entlang, bog dann ab und konnte den Zoo schon riechen, bevor sie ihn sah, und strampelte schnell daran vorbei. Sie wollte sich jetzt nicht ausmalen, wie sie später einmal ihrem Kind die neuen Elefantenbabys zeigen und anschließend einen Luftballon kaufen würde.

Wenig später schloss sie ihr Fahrrad an einen Laternenpfahl an und klingelte bei Helmut Scholten im ersten Stock. Der empfing sie im Jogginganzug, mit misstrauischem Blick oben am Treppenabsatz stehend. Er war im Gegensatz zu seinem Bruder schmal gebaut und hatte volleres Haar, aber dieselben kleinen Augen. Am Telefon hatte er nicht weiter nach den Hintergründen dieses Besuches gefragt, klar, er könne ein paar Fragen zu Paul beantworten, er habe ohnehin nichts vor an diesem Tag.

Jetzt runzelte er die Stirn und fragte: »Sie wollen mir gar keinen Dienstausweis zeigen?«

»Sie dachten, ich bin von der Polizei?«

Er zuckte die Achseln.

»Ich ermittle privat«, sagte sie. »Darf ich reinkommen?«

»Bitte.«

Scholtens Wohnung war klein und dunkel, aber seltsamerweise aufgeräumt und sauber. Sie hatte sich unter der Behausung einer »gescheiterten Existenz« vermutlich eine Art Messi-Wohnung vorgestellt, vollgestopft mit altem Krempel, überquellenden Aschenbechern und schmutzigem Geschirr. Scholten bot Linda ein Glas Kranwasser an, das sie dankend annahm, dann ließen sie sich in der Küche an einem schmalen Klapptisch nieder und Scholten sagte: »Wir können es eigentlich kurz machen, denn ich habe nach wie vor keine Ahnung, wo sich mein Bruder rumtreibt. Das hab ich auch schon diesem Pastor erzählt, der mich letzte Woche angerufen hat.«

»Wann hatten Sie zum letzten Mal Kontakt?«

»Vor ein paar Wochen waren wir Kaffee trinken. Anfang Oktober muss das gewesen sein.«

»Da hat er Ihnen Geld gegeben.«

Scholten zog die Augenbrauen hoch. »Sie sind gut informiert.«

Linda nickte bloß.

»Er pumpt mir manchmal was«, sagte Scholten. »Für den Übergang. Läuft gerade nicht so rund bei mir.«

»Wo haben Sie sich getroffen? Waren Sie bei ihm in Gorzbach?«

»Nein, wir treffen uns immer irgendwo hier in Köln, in verschiedenen Cafés. Bei ihm zu Hause war ich noch nie. Also nicht, seit er da draußen im Bergischen haust. Da käme ich kaum hin, hab nämlich gar kein Auto.«

»Interessiert es Sie nicht, mal zu sehen, wie er lebt?«

»Pfff ... nee. Ich kann's mir vorstellen.«

»Erzählen Sie mir von ihm. Was ist Paul für ein Mensch?«

»Pfff«, machte Scholten wieder. »Wie soll ich auf so eine Frage mal eben was erzählen?«

Linda lächelte. Vermutlich würde sie auf diese Frage ähnlich reagieren wie ihr Gegenüber.

»Ist schon komisch«, sagte Scholten, »wenn der eigene Bruder Priester wird.«

Wieder lächelte sie. Auch diese Antwort könnte gut von ihr selbst stammen.

»Wir waren beide in einem kirchlichen Internat in Bonn. Es war die Hölle.« Er schaute einen Moment lang an ihr vorbei. »Jedenfalls für mich. Paul ist zwei Jahre jünger, er hat in den Padres wohl so was wie Ersatzeltern gesehen. Unser Vater ist früh gestorben. Und unsere Mutter war später mit einem Künstler zusammen, die sind rumgereist, haben sich zugekokst. Irgendwann war sie pleite, zum Glück.«

»Warum war das ein Glück für Sie?«

»Weil sie uns dann aus dem Internat genommen hat.«

»Was war denn so schlimm an diesem Internat?«

Scholten trank einen Schluck Wasser und sagte: »Will ich nicht drüber sprechen. Spielt auch keine Rolle mehr.« Er leerte das Glas und stand auf, befüllte es erneut am Wasserhahn, setzte sich wieder und fuhr fort: »Ich habe das Abi an einer anderen Schule gemacht und dann verschiedene Sachen studiert, aber irgendwie war nicht das Richtige für mich dabei. Unsere Mutter starb dann auch ein paar Jahre später.«

»Und Paul?«

»Der hat eine Banklehre gemacht und eine Weile in der Branche gearbeitet. Aber das war nicht das Richtige für ihn. Er ist ein Eigenbrötler, eher kontaktscheu und vor allem total gehemmt, richtig verklemmt. Nicht gerade der Typ für einen Job als Kundenberater oder auch nur hinter dem Kassenschalter. Er hat nach ein paar Jahren gekündigt und bei irgendeinem kirchlichen Institut sein Abitur nachgeholt, dann war er in Innsbruck und hat Theologie studiert. Wir hatten seitdem kaum was miteinander zu tun, das hat sich auch nicht geändert, als er wieder zurück ins Rheinland kam. Er nimmt mir übel, dass ich damals aus der Kirche ausgetreten bin. Aber ich hatte echt die Nase voll von diesem Verein, während Paul … na ja, der ist da schon irgendwie extrem. Weiß nicht, wie viel Sie sich schon mit ihm beschäftigt haben.«

»Zumindest genug, um zu ahnen, was Sie damit meinen«, sagte Linda. »Aber bezieht sich denn das, was Sie mit extrem meinen, nur auf die theologischen Ansichten Ihres Bruders oder auch auf die politischen?«

Da lachte Scholten und meinte: »Sie haben vermutlich seine Facebook-Seite gecheckt, ja? Was er da ablässt über Muslime, über Frauen, über Klimaschützer und so weiter … würde mich nicht wundern, wenn der auch Kontakte zu irgendwelchen Rechten hat. Aber er ist kein Nazi.«

»Woran machen Sie das fest?«

»Für ihn sind Nazis, also Nationalsozialisten, in erster Linie Sozialisten. Und damit Kirchenhasser. Er hat beim letzten Mal, als wir uns gesehen haben, auf irgendeine Begegnung angespielt, die er wohl mit solchen Leuten hatte. Ich krieg das nicht mehr richtig zusammen.«

»Bitte versuchen Sie sich zu erinnern.« Linda beugte sich vor. »Jede Einzelheit könnte wichtig sein.«

»Ehrlich gesagt – wenn der zu seinen Tiraden ansetzt, dann schalte ich immer auf Durchzug«, sagte Scholten und kratzte sich am Kinn. »Mal überlegen. Er hat wohl irgendwo Leute getroffen, die er erst ganz sympathisch fand. Weil die sich für seine Werte einsetzen, wie er sagte. Familie, Vaterland, solche Sachen. Aber ein paar von denen hätten kirchenfeindliche Sprüche losgelassen, irgendwas mit Germanen.«

»Mit Germanen?«

»Ja … genau. *Odin statt Jesus.* Aber Paul meinte, er hätte es denen gezeigt. Was immer er damit gemeint hat, ich hab nicht nachgefragt.«

»Wie – gezeigt?«

»Weiß ich eben nicht. Hat mich auch nicht interessiert, echt nicht. Er sagte, er sei sich vorgekommen wie der Heilige Bonifatius. Bei solchen Sprüchen, wie gesagt, schalte ich total ab.«

Linda lehnte sich wieder zurück und maß ihr Gegenüber mit den Augen. »Was empfinden Sie dabei, dass Ihr Bruder verschwunden ist? Machen Sie sich Sorgen? Lässt es Sie gleichgültig?«

Scholten verschränkte die Arme vor der Brust und entgegnete: »Sie glauben hoffentlich nicht ernsthaft, dass ich damit etwas zu tun haben könnte?«

»Nein«, sagte sie, »Sie hätten wohl nichts davon, im Gegenteil.«

»Wie meinen Sie das?«

»Seien Sie nicht böse, dass ich so direkt bin, aber solange Ihr Bruder seinen Job macht, haben Sie jemanden, bei dem Sie an Geld kommen, wenn Sie welches brauchen. Sie können gar kein Interesse daran haben, dass ihm etwas passiert.«

»Richtig«, sagte Scholten und erhob sich. »Und wissen Sie was? Das steht mir sogar zu. Finde ich. Die Kirche schuldet mir einiges. Meine ganze Kindheit, im Grunde. Und wenn mir die Kirche auf die Art was zurückzahlt, indem mein Bruder mir was von seinem üppigen Priestergehalt abgibt, ist das nur recht und billig. Damit hätten wir dann alles besprochen, oder?«

»Fast«, sagte Linda, stand ebenfalls auf und zog ihr Handy aus der Tasche. »Sagt Ihnen der Name Otto Altmann etwas? Hat Ihr Bruder den vielleicht mal erwähnt?« Sie zeigte Scholten das Foto. »Oder haben Sie ihn schon mal irgendwo gesehen?«

»Nein, nie. Sagt mir gar nichts.«

»Okay, dann danke ich Ihnen, dass Sie sich die Zeit genommen haben. Und falls Ihnen noch was einfällt, das mich weiterbringen könnte, melden Sie sich.«

Sie zog eine Visitenkarte aus der Tasche und legte sie auf den kleinen Klapptisch. Dann gingen sie durch den dunklen Flur zurück zur Tür und verabschiedeten sich. Bevor Scholten die Tür schloss, sagte er noch: »Mein Bruder ist ein Idiot. Aber im Kern kein schlechter Mensch. Ich hoffe, dass er okay ist. Und dass Sie ihn finden.«

»Mach ich«, sagte Linda und tippte sich mit dem Zeigefinger an die Nase.

O Gott, dachte sie, während sie die Treppenstufen hinablief, jetzt übernahm sie schon die Lieblingsgeste ihres Großvaters.

Hatte sich in diesem Raum etwas verändert? Laurenz vermochte es nicht zu sagen, denn er hatte das Gästezimmer im Obergeschoss seines Pfarrhauses nicht mehr betreten, seit Olek im Juni dort eingezogen war. Fehlte nicht der kleine schäbige Koffer, in dem er damals nach der Haftentlassung seine wenige Habe aufbewahrt hatte? Konnte auch sein, dass der schon längst im Müll gelandet war.

Es klingelte.

Laurenz lief die Treppe hinab und öffnete die Tür.

»Ach, dann habe ich *dich* vorhin reingehen sehen«, sagte Father Matthew und strahlte Laurenz an, so wie er eigentlich immer strahlte, wenn man ihn traf. »Ich habe eine halbe Stunde Zeit und dachte, ich könnte bei Olek mal wieder einen Kaffee bekommen.«

»Olek ist weg«, sagte Laurenz tonlos. »Komm rein. Kaffeekochen kann ich auch.«

Sie gingen in die große Küche des Pfarrhauses und Laurenz machte sich an der altertümlichen Kaffeemaschine zu schaffen. Einen Automaten mit Kapseln und dergleichen gab es hier nicht. Nicht mal aus Umweltschutzgründen, sondern vermutlich aus reiner Gewohnheit, weil Laurenz und Olek den Filterkaffee aus ihren gemeinsamen Jahren hinter Gittern gewohnt waren.

Matthew Mutumba gehörte als Pfarrvikar zu Laurenz' Seelsorgeteam. Mit seiner Herzlichkeit und allzeit guten Laune bediente er sämtliche Klischees über afrikanische Priester. Doch von einem Augenblick zum anderen war das Strahlen aus seinem Gesicht gewichen.

Er sah Laurenz ernst an und fragte: »Was ist los mit Olek?«

In knappen Worten berichtete Laurenz von Lindas Schwangerschaft und ihrem Konflikt.

»Das bleibt absolut unter uns, klar?«, beschwor er Matthew. »Olek ist vermutlich mit der ganzen Sache noch mehr überfordert als Linda. Da ist er wohl einfach abgehauen. Vielleicht ist er irgendwo untergekrochen, hat sich betrunken und seinen Rausch ausgeschlafen und steht im nächsten Augenblick mit frischen Einkäufen vom Wochenmarkt auf der Türschwelle.«

»Oder du fahndest nach ihm«, meinte Matthew. »Schließlich bist du ja jetzt der inoffizielle erzbischöfliche Diözesandetektiv.«

»Unter Beibehaltung meiner übrigen Aufgaben, wie es immer so schön im Amtsblatt heißt«, brummte Laurenz. »Erst mal müssen Linda und ich diesen verschwundenen Kaplan wiederfinden. Olek wird schon wieder auftauchen.«

Es klingelte. Die beiden Männer sahen sich an.

»Das ging aber schnell«, meinte Matthew und grinste.

»Das ist er nicht«, widersprach Laurenz. »Olek hat einen Schlüssel.«

Er ging zur Tür und öffnete.

»Ach, Opa«, sagte er. »Was führt dich denn zu mir?«

»Guten Morgen, mein Junge. Drüben ist es mir zu einsam. Ich dachte, ich könnte hier einen Kaffee kriegen.«

»Da hast du wie immer einen guten Riecher«, antwortete Laurenz. »Komm rein.«

Der Alte tippte sich grinsend gegen die Nase und folgte Laurenz in die Küche, wo er Matthew begrüßte.

»Haltet ihr gerade ein priesterliches Kaffeekränzchen?«, fragte er und blickte sich um. »Sieht ja kärglich aus. Ich vermisse Oleks polnisches Frühstück, das war besser.«

»Deinem Cholesterinspiegel tut es sicher gut, mal ein paar Tage darauf zu verzichten«, meinte Laurenz.

»Ich bin eh schon auf Diät gesetzt«, gab sein Großvater zurück. »Linda kocht ja kaum noch, seit sie schwanger ist.«

Laurenz, der gerade drei Tassen aus dem Schrank nehmen wollte, hielt inne.

»Sie hat es dir erzählt?«, fragte er ungläubig.

»Unsinn«, sagte der Alte und tippte sich wieder an die Nase. »Natürlich nicht. Aber ich bin ja noch nicht ganz verkalkt im Oberstübchen. Solche Brechattacken kenne ich von früher. Von deiner Oma, mein Junge, möge sie in Frieden ruhen. Und von deiner Mutter, möge sie in der Sonne von Mallorca braten. Und dass Olek der Vater sein muss, ist ja auch klar, wie die immer turteln. Deshalb werde ich Olek zurückholen, wo immer er steckt.«

»Du?«

»Ja, wer denn sonst? Du und Linda, ihr habt ja mit eurem neuen Fall offenbar schon genug zu tun. Ich lasse nicht zu, dass mein Urenkel ohne Vater aufwächst. Oder dass ich den kümmerlichen Rest meiner Lebensjahre ohne Oleks Frühstück verbringen muss.«

»Und wie willst du Olek zurückholen?«, fragte Laurenz.

Eberhard machte einen Schritt auf seinen Enkel zu. »Die Frage ist ja immer, wo setzt man an. Ich werde zunächst einmal Oleks ganzes früheres Leben durchforsten. Hatte ich eh schon immer mal tun wollen. Du brauchst mir nur aus dem Knast seine Akte zu besorgen. Ist doch kein Problem für dich, mein Junge.«

»Doch, ist es. Auf ganz vielen Ebenen«, brummte Laurenz, stellte die drei Tassen auf die Anrichte und schenkte Kaffee ein.

»Warum geht ihr nicht einfach zur Polizei und meldet ihn als vermisst?«, fragte Matthew.

Laurenz setzte die Kanne ab und schwieg betroffen. Dieselbe Frage hatte er gestern an Georg Hedwein gerichtet. Machte er sich etwa Sorgen, dass Olek etwas »ausgefressen« haben könnte?

An seiner Stelle antwortete Eberhard: »Wenn wir das tun, setzen die ihn auf die Fahndungsliste. Der Junge ist doch auf Bewährung. Wenn die ihn vor uns finden, buchten die ihn direkt wieder ein.«

»So schnell geht das auch wieder nicht«, meinte Laurenz und nippte am Kaffee.

»Und was ist, wenn er irgendwas anstellt?«, fragte Matthew.

»Der ist nicht so dumm«, meinte Eberhard.

»Dumm ist der, der Dummes tut«, sagte Matthew und grinste. »Altes afrikanisches Sprichwort.«

»Unsinn«, widersprach Laurenz, »das stammt aus *Forrest Gump.*«

Matthew hatte diesen Tick, ständig irgendwelche Filmzitate als »alte afrikanische Sprichwörter« auszugeben. Laurenz verstand nie so ganz, ob sein Pfarrvikar das einfach nur lustig fand oder als subtile Kritik an europäischen Zerrbildern über seinen Heimatkontinent verstand.

Für einen Moment schwiegen die drei. Von wegen Akte, dachte Laurenz. Bartosz Mackiewicz kam ihm in den Sinn. Der hatte auch in Wuppertal eingesessen, Olek und er hatten sich von früher gekannt. Inzwischen müsste Mackiewicz wieder draußen sein. Vielleicht sollte Laurenz nachher doch im Knast anrufen und mit seinem Nachfolger sprechen, vielleicht hatte der eine Adresse von Mackiewicz?

Sein Großvater sagte in die Stille hinein: »Olek stellt nix an. Der geht doch inzwischen sogar zur Abendschule. Der kann noch einiges aus sich machen. Das schmeißt der doch nicht weg. Der Junge hat einfach nur Schiss in der Buxe. Das müsstet ihr beiden doch am besten verstehen.«

Die beiden Priester sahen ihn verständnislos an.

»Jeder Mann kriegt erst mal ein bisschen Schiss, wenn es plötzlich ernst wird im Leben, so mit Frau und Kindern«, erklärte Eberhard senior. »Aber die wenigsten Männer flüchten sich deswegen gleich in den Zölibat.«

»Hör mal, Opa …« Laurenz wollte lospoltern.

Aber Matthew meinte bloß: »Da könnte was dran sein.«

Wieder klingelte es. Laurenz brauchte eine Sekunde, um zu bemerken, dass es nicht von der Tür kam, sondern von seinem Handy, das auf dem Küchentisch lag. Linda.

»Hey, was gibt's Neues?« Unwillkürlich erwartete er, sie würde ihm berichten, dass Olek sich gemeldet habe.

Aber Linda fragte bloß: »Wer zur Hölle ist der Heilige Bonifatius?«

»Wie kommst du denn jetzt darauf?«

»Paul Scholten vergleicht sich wohl gerne mit dem.«

»Aha, na ja. Bonifatius war ein Missionar und Bischof. Im frühen Mittelalter. Er hat den Germanen das Christentum beigebracht und sich mit den alten germanischen Göttern angelegt. Angeblich hat er die Donareiche gefällt. Das war ein Baum, vor dem die heidnischen Germanen den Donnergott angebetet haben. Bonifatius hat den Baum umgehauen, ohne dabei vom Blitz getroffen zu werden. Und zack, wurde Deutschland ein christliches Land. Na, so ungefähr halt. Aber was hat das mit Scholten zu tun?«

»Weiß ich noch nicht«, antwortete Linda. »Ist vielleicht auch gar nicht wichtig. Okay, danke. Wir sehen uns dann um sechs in Gorzbach, ja?«

»Moment mal – kommst du mich nicht mit dem Auto abholen?«

»Nein, wir fahren getrennt.«

»Wieso?«, fragte Laurenz. »Wegen deiner Übelkeit oder was?«

»Nein, Mann. Wegen der Tarnung. Hedwein will nicht, dass jemand was von Scholtens Verschwinden mitkriegt. Darum komme ich heute nicht als Detektivin und Schwester, sondern als ganz normale Gottesdienstbesucherin. Klar?«

»Klar«, murmelte er. »Bis nachher.«

»Und?«, fragte Eberhard, während Laurenz sein Handy in die Hosentasche schob. »Was Neues von Olek?«

»Nein.« Laurenz schüttelte den Kopf und wandte sich an Matthew: »Kannst du mir heute Abend vielleicht deinen Mondeo leihen?«

Linda hatte auf dem Rückweg an einem Kaffeebüdchen haltgemacht und gönnte sich einen Latte Macchiato. In der Schwangerschaft sollte man eigentlich keinen Kaffee trinken, hatte sie mal irgendwo aufgeschnappt, eher so was wie Kamillentee. Aber der Kaffee tat gut. Das mit der Übelkeit ließ angeblich nach den ersten drei Monaten nach, hatte sie ebenfalls aufgeschnappt. Das Ende des dritten Monats kam ihr vor wie ein Prüfungstermin und dahinter kam erst einmal lange nichts. Sie hatte keine Vorstellung davon, wie es mit einem Baby weitergehen sollte. Alles würde anders sein, egal, wie sie sich entschied. Sie lehnte an einem Stehtisch und suchte mit dem Handy im Internet nach der Beratungsstelle, die ihre Frauenärztin ihr empfohlen hatte. Sie rief deren Website auf, um sie jedoch im nächsten Moment wieder wegzuwischen, und öffnete den Blog des Vereins »Muttererde-Vaterland«, auf den sie schon am Abend zuvor gestoßen war. In den meisten Beiträgen ging es darum, dass sowohl das »arme liebe Deutschland« als auch die katholische Kirche durch jahrelange Anpassung an den Zeitgeist innerlich völlig verrottet, verfault, vergiftet seien. Die Passagen zum Thema Abtreibung überlas Linda. Es waren nicht wenige. Moderne Großstädte, hieß es weiter, seien genau wie Sodom und Gomorrha, Heil gebe es nur auf dem Land, in der bäuerlichen Lebensweise, im Einklang mit der Natur und der Abfolge der Jahreszeiten. Im Mittelalter seien die Menschen noch eins mit sich und der Welt gewesen, war da zu lesen, geborgen im Schoß der Großfamilie, ein Gott, ein König, ein Vaterland. Das alles sei durch die Aufklärung und die Französische Revolution zerstört worden. Durch die Demokratie und den Liberalismus. Und der heutige Mensch sei nur noch ein Sklave seiner scheinbaren Freiheit, getrieben von Konsumterror und Sexualisierung ... und so weiter.

Linda hatte sich nie sonderlich für Geschichte interessiert, dass solche Begriffe wie »Vaterland« oder »Nation« überhaupt erst durch die Aufklärung und die Französische Revolution entstanden waren, wusste sie aber schon. Was die Autoren da auf diesem Blog an allen möglichen kulturellen Bröckchen zusammenstümperten, war im Grunde ein Weltbild im Bausatzformat. Die meisten Texte waren mit dem Kürzel O. A. gekennzeichnet. Otto Altmann vermutlich. Vielleicht betrieb er den Blog ganz allein und benutzte die anderen Kürzel als Pseudonyme, solche Leute gab es. In das Vereinsregister irgendeines bundesdeutschen Amtsgerichtes gleich welcher Stadt eingetragen war der sogenannte Verein jedenfalls nicht, das hatte sie schon überprüft. Andererseits schien dieser Altmann ganz gut vernetzt zu sein. In vielen Texten fanden sich Links zu anderen Websites. Videos der neurechten Vordenker Götz Kubitschek und Ellen Kositza, im Hintergrund waren Ikonen und Rosenkränze zu sehen, ganz ähnlich wie in Paul Scholtens Arbeitszimmer.

Auch Scholten selbst tauchte auf dem Blog auf und das bestätigte Linda darin, dass sie wieder einmal die richtige Intuition gehabt hatte. Spürnase eben. Auf einem Foto stand der verschwundene Kaplan im Kreise mehrerer Erwachsener und Kinder und vor ihnen stapelten sich auf einem Tisch Kürbisse und Äpfel, Brotlaibe und Marmeladengläser. Der kurze Text zu dem Bild begeisterte sich darüber, »wie wundervoll dieses erste Erntedankfest in unserer neuen Heimat« gewesen sei. Man dankte dem »hochw. Herrn Kaplan Paulus Scholten, der extra aus Köln angereist ist, um mit uns zu feiern«.

Die Formulierung deutete darauf hin, dass diese »neue Heimat« wohl nicht gerade in der unmittelbaren Umgebung von Köln lag. Aber weitere Hinweise auf den Ort gab es nicht. Auch über ein eigenes Impressum verfügte der Blog nicht. Das Foto von Scholten und seinen glücklichen Schäfchen zeigte im Hintergrund eine winzige trutzige Kapelle. Das konnte überall in Mitteleuropa sein. Trotzdem nahm Linda sich vor, dieses Foto später am Computer zu vergrößern und einen Teil auszuschneiden. Vielleicht war das Kapellchen per Bildersuche irgendwo dingfest zu machen.

Sie zog das Bild mit Daumen und Zeigefinger in die Breite und fixierte Scholten. Er trug ein reich verziertes Messgewand, hielt die Arme ausgebreitet und lachte fröhlich in die Kamera. Nicht gerade das, was Linda sich unter einem kontaktscheuen, gehemmten Eigenbrötler vorstellte. Aber vielleicht hatte Scholten in seinem bisherigen Leben einfach nur nicht die richtigen Leute gefunden, bei denen er sich wohlfühlte – bis jetzt. Gut möglich, dass er einfach beschlossen hatte, auszusteigen und sich in so einer rechtsradikalen Hippie-Kommune niederzulassen. So etwas gab es. Was hatte sie neulich noch in der Zeitung gelesen? Da war es um völkische Siedler, Öko-Rassisten gegangen, die irgendwo in der Pampa Biolandbau und germanische Arterhaltung betrieben und am Lagerfeuer zur Wintersonnenwende alten nordischen Göttern huldigten. In dieses Szenario passte Bonifatius. Der Mann, der vor über tausend Jahren die Donareiche gefällt hatte. Was hatte Scholten genau gemeint, als er sich mit diesem frühmittelalterlichen Heiligen verglich? Linda konnte sich den Kaplan nicht so recht mit Axt oder Kettensäge in der Hand vorstellen.

Und noch etwas widersprach der Aussteiger-Hypothese: Scholtens Nachricht an Hedwein vom Freitag letzter Woche. Aussteiger hinterlassen vielleicht eine Abschiedsnachricht oder verschwinden einfach von jetzt auf gleich ohne jeden Hinweis. Aber sie melden sich nicht zwischendurch, um ihre Rückkehr drei Tage später in Aussicht zu stellen. Es gab keinen plausiblen Grund, weshalb Scholten dabei gelogen haben sollte, er hätte sich ja gar nicht melden brauchen, hatte es aber doch getan und das sicherlich auch so gemeint. Irgendetwas musste ihm dazwischengekommen sein. Nichtsdestotrotz sagte Lindas Gefühl ihr, dass das Geheimnis seines Verschwindens mit diesem Ort und diesen Leuten zusammenhing.

Sie leerte den Kaffeebecher und scrollte noch einmal durch den Blog bis ganz nach unten und wieder zurück. Es gab keine einzige Kontaktmöglichkeit. Kein Formular, keine Mail-Adresse, nichts. Seltsam für eine Person oder eine Gruppe, die so offensiv Propaganda betrieb. Und damit eine weitere Ungereimtheit.

Andererseits aber auch praktisch, denn das ergab eine gute Legende für die Befragung der Gottesdienstbesucher in Gorzbach.

»Ich bin mir gar nicht so sicher, ob die Leute die Lieder mögen, die Sie da ausgesucht haben«, sagte Frau Kötter. »Die sind ja alle auf Deutsch.«

Laurenz und sie standen in der kleinen Sakristei der Gorzbacher Dorfkirche. Die Küsterin war eine kleine alte Frau von hagerer Gestalt. Ihr knochiger Finger tippte energisch auf den Notizzettel, auf dem Laurenz einige Nummern aus dem *Gotteslob*, dem allgemeinen Gesangbuch, notiert hatte.

»Dann werden wir wohl alle heute mal was Neues ausprobieren«, entgegnete Laurenz und musterte die bereitliegende Kasel. Das Messgewand war reich mit barocken Ornamenten verziert und er kam sich vor, als würde er sich verkleiden. Irgendwie tat er das ja tatsächlich, schließlich war er in einem geheimen Auftrag unterwegs.

»Wann wird denn der Herr Kaplan wieder gesund sein?«, wollte Frau Kötter wissen.

»Das weiß ich nicht, ich habe gar nicht mit ihm gesprochen«, antwortete Laurenz und war froh, immerhin nicht direkt lügen zu müssen. »Ich weiß bloß von Pfarrer Hedwein, dass es ihm nicht gut geht und dass er momentan nicht zu Hause ist.« Das traf doch sinngemäß zu, fand Laurenz. »Wir wollen ihn in die Fürbitten miteinschließen, damit er schnell wieder gesund wird.«

Frau Kötter nickte nur und sah ihn von unten her auf eine Weise an, dass er schon befürchtete, sie glaube ihm kein Wort.

Eigentlich hatte er sie auf die »seltsamen Gestalten« ansprechen wollen, die Georg Hedwein erwähnt hatte. Aber das unterließ er, um die alte Dame nicht noch misstrauischer zu machen. Stattdessen sagte er:

»Na gut, von mir aus können wir Credo, Sanctus und Agnus Dei auf Latein singen.«

Wenig später erschienen zwei etwa achtzehnjährige Ministranten, die sich aber gleich wieder zurückzogen, als sie erfuhren, dass die Messe heute in der *ordentlichen Form* gefeiert würde. Auch in der versammelten Gemeinde gab es lange Gesichter, als Laurenz schließlich die Glocke neben der Sakristeitür läutete und das erste Lied ansagte. Er sang es beinahe allein und ging mit den Augen die Reihen rund fünfzig Anwesender entlang. Seit er kein Knastpfarrer mehr war, hatte er sich bei Gottesdiensten an den Anblick vieler grauer Häupter gewöhnt und wunderte sich nun, wie viele junge Leute hier waren, darunter etliche Familien mit Kindern. Hatte ihn Scholtens Pfarrhaus bereits an ein Heimatmuseum erinnert, fühlte er sich jetzt in die Fünfzigerjahre zurückversetzt. Die Kinder waren adrett gekleidet und frisiert, die Jungs mit akkuraten Scheiteln und die Mädchen mit Zöpfen, auch die Erwachsenen hatten sich entsprechend ausstaffiert. Mit unbewegten Mienen hörten sie zu, wie Laurenz erklärte, dass Kaplan Scholten leider erkrankt sei. Wo steckte Linda? Stand sie im Stau auf der A4? Oder beugte sie sich gerade über einen Straßengraben, um sich zu erbrechen? Nein – da war sie! Sie stand hinten in der letzten Reihe, hatte die Lederjacke gegen einen nachtblauen Janker getauscht und die Jeans gegen einen bodenlangen Faltenrock, die Haare zu einem Zopf geflochten und sogar das Nasenpiercing herausgenommen. Sie hatte die Hände gefaltet und wirkte in sich gekehrt, sie spielte ihre Rolle wirklich gut.

Linda hatte das Gefühl, zum ersten Mal seit Tagen richtig zur Ruhe zu kommen. Sie achtete nicht weiter auf das, was ihr Bruder da vorne von sich gab, sondern ließ einfach die Gedanken fließen und war überrascht, als die Messe plötzlich zu Ende war und die Leute zum Ausgang strömten. Die meisten gingen nicht sofort zu ihren Autos, sondern standen noch in kleinen Grüppchen beisammen und unterhielten sich. Linda gesellte sich zu zwei Frauen, die ungefähr in ihrem Alter sein mussten. Die eine trug einen breiten Hut, der ihr Gesicht beinahe verdeckte, die andere hatte ihr flachsfarbenes Haar zu einem Kranz geflochten.

»Darf ich Sie etwas fragen?«

Die beiden drehten sich zu Linda um und sahen sie freundlich an.

»Ich bin zum ersten Mal hier und ich dachte eigentlich, dass hier die Messe ...«, sie suchte kurz nach der richtigen Formulierung, »... also in der außerordentlichen Form gefeiert wird?«

»Wir nennen es einfach die *Alte Messe*«, erwiderte die Bekränzte. »Das klingt doch viel freundlicher. Aber manche sagen auch *Wahre Messe* dazu.«

»Da haben Sie heute leider Pech«, ergänzte die andere. »Unser lieber hochwürdiger Kaplan Scholten ist krank. Deshalb hat man uns diesen blassen Aushilfspriester aus Köln geschickt, na ja. Vielleicht ist der Herr Kaplan ja nächste Woche wieder gesund.«

Linda brauchte alle Kraft, um nicht zu grinsen.

»Ich bin im Internet darauf aufmerksam geworden«, sagte sie, »also darauf, dass man hier zur Wahren Messe gehen kann. Ich habe noch nicht so viel Erfahrung damit, ich bin mehr so auf der Suche ...«

»So ging es uns allen«, antwortete die Frau mit dem Haarkranz und schenkte Linda einen warmen, verständnisvollen Blick. »Wer den wirklichen Glauben sucht, wird in den normalen Gemeinden nicht fündig. Da machen sie nichts weiter, als im Stuhlkreis über die Frauenweihe zu diskutieren.«

Die Hutträgerin kicherte.

»Ich habe den Hinweis auf dem Blog eines gewissen Otto Altmann gefunden«, fuhr Linda fort, »ein sehr inspirierender Mensch, wie mir scheint. Ich hatte gehofft, dass ich ihn ebenfalls hier treffen könnte. Kennen Sie ihn vielleicht?«

»Nein«, sagte die Hutträgerin, »aber ich kenne auch nicht alle Gläubigen, die hier zur Messe kommen.«

Linda zog ihr Handy hervor, um das Foto von Altmann zu zeigen.

»Ach, der«, sagte die Hutträgerin bloß.

Unvermittelt hatten sich die Gesichter der beiden Frauen verfinstert.

»Den habe ich ein paar Mal hier gesehen«, sagte die andere. »Ist schon einige Wochen her. Ehrlich gesagt – ich weiß nicht, ob diese Leute der richtige Zugang zum wahren Glauben sind.«

»Leute?«, fragte Linda.

»Na, zumindest einmal sind sie zu zweit aufgetaucht«, sagte die Hutträgerin. »Der Mann auf dem Foto, der war anständig gekleidet. Aber sein Begleiter, der trug einen Kapuzenpulli, da stand etwas in einer seltsamen Schrift drauf, *Thor* oder so ähnlich, mit Runenzeichen. Gruseliger Typ. Ich glaube, der hatte sich verlaufen.«

»Klingt wirklich komisch«, sagte Linda. »Wie gesagt, ich kenne den Mann auch nur aus dem Internet, von seiner Website. Wie sah denn dieser andere aus, der mit dem Pullover? Vielleicht verwechsle ich da wen?«

»Das war ein bulliger Kerl mit Pferdeschwanz und einem Backenbart«, erinnerte sich die Hutträgerin. »Könnte auch als Motorradrocker durchgehen. Aber man soll Menschen ja nicht nach dem Äußeren beurteilen. Erst muss man sein Inneres reinigen, dann strahlt das auch nach außen.«

»Schön gesagt«, antwortete Linda und dachte für einen kurzen Augenblick an ihr eigenes Inneres.

»Halten Sie sich lieber an unseren Herrn Kaplan Scholten«, sagte die Frau mit dem Haarkranz. »Kommen Sie doch einfach nächste Woche wieder.«

»Ja. Sicher. Ganz bestimmt.« Linda suchte in der Handtasche nach dem Autoschlüssel. »Vielen Dank. Und ein schönes Wochenende.«

»Gesegneten Sonntag!«, rief die Hutträgerin noch hinter ihr her.

Das Klirren einer umfallenden Wodkaflasche ließ ihn hochschrecken. Olek setzte sich benommen auf und fuhr mit der Hand über seinen Schädel. Er musste wohl eingedöst sein. Bartosz stand vor ihm und schob mit der Fußspitze die leere Flasche und den leeren Pizzakarton zur Seite, bevor er sich neben ihn auf das Sofa setzte und eine Zigarette anzündete.

»Wie lange willst du noch bleiben?«, fragte er.

»Weiß nicht«, brummte Olek. »Muss mir erst mal einen Job suchen.«

»Und wie weit bist du schon gekommen?«

»Nicht sehr weit.« Olek angelte nach einer anderen Flasche und hielt sie prüfend gegen das diffuse Licht, das der Fernseher verströmte. »Keiner will mich.«

Das bezog sich, so fand Olek, nicht bloß auf seine bislang ergebnislose Jobsuche. Auch Linda wollte ihn nicht. Nicht ihn und nicht das Kind, und das hätte ihm doch von Anfang an klar sein müssen, dass es nicht funktionieren würde. Ein paar Monate lang hatte er sich der Illusion hingegeben, er könnte endlich Wurzeln schlagen, ein Zuhause haben, so was wie Heimat finden. Wie dumm von ihm. Für einen wie ihn hatte die Welt eben keinen Platz.

Er öffnete die Flasche, nahm einen tiefen Schluck und sagte: »Ich kann kochen, ich kann Hausmeisterzeug, ich kann alles Mögliche. Aber ohne Zeugnisse wird das nichts.«

»Was hast du denn die letzten Monate getrieben?«, fragte Bartosz, »seit du aus dem Knast raus bist?«

Ein Kind gezeugt, dachte Olek. Wieder bestastete er seine Kopfhaut und fühlte die feinen Stoppeln. Er hatte sich vorgenommen, zum ersten Mal seit etlichen Jahren die Haare wieder wachsen zu lassen. Vielleicht war das Tattoo auf dem blanken Schädel nicht die allerbeste Empfehlung für einen Exknacki auf Jobsuche.

Er sagte: »Alles Mögliche. Hab dir doch von der Schwester des Käfigheiligen erzählt.«

»Die Detektivin.«

»Genau. Für die habe ich im Sommer mal ein paar Tage im Schlachthof gearbeitet. Undercover, so nennt man das. Ging da irgendwie drum, dass der Chef einen Betrug am Laufen hatte, wegen Sozialversicherung. Schlachthof wäre immerhin eine Möglichkeit. Am Ende kriegst du vielleicht drei oder vier Euro die Stunde raus.«

»Wow, vier Euro!«, höhnte Bartosz. »Während der Chef sich 'ne goldene Nase verdient hat. Solltest du vielleicht auch mal wieder versuchen.«

»Was versuchen?«

»Na, irgendwas drehen. So wie früher. Ich kann Hilfe gebrauchen. Und wegen mir kannst du noch 'ne Weile bleiben. Aber du musst schon mit anpacken.«

»Wobei?«

»Was so anliegt. Gerade läuft der Enkeltrick wieder ganz gut.«

Unwillkürlich musste Olek an den alten Broich denken. Er schüttelte den Kopf.

»Nein, das ist vorbei.« Er nahm noch einen Schluck, dann lachte er und sagte: »Ich hab mit Abendschule angefangen, will einen Abschluss machen.«

»Schön für dich«, brummte Bartosz. »Und wie lange dauert das, bis du einen Abschluss hast? Bis dahin musst du ja was zum Fressen haben.« Er nahm Olek die Flasche aus der Hand, trank ebenfalls daraus und sagte: »Diese Leute da draußen, denen ist egal, ob du was kannst. Für die zählen nur Papiere. Kein Schulabschluss, kein Job. Außer Drecksarbeit halt wie im Schlachthof. Aber ich, mein Freund, ich weiß, was du kannst. Ich weiß, dass du gut darin bist. Bei mir brauchst du keinen Abschluss und kein Zeugnis. Also – kann ich auf dich zählen?«

»Ich … weiß nicht.«

»Na gut.« Bartosz erhob sich. »Ich sag dir, wie es läuft. Übers Wochenende kannst du meinetwegen hier noch pennen. Aber bis Sonntagabend sagst du mir, wie du dich entschieden hast. Sind wir Partner, kannst du bleiben. Wenn nicht, packst du Montagfrüh deine Sachen.« Er drückte Olek die Flasche wieder in die Hand. »Kommen wir klar?«

»Klar«, brummte Olek und trank.

Laurenz brachte den geliehenen Mondeo zu Matthew zurück und radelte dann durch den dunklen Novemberabend durchs Veedel. Die Fassaden der Hochhäuser blinkten und glitzerten schon vom verfrühten Adventsschmuck in LED. In den Vorgärten der Reihenhaussiedlung leuchteten erste Lichterketten in den Koniferen. An der Straßenbahnhaltestelle Mitscherlichstraße im Zentrum des Viertels herrschte das rege Treiben eines Freitags gegen acht, wo sich aufgebrezelte junge Leute in Horden sammelten, um die Clubs und Kneipen drüben auf der anderen Rheinseite anzusteuern. Im historischen Ortskern, wo seine Pfarrkirche St. Magdalena lag, waren die Straßen schon fast ausgestorben. Im Erdgeschoss seines Elternhauses brannte Licht, offenbar saß Linda im Büro. Er schloss das Rad ab und klingelte. Fast war er erleichtert, als seine Schwester ihm in ihrem üblichen Outfit öffnete, auch das Piercing saß wieder im Nasenflügel.

»Nachbesprechung?«, fragte er.

»Komm rein«, sagte sie.

Er folgte ihr ins Büro und beäugte die dampfende Tasse auf dem Schreibtisch.

»Was trinkst du da?«

»Kamillentee.«

»Und wer ist das?«

Auf dem Computerbildschirm prangte das Foto eines bulligen Mannes mit langen Haaren und einem beeindruckenden Backenbart.

»Goran Benko. Ein Kumpel von Otto Altmann. Ich hab mich nach dem Gottesdienst mit zwei Frauen unterhalten, sie haben ihn mir beschrieben und ich habe ihn auf einem Facebook-Foto auf einer Seite von jemandem gefunden, mit dem Otto Altmann befreundet ist. Sein Profil ist nicht ganz so diskret wie das von Altmann. Benko stammt wohl aus Berlin. Viel mehr konnte ich allerdings noch nicht herausfinden.«

Sie klickte das Bild weg und öffnete ein anderes Foto, den stark vergrößerten Ausschnitt eines Bildes von einer kleinen, gedrungenen Kapelle. Am Bildrand erkannte Laurenz noch halb das Gesicht von Paul Scholten.

»Wir suchen diesen Ort«, sagte Linda. »Otto Altmann schreibt auf seinem Blog sinngemäß, dass das seine neue Heimat sei, und auch Goran Benko macht auf Facebook Andeutungen dazu, dass er jetzt ein Siedler sei und sich an eine neue Scholle, so nennt er das, binden wolle.«

»Und du denkst, dass sich dort auch unser verlorener Kaplan herumtreibt?«, fragte Laurenz und nippte an Lindas Tee. »Wo ist denn das überhaupt?«

»Weiß ich eben nicht«, sagte Linda und nahm ihrem Bruder die Tasse aus der Hand. »Die Bildersuche im Netz hat keinen Treffer erbracht. Magst du auch einen Tee? Ich mach dir einen.«

»Nein, vielen Dank. Ich hol mir lieber ein Kölsch, wenn ich darf.«

»Fühl dich wie zu Hause.«

Laurenz lief rasch die Treppe hoch. Im ersten Stock war die Tür nur angelehnt, Opa Eberhard schlief im Wohnzimmer vor dem Fernseher. Laurenz ging hinein und schaltete das Gerät aus, wie Olek es sonst jeden Abend tat, dann stieg er weiter nach oben in Lindas Dachwohnung und nahm ein Bier aus dem Kühlschrank. Über dem Stuhl lagen der Janker und der Faltenrock.

Er hebelte die Flasche auf und lief zurück nach unten ins Büro.

»Das war übrigens eine tolle Verkleidung«, sagte er anerkennend. »Ich wusste gar nicht, dass du so was besitzt.«

»Ich habe einen großen Fundus an Klamotten«, antwortete sie. »Du würdest dich wundern, was man in meinem Job alles an Verkleidung braucht. Aber du warst ja auch hübsch kostümiert.«

»Stimmt.« Er dachte an die altertümliche Kasel und musste grinsen. »Und vor allem«, sagte er, »hast du dich sehr gesittet verhalten. Wenn du dich mal in einen Gottesdienst hier bei uns in Magdalena verirrst, hängst du ja eher gelangweilt in der Bank ab.«

Laurenz erwartete, dass sie seine Neckerei mit einem flotten Spruch kontern würde.

Aber Linda sagte bloß: »Ich hab das nicht gespielt, ich fand es wirklich okay. Angenehm ruhig. Und dann diese lateinischen Lieder, fast meditativ, ich konnte richtig gut runterkommen. Nicht wie sonst bei dir.«

»Versteh nicht, was du meinst«, brummte er und trank an seinem Bier.

»Na, wenn ich hier bei dir in die Messe gehe, dann machst du immer eine Riesenshow und erklärst ständig, was du als Nächstes machst, du läufst rum und redest mit den Kindern und dauernd müssen sich alle an den Händen fassen und so.«

»Hm«, machte Laurenz und trank. So etwas hatte ihm noch niemand gesagt.

Dann fragte er: »Wie gehen wir weiter vor? Wie willst du rauskriegen, wo diese Leute das gefunden haben, was sie als Scholle oder neue Heimat bezeichnen?«

»Ich glaube, dass die sich alle übers Internet kennengelernt haben«, sagte Linda. »Solche Netzwerke bilden sich meistens online, und dann kommen die Leute im richtigen Leben zusammen. Ohne Internet würde es die gar nicht geben.«

»Die Leute, meinst du?«

»Quatsch, die Netzwerke. Ultrarechte Siedler lernst du ja nicht in der nächsten Eckkneipe kennen. Und ein

Zeitungsinserat würde so jemand eher nicht aufgeben. Aber dank Facebook und Co. gibt es tausende von Gruppen zu allen möglichen Themen und Meinungen und du triffst plötzlich Gleichgesinnte aus allen Himmelsrichtungen. Egal, wie abseitig deine Neigungen auch sein mögen, und egal, wie alleine du dich damit im richtigen Leben fühlst, im Internet findest du immer ein paar andere, die genauso drauf sind wie du.«

»Filterblasen, Echokammern, verstehe«, stellte Laurenz fest.

»Genau.« Linda nickte. »Und da müssen wir rein. Mitten in die Blase.«

»Aber wie? Sind das nicht meistens geschlossene Gruppen?«

»Stimmt. Jemand muss uns einen Schlüssel besorgen. Und ich weiß auch schon, wer.«

4

Samstag, 25. November

Das Haus in der Bechsiefener Straße war komplett
eingerüstet, sie hatten also mit der Fassadensa-
nierung begonnen. Im Spätsommer war das leicht he-
runtergekommene Gebäude kurzzeitig als Spukhaus
in die Schlagzeilen geraten und hatte Linda und ihren
Bruder zu ihrem zweiten gemeinsamen Fall zusam-
mengeführt. Die unerlöste Seele, die nachts in einer
der Wohnungen gruselige Blutspuren zu hinterlassen
schien, hatte sich am Ende als etwas sehr Diesseiti-
ges entpuppt – und bei der Enttarnung war ein tech-
nisch begabter Hausbewohner sehr hilfreich gewesen,
dessen Klingelknopf Linda an diesem Samstagmittag
betätigte. Die Haustür summte und Linda betrat das
Treppenhaus, nachdem sie sich rasch noch ein neues
Kaugummi in den Mund geschoben hatte. Der saure
Geschmack von Erbrochenem ging einfach nicht weg.

Im ersten Stock stand ein kleiner Junge im Türrahmen, sein Name fiel ihr sofort wieder ein.

»Hallo Melih«, sagte sie, »ist dein Vater zu Hause?«

Melih drehte sich um und rief in die Wohnung:
»Papa, da ist die Frau mit der Lederjacke!«

Kurz darauf erschien Orsan Tolu im Flur. Der athle-
tische Mann trug Jeans und T-Shirt und darüber eine
Küchenschürze, an der er sich die Hände abrieb.

Er erkannte Linda und sagte: »Frau Broich, welche
Überraschung. Ich dachte, wir wären längst quitt?
Oder ist Rosalindes Geist zurückgekehrt?«

»Leider habe ich es diesmal mit ganz anderen Gespenstern zu tun«, sagte Linda. »Und ich brauche noch mal Ihre Hilfe. Hätten Sie kurz Zeit?«

»Ich bin gerade etwas im Stress«, sagte er. »Eigentlich sollten die Kinder dieses Wochenende bei meiner Frau sein, aber da ist was dazwischengekommen und wir backen gerade Plätzchen ...«

»Heißt das, dass wir jetzt Playsi spielen dürfen?«, fragte Melih.

»Ich bezahle Sie natürlich«, sagte Linda.

»Womit denn diesmal?«, fragte Tolu und lachte. »Beim letzten Mal war es eher eine Erpressung.«

»Diesmal komme ich als Kundin. Oder ... wie immer Sie das in Ihrer Branche nennen.« Sie zeichnete mit den Fingern zwei Gänsefüßchen in die Luft.

»Playsi?«, fragte Melih.

»Playsi«, sagte Tolu. »Kommen Sie rein.«

Melih rief seine Schwester und die Kinder flitzten ins Wohnzimmer, Linda folgte dem Mann in die Küche. Auf dem Tisch lagen einige mit Förmchen ausgestochene Plätzchen-Rohlinge, im Ofen sah sie ein Blech mit schon fast fertigen.

»Das duftet«, sagte Linda und wunderte sich, dass ihr nicht gleich wieder übel wurde. »Mein Bruder würde sagen, dass Sie viel zu früh dran sind. Der Advent beginnt ja erst nächste Woche Sonntag.«

»Ist mir doch egal«, meinte Tolu und grinste, »ich bin Muslim. Ich backe meine Weihnachtskekse, wann ich will.«

»Gute Einstellung«, meinte Linda und setzte sich.

Tolu schob die Backutensilien beiseite, wischte mit einem Tuch über die nun freie Hälfte des Tisches und holte sein Notebook von nebenan.

»Keine Ahnung, um was es geht«, sagte er, »aber ich schätze, das werden wir brauchen?«

»Ich hoffe doch.« Linda nickte. »Können Sie mich in eine geschlossene Facebook-Gruppe bringen?«

»Geschlossen oder geheim?«, fragte er zurück.

»Wo ist der Unterschied?«

»Wie heißt denn die Gruppe?« Er klappte den Rechner auf.

»Keine Ahnung, ich weiß gar nicht, ob die Gruppe, die ich suche, überhaupt existiert.«

»Sie sind ja toll vorbereitet«, brummte Tolu. »Um was geht es denn überhaupt?«

Linda lehnte sich zurück und gab dem Mann einen kurzen Abriss über den Fall Scholten und die bisherigen Erkenntnisse.

»Sie jagen Faschos«, stellte Tolu fest und holte die fertigen Plätzchen aus dem Ofen. »Warum sagen Sie das nicht gleich? Da bin ich direkt motiviert.«

Er hatte während Lindas Bericht schon das Facebook-Profil von Scholten aufgerufen. Jetzt sagte er: »Ich habe das so verstanden, dass Sie Zugang zu dem Profil brauchen, damit Sie sehen können, in welchen Gruppen sich dieser Mensch bewegt, ja? Also müssen wir uns sein Passwort besorgen.«

»Klingt gut«, sagte Linda.

Tolu stand auf und holte ein zweites Notebook, setzte sich wieder und begann zu tippen. »Haben Sie eine Mailadresse von Ihrer Zielperson?«

»Es gibt standardisierte Mailadressen vom Erzbistum«, antwortete Linda. »Hilft uns das?«

»Vielleicht. Aber sicher hat er noch mindestens einen weiteren, privaten Mail-Account. Wer sich in komischen Kreisen bewegt, kommuniziert da sicher nicht über sein dienstliches Mailpostfach.«

Linda erhob sich, um Tolu über die Schulter zu sehen. »Darf ich zuschauen? Ich bin neugierig.«

»Nur gucken, nicht anfassen«, brummte er. »Geben Sie mir ein paar Stichworte. Unter welchen Usernamen könnte Ihr Herr Scholten unterwegs sein?«

»Das ist der TOR-Browser«, stellte sie mit Blick auf den Bildschirm fest. »Was suchen Sie denn im Darknet?«

»Da gibt es Listen mit zigtausenden von Passwörtern, die irgendwelche Hacker mal erbeutet haben. Manchmal geht so ein Skandal durch die Medien. Mit dem Hinweis, dass man doch dringend seine Passwörter ändern solle. Aber die allermeisten Menschen tun das trotzdem nicht. Sondern benutzen weiterhin ihr eines, lieb gewonnenes Passwort – und zwar für sämtliche Accounts, die sie haben, egal ob für ihre Mailadresse oder ihr Internetbanking oder ihr Ebay-Konto oder ihren Facebook-Account. Die Passwörter kann man hier für kleines Geld kaufen. Setze ich Ihnen mit auf die Rechnung.«

»Sie wollen mir eine Rechnung stellen?« Linda grinste.

»Ja, mündlich. Die können Sie zwar nicht als Betriebsausgabe absetzen, dafür ist sie brutto wie netto.«

»Einverstanden«, meinte Linda. »Also, dann suchen Sie mal nach Scholten und Paulus und Capellanus oder … Bonifatius, vielleicht ist ja was dabei?«

Zehn Minuten später hatten sie auch Begriffe wie »Gorzbach«, »Wahre Messe« und »Jerusalem-Kreuz« gecheckt, aber keinen Treffer gelandet.

»Okay, dann anders.«

Tolu öffnete ein Mailprogramm, begann eine neue Mail und tippte in die Adresszeile alle denkbaren Varianten, die er um die gängigen Anbieter wie GMX, Yahoo, Web.de erweiterte.

»Das ist, wie wenn man im Dunkeln mit der Schrotflinte in den Himmel schießt«, meinte Tolu. »Mit Glück trifft man irgendwas.«

»Wie viele Identitäten haben Sie?«

»Keine Ahnung – hunderte? Und Sie?«

»Etwa zwanzig. Und das finde ich schon ziemlich unübersichtlich.«

»Die meisten benutze ich nur ein einziges Mal«, sagte Tolu und schickte die Mail ab. »Kaffee?«

»Haben Sie Tee?«

»Bin ich Türke? Natürlich hab ich Tee.«

Er stand auf und machte sich an einem Gerät zu schaffen, das Linda im ersten Moment für eine Art Mixer mit seltsamem Design gehalten hatte, jetzt erkannte sie einen elektrischen Samowar.

»Und, wie läuft es sonst so bei Ihnen?«, fragte Linda.

Erstaunt sah Tolu sie an.

»Sie haben ja damals erzählt, wie anstrengend das Leben sein kann, wenn man alleinerziehend ist«, schob sie nach.

»Warum plötzlich so empathisch?«, fragte er. »Als Sie mir im September wegen der Spukgeschichte die Hölle heißmachen wollten, war Ihnen das doch ziemlich schnuppe. So kam es mir jedenfalls vor. Ich dachte, Sie wären durch Ihren Job völlig gefühlskalt.«

»Ich bin professionell«, erwiderte Linda irritiert. »Klar, bei Männern würde man das normal finden oder sogar cool. Aber bei einer Frau gilt das direkt als gefühlskalt.«

»Sorry. Na ja. Es läuft halt. Warum interessiert Sie das?«

»Nur so.« Sie wich seinem Blick aus.

Das Wasser begann zu blubbern. Tolu nahm zwei Gläser aus dem Schrank, hob die obere Kanne von dem Gerät ab und goss etwas Teesud in die Gläser, bevor er sie mit dem heißen Wasser aus der unteren Kanne auffüllte und auf den Tisch stellte. Dann setzte er sich wieder und aktualisierte sein Postfach.

»Na, bitte«, sagte er. »Mir scheint, wir haben einen Treffer. Hier kommen jede Menge Fehlermeldungen von Accounts, die es offenbar nicht gibt. Alle mit Paul Scholten und Punkt oder Bindestrich sind zugestellt worden, wer weiß, welche Leute das sind, die da jetzt scheinbar eine Spammail bekommen haben. Aber hier, sehen Sie? Paulus Punkt Capellanus gibt es offensichtlich auch. Und das kann ja nur Ihr Mann sein.«

»Okay, gut.« Linda nippte an dem Tee. Wohlig rann er ihren Rachen hinab und spülte den sauren Geschmack endlich fort. »Und jetzt?«

»Jetzt versuchen wir uns einzuloggen«, sagte Tolu und rief die Seite des Anbieters auf, gab den Anmeldenamen ein und tippte dann auf das Feld mit der Bezeichnung »Passwort vergessen«.

»Gleich kommt die berühmte Erinnerungsfrage«, fuhr er fort. »Meistens ist das standardisiert, zum Beispiel: Wie lautet der Mädchenname der Mutter? Oder dergleichen. Und wenn wir die beantworten, können wir das Passwort zurücksetzen und ein neues unserer Wahl vergeben. Und dann können wir über den Mail-Account sein Facebook-Passwort ebenfalls zurücksetzen.«

»Die Frage mit der Mutter wäre lösbar«, meinte Linda, »da könnte ich Scholtens Bruder anrufen.«

»Bei manchen Anbietern ist es schwieriger«, sagte Tolu, »wenn die Nutzer eine eigene Frage abspeichern können, das heißt … hm. Das hier ist ja nicht mal eine Frage.«

Linda sah ihm wieder über die Schulter. Auf dem Bildschirm hatte sich ein kleines Fenster geöffnet und da stand: »*Non nobis, domine, non nobis*« – ohne weiteres Satzzeichen. Eine Frage? Ein angefangener Satz?

»Klingt wie ein Zauberspruch«, meinte Tolu. »Ist Ihre Zielperson Harry Potter-Fan oder so was?«

»Nein, er liebt Latein«, entgegnete Linda und griff zum Handy.

»Schöner Reim«, meinte Tolu. »Wen rufen Sie an? Scholtens Bruder?«

»Meinen eigenen. Laurenz ist der Telefonjoker.«

Wer Christus als den König bekennt, muss jede Form menschlicher Herrschaft kritisch hinterfragen. Darum hängen noch immer Kreuze in Gerichtssälen und Schulklassen – weil kein Mensch über einen anderen letztgültig urteilen kann. Das Königtum Christi hält das Ende der menschlichen Geschichte offen. Kein Unrecht wird je vergessen, kein Opfer bleibt namenlos. Und wenn alle Menschen dieser Erde nur diesen einen König haben, nämlich Christus, dann sind alle von Menschen gemachten Grenzen überflüssig, dann sind unsere Vorstellungen von Nation und Heimat nur … warum klingelte jetzt das Handy? Laurenz steckte mitten in der Vorbereitung seiner Predigt für den morgigen Christkönigssonntag und würde sich dabei normalerweise nicht stören lassen. Schon gar nicht von seiner Schwester. Doch unter den gegebenen Umständen – anderen Umständen! – ließ es ihm keine Ruhe. War was mit dem Baby? Ein Lebenszeichen von Olek?

Er tippte aufs Handy, meldete sich fast atemlos und stutzte umso mehr, als Linda sagte: »Hör mir einfach zu und sag mir, was dir dazu einfällt: *Non nobis, domine, non nobis.* Klingelt da was bei dir?«

»*Non nobis, domine, non nobis*«, murmelte er, »*sed nomine tua da gloriam.*«

»Echt jetzt?«, rief Linda. »So geht der Satz weiter? Was bedeutet er?«

»Nicht uns, Herr, nicht uns, sondern deinem Namen gib die Ehre«, sagte Laurenz. »Das ist der Anfang von Psalm 115.«

»Und könnte das was mit Paul Scholten zu tun haben?«

»Absolut. Das war der Wahlspruch des Ordens der Tempelritter.«

»Sag mir den Spruch noch mal ganz langsam«, bat sie.

Er wiederholte die Worte und im Hintergrund hörte er eine Männerstimme, offenbar tippte jemand mit.

»Templer-Orden«, sagte sie dann. »Gab es den wirklich? Ich dachte, der käme nur in Abenteuerfilmen vor.«

»Bingo!«, rief der Mann im Hintergrund. Der Stimme nach musste es Orsan Tolu sein, der alleinerziehende Computerfreak und heimliche Hacker aus dem ehemaligen Spukhaus, den Linda hatte aufsuchen wollen, mutmaßte Laurenz. »Wir sind drin!«

»Bruderherz«, sagte Linda, »hab ich dir schon mal gesagt, dass du mein Held bist?«

»Ja«, antwortete er, »als ich eingeschult wurde und dir was aus meiner Schultüte abgegeben habe, was ich nicht mochte.«

»Okay, dann sage ich es das nächste Mal, wenn du mich mit deinem Rollator vom Altersheim abholst. Bis später.«

»Warte mal – was war denn das jetzt? Habt ihr irgendein Passwort geknackt oder so?«

»Genau. Wir müssen jetzt weitermachen. Werde alles berichten. Morgen zum Essen bei uns, wie immer okay?«

»Wie immer.«

5

Sonntag, 26. November

Es war ganz und gar nicht wie immer. Laurenz und Linda, der alte Eberhard und Matthew Mutumba saßen zwar wie jeden Sonntag um den kleinen Küchentisch in Eberhards Wohnung, doch Oleks Platz war leer. Er fehlte. Und seine Kochkünste ebenfalls. Es gab Gulaschsuppe aus der Dose und Linda aß nur ein paar Löffel, bevor sie den Teller von sich schob. Laurenz hätte sie gern gefragt, wie sie sich fühlte – und vor allem, ob eine Entscheidung in ihr gereift war. Matthew und Opa Eberhard wussten ja nun ebenfalls von Lindas Schwangerschaft und darum war es eigentlich unnötig, darüber zu schweigen, aber Linda wusste natürlich nicht, dass die anderen es wussten ... eine unerquickliche Situation.

Als hätte Matthew seine Gedanken erraten, fragte er: »Was gibt es denn Neues von unserem verschwundenen Mitbruder Paul Scholten? Habt ihr schon eine heiße Spur?«

Über eine laufende Ermittlung in diesem Kreis zu sprechen, kam Laurenz ebenfalls unangebracht vor, aber Linda schien diese Bedenken nicht zu haben. Oder sie war froh, über die Arbeit reden zu können, weil sie so nicht auf andere Themen angesprochen werden würde.

Jedenfalls sagte sie: »Da gibt es wirklich Neuigkeiten. Ich hatte mit meiner Vermutung recht. Scholten hat seinen vierzehntägigen Urlaub bei Otto Altmann und dessen Leuten im Sauerland verbracht. Altmann und seine Familie haben dort zusammen mit einer weiteren Familie einen alten, sehr abgelegenen Landhof gepachtet. Soweit ich das verstehe, besteht der Hof aus einem Herrenhaus nebst Scheune und ein paar Stallungen sowie einer kleinen Privatkapelle.«

»Die Kapelle auf dem Foto von diesem Erntedankfest?«, fragte Laurenz.

»Genau die. Altmann und sein Kumpel, ein gewisser Goran Benko, bauen dort einen landwirtschaftlichen Betrieb auf. Sie haben dem Projekt den Namen *Muttererde-Vaterland* gegeben, es trieft vor kitschigem Nationalismus. Und Scholten nimmt dort quasi eine Rolle als Hauskaplan ein, oder etwas in der Art. Irgendwann einmal muss es zwischen den beiden Familien ziemlich gekracht haben, Altmann ist nämlich ein katholischer Traditionalist oder wie man das nennt, Benko wollte mit seiner Familie mal einen neuheidnischen Kult begründen.«

»Was soll das sein?«, fragte Eberhard.

»Da tanzen sie um Feuer und beten irgendwelche nordischen Götter an«, sagte Linda. »Altmann und Benko teilen aber sonst offenbar dieselbe Ideologie: Es geht um Blut und Boden und darum, dass sie sich eine eigene Welt aufbauen wollen, nur die Religion stand zwischen ihnen. Da ist Altmann auf die Idee gekommen, eine Art Casting zu machen. Er hat auf Facebook unseren Kaplan Scholten kennengelernt und ihn zusammen mit Goran Benko besucht, sie sind zu einem dieser Gottesdienste nach Gorzbach gefahren, um sich das anzusehen. Und Benko war anscheinend beeindruckt. Anschließend hat Scholten ein paar Mal den Landhof besucht und Glaubensvorträge gehalten, nicht nur für die beiden Familien dort, auch für einige Gesinnungsgenossen, die den Landhof als Treffpunkt nutzen. Und irgendwann hat er die Bonifatius-Nummer durchgezogen.«

»Bitte, was hat er durchgezogen?«, fragte Laurenz.

»Er hat sich eine Kettensäge genommen und die Eiche umgelegt, die vor dem Haus stand. Und dann hat er Goran Benko und seine Familie getauft.«

»Abgefahrene Geschichte«, murmelte Laurenz. »Aber wie hast du das alles rausgefunden?«

»Mit deiner Hilfe, Bruderherz. Und mit der Hilfe von Orsan Tolu. Nachdem wir Scholtens Mail-Konto geknackt hatten, konnten wir sein Facebook-Passwort zurücksetzen und uns mit seinem Account anmelden.«

»Das ist illegal«, warf Laurenz ein. »Der Zweck heiligt nicht die Mittel.«

»Die Mittel müssen gar nicht geheiligt werden«, konterte Linda lapidar. »Hauptsache, sie wirken. Diese Leute denken doch, dass sie sich in der Anonymität des Internets alles erlauben können. Scholten bewegt sich in verschiedensten Gruppen, da gibt es endlose Diskussionsstränge und hunderte Chat-Verläufe. Ich habe fast die ganze Nacht gebraucht, um mir ein Bild davon zu machen.«

»Und da hast du auch die Adresse von diesem Landhof gefunden?«, fragte Matthew. »Dann ist der Fall gelöst, herzlichen Glückwunsch.«

»Nicht so schnell«, widersprach Laurenz. »Nehmen wir an, Scholten hält sich noch immer dort auf – was tun wir dann? Hinfahren und ihn zur Rede stellen? Und weiter?«

»Nichts weiter«, sagte Linda. »Wir würden theoretisch hinfahren und ihn zur Rede stellen und ihm sagen, dass sein Erzbischof ihn schmerzlich vermisst, beziehungsweise euer Personalchef. Und dann müsste er sich irgendwie dazu verhalten.«

»Warum theoretisch?«, fragte Laurenz und zog die Augenbrauen hoch. »Wo ist der Haken?«

»Der Haken ist, dass Scholten sich dort vielleicht nicht

mehr aufhält. Zumindest gibt es eine Spur, die in die Schweiz führt. Und ich habe den Verdacht, dass Scholten in eine etwas größere Sache reingeraten ist. Da geht es nicht nur um ein paar Klemmnazis, die ihn mit ihrem nationalromantischen Landleben verführen wollen.«

»Erzähl schon«, rief Laurenz.

Linda zögerte einen Moment, dann holte sie ihren Laptop aus dem Schlafzimmer und startete ihn.

»Schon toll, die Technik heutzutage«, sagte der alte Eberhard. »Früher musste man tagelang herumreisen, um an solche Informationen heranzukommen. Heute kann man einfach ganz gemütlich im Bett recherchieren.«

»Gemütlich?« Linda verschoss einen angesäuerten Blick auf ihren Großvater.

Dann drehte sie den Laptop so herum, dass die anderen ebenfalls auf den Bildschirm sehen konnten. Sie hatte den Facebook-Messenger geöffnet und zeigte einen Chat zwischen Paul Scholten und Otto Altmann.

16.11., 07:36

Sind Sie schon im Zug?

Ja, bin ich. Aber ich habe ein mulmiges Gefühl.
Was soll ich tun, wenn ich nun doch kontrolliert werde?

Niemand wird Sie kontrollieren, Hochwürden.
Mit Ihrer Ausstrahlung und in Ihrer Soutane sind Sie absolut vertrauenswürdig.

So Gott will.

Er will es. Darauf vertraue ich fest.
Und auf Sie.

»Worum geht es da bloß?«, fragte Laurenz.

»Warte«, sagte Linda und scrollte weiter nach unten.

16.11., 14:42

Grüezi aus Basel.

Ich habe die Summe wie besprochen auf das Konto eingezahlt.

Wie geht es jetzt weiter?

Prima!

Bestens!

Sie fahren nun mit dem Tram zum Barfüßerplatz.

Gehen Sie von dort in die Raulandgasse.

Betreten Sie das Café Kron und fragen Sie nach Jacquet.

Geben Sie ihm den Einzahlungsbeleg und fragen Sie ihn, wie schnell er die Lieferung des Materials veranlassen kann.

»Warum siezen die sich?«, fragte Matthew. »Das klingt ja albern. Und gar nicht so, als wären diese Männer vertraut miteinander.«

»Reine Attitüde«, meinte Laurenz. »Es gibt auch Studentenverbindungen, deren Mitglieder sich siezen, während sie sich zusammen die Hucke vollsaufen. Aber von was für einem Material ist da die Rede?«

»Es geht noch weiter«, sagte Linda und drehte an dem kleinen Rädchen der Computermaus.

16.11., 16:32

Lieber, sehr verehrter Freund,

ich habe alles wie aufgetragen erledigt.

Aber ich bin ernsthaft besorgt.

Ich denke nicht, dass das von Ihnen bestellte »Missions-Material« wirklich zur Neuevangelisierung unseres armen Vaterlandes wird dienen können.

Das besprechen wir, wenn Sie wieder hier sind, Hochwürden.

Ja, wir müssen uns dringend unterhalten.

»Fahr weiter runter, Kind!«, rief der Alte. »Was kommt denn noch?«

»Nichts«, sagte Linda. »Das ist das Ende des Chats. Seht ihr das Datum? Scholten ist demnach am vorletzten Donnerstag in Basel gewesen. Einen Tag später hat er seine Nachricht an Pfarrer Hedwein geschickt, dass er etwas Dringendes zu erledigen habe. Seitdem herrscht Funkstille. Jedenfalls auf seinem Facebook-Account und in seinem Mailpostfach. Er hat nichts mehr geliket oder kommentiert und niemandem mehr geschrieben.«

»Also ist ihm etwas zugestoßen«, mutmaßte Matthew.

»Oder er musste untertauchen«, überlegte der Alte.

»Oder er hat seinen Zwist mit Otto Altmann beigelegt«, meinte Laurenz, »und lebt jetzt auf dem Muttererde-Hof scheinbar friedlich im Einklang mit der Natur.«

»Klingt dieser Chat für dich nach Frieden und Einklang?«, fragte Linda. »Da ist ein Konflikt im Gange. Und bei dem Material für diese sogenannte Neuevangelisierung handelt es sich vermutlich nicht um irgendwelche Gebetszettelchen. Oder musst du auch immer erst in die Schweiz fahren und eine bestimmte Geldsumme in bar auf ein bestimmtes Konto einzahlen, wenn du neue Flyer für deinen Nachbarschaftsladen brauchst?«

»Könnten wir Birte Molzhagen doch mal vorschlagen«, witzelte Matthew.

»Finden wir es raus«, schlug Laurenz vor. »Ich habe heute noch Termine. Aber morgen ist mein freier Tag. Also zumindest weitgehend, ich habe erst abends ein Treffen. Ich kann mir auf jeden Fall genug Zeit freimachen, damit wir ins Sauerland fahren und uns diesen Hof ansehen können. Vermutlich finden wir Scholten dort und können den Fall abschließen.«

»Nein«, sagte Linda.

»Nicht?«

»Ich spaziere da nicht einfach auf diesen Hof, ohne die genauen Hintergründe zu kennen«, sagte sie. »Ich muss wissen, um was es geht, bevor wir in irgendeine Sache reinstolpern. Wenn da kriminelle Machenschaften im Gange sind, sollten wir im Bilde sein. Sonst tauchen wir da auf, fragen nach Scholten und stechen versehentlich in ein Wespennest. Ich hab keine Lust auf Wespenstiche.«

»Was könnte es denn mit diesem erwähnten Material auf sich haben?«, fragte Matthew.

»Ach, da sind der Fantasie keine Grenzen gesetzt«, antwortete Eberhard an Lindas Stelle. »Drogen, Falschgeld, Raubkunst, belastende Beweise, um jemanden zu erpressen …«

»Raubkunst …«, wiederholte Linda, »keine schlechte Idee, Opa. Wenn ich mir diese ganzen Kitschbilder ansehe, die Fotos aus der kleinen Kapelle auf dem Landgut und von anderen Kirchen, die diese Leute ständig auf Facebook teilen. Oder denk nur an diese Vitrine in Scholtens Arbeitszimmer, Laurenz. Kann man mithilfe von Kunst Leute missionieren?«

»Klar«, sagte Laurenz. »Eigentlich ist das die Kernaufgabe christlicher Kunst. Zumindest in früheren Zeiten, als die meisten Menschen noch nicht lesen konnten, waren Altarbilder und Kirchenfenster ein wichtiges Mittel der Verkündigung. Ihr meint also, dass Scholten sich in der Schweiz mit einem Hehler getroffen hat, der gestohlene Kunstwerke verscherbelt? Aber was er am Schluss schreibt, klingt irgendwie sehr empört. Da geht es doch um mehr als bloß um unterschiedliche Kunstgeschmäcker.«

»Stimmt«, sagte Linda. »Und deshalb werde ich vor Ort recherchieren.«

»Wo – vor Ort?«

»Morgen früh nehme ich den Zug nach Basel, besuche das besagte *Café Kron* und frage nach Jacquet. Dann sehen wir weiter.«

»Das dauert doch bestimmt den ganzen Tag bis spät abends, bevor wir wieder in Köln sind«, protestierte Laurenz. »Ich weiß nicht, ob ich schon wieder eine Sitzung absagen kann.«

»Musst du nicht«, sagte Linda, »ich fahre allein nach Basel. Du fährst derweil ins Sauerland und besuchst den Muttererde-Hof.«

»Wie jetzt – ins Wespennest? Ich dachte …«

»Nein«, widersprach Linda. »Du siehst dich bloß ein bisschen um und erwähnst den guten Herrn Kaplan bitte mit keiner Silbe. Vielleicht läuft er dir über den Weg, dann packst du ihn einfach am Schlafittchen und bringst ihn mit nach Köln. Aber wenn er, was ich vermute, gar nicht mehr da ist, dann sondierst du einfach nur ein bisschen das Terrain. Verschaffst dir einen Eindruck von dem Ort und den Leuten und kommst zurück.«

»Aber … was soll ich denn sagen, wer ich bin und was ich will?«

»Denk dir halt eine Legende aus«, sagte Linda.

»Hab ich kein Talent für.«

»Dass ich nicht lache«, rief der Alte. »Seit zweitausend Jahren denkt ihr euch Legenden aus, in eurem

Laden.« Er stemmte die Hände auf die Tischplatte und richtete sich auf. »Aber ich hätte da noch eine ganz andere Frage. Wenn ihr euch morgen einen schönen Tag macht in Basel beziehungsweise im Sauerland, wer sucht denn dann endlich mal nach Olek?«

Linda holte tief Luft, als wollte sie antworten, doch dann atmete sie nur geräuschvoll aus und schwieg. Laurenz nestelte einen zusammengefalteten Notizzettel aus seiner Hosentasche und legte ihn vor Linda auf den Tisch.

»Den wollte ich dir unter vier Augen geben«, sagte er. »Aber jetzt haben wir eh so vertraulich zu viert geredet, da ist das auch egal.«

»Was ist das?«, fragte Linda kühl.

»Ich habe einen Kollegen angerufen«, sagte Laurenz. »Meinen Nachfolger im Knast. Er konnte mir die Adresse von einem gewissen Bartosz Mackiewicz geben, das ist ein alter Kumpel von Olek. Die einzige mögliche Anlaufstelle für ihn, die mir eingefallen ist. Ich habe bloß keine Telefonnummer. Wir könnten zusammen hinfahren und …«

»Ja, danke«, sagte Linda knapp. »Übermorgen vielleicht. Der Job geht erst mal vor.«

»Aber …«, machte Laurenz.

Da explodierte seine Schwester: »Ich bin nicht sein Babysitter, okay? Ich will, dass er von allein zurückkommt, okay? Ich will, dass es seine freie Entscheidung ist, okay? Ich will nicht, dass sich irgendeiner von euch da einmischt!«

Laurenz wollte widersprechen. Schließlich ging das nicht nur seine Schwester was an. Olek war ja nicht nur Lindas »Vielleicht-Freund«, sondern auch Opa Eberhards Haushaltshilfe und nicht zuletzt sein, Laurenz', WG-Mitbewohner. Vor allem aber war Olek der Vater von Lindas ungeborenem Kind – und das gab seiner Schwester dann doch eine gewisse Autorität in dieser Frage.

Schließlich sagte Laurenz: »Ist es denn überhaupt wirklich nötig, dass du nach Basel fährst? Falls ich Scholten morgen auf dem Hof treffe, ist unser Job doch eigentlich erledigt, Wespen hin oder her.«

»Ein guter Detektiv verfolgt alle interessanten Spuren«, wandte der Alte anstelle seiner Enkelin ein, »auch wenn sie in verschiedene Richtungen führen.«

Linda nickte und sagte: »Wir müssen parallel vorgehen, weil wir nicht mehr viel Zeit haben. Denn sobald Scholten sich wieder bei Facebook oder seinem Mailkonto anmelden will, wird er feststellen, dass seine Passwörter nicht mehr stimmen. Und wenn er nicht ganz doof ist, wird er ahnen, dass ihm jemand auf den Fersen ist. Und außerdem ... Nun ja, ich will hier einfach das ganze Programm durchziehen. So einen zahlungskräftigen Klienten wie dein Erzbistum hatte ich schon lange nicht mehr an der Hand. Das reizen wir aus.«

»Gute Einstellung«, meinte Matthew und grinste. »Führ' mich zum Schotter! So sagen wir in Afrika.«

»Nein, sagt ihr nicht«, schimpfte Laurenz. »Das ist aus dem Film *Jerry Maguire*. Und außerdem könnte es gefährlich sein.«

»Was denn, der Trip nach Basel?« Linda legte den Kopf schief und sah ihren Bruder an. »Ich mache diesen Job seit fast zwanzig Jahren und war schon in etlichen gefährlichen Situationen, was dich bisher nie gekümmert hat, Bruderherz. Glaub mir, ich kann damit umgehen. Und es nervt mich, dass du einfach nicht damit klarkommst, dass ich schwanger bin. So, jetzt ist es raus. Und nun guckt nicht so betreten, ihr habt es doch alle längst gewusst.«

Für einen Moment herrschte Stille.

Dann sagte Matthew: »Herzlichen Glückwunsch.

Eigentlich gehen wir an dieser Stelle immer nach unten in dein Büro, um ein Gläschen zur Verdauung zu nehmen. Aber darauf verzichten wir zur Feier des Tages wohl besser.«

»Unsinn«, meinte Linda. »Lasst uns runtergehen, ich mach uns allen einen leckeren Kamillentee.«

»Tee?«, fragte ihr Großvater zweifelnd.

Matthew klopfte dem Alten auf die Schulter und meinte: »Lass uns solidarisch sein, mein Freund. Einer für alle und alle für einen, sagen wir in Afrika.«

Was wohl der alte Broich trieb?

Sie hatte lange nicht an ihn gedacht. Seit sie vor über zwei Monaten ihren letzten Brief – nun ja: *zugestellt* hatte, war sie mit etlichen anderen Dingen völlig ausgelastet gewesen, mit Familie und Job und den tausend Kleinigkeiten des Alltags, neben denen ihr Racheplan immer mehr wie reinste Spinnerei erschien. Zwischendurch war sie von dem Gedanken besessen gewesen, den alten Broich mit jener Augustnacht im Jahre 1944 zu konfrontieren. Doch wozu eigentlich? Wollte sie, dass er Reue zeigte? Um Vergebung bettelte? Selbst wenn – wer hätte denn noch etwas davon? So eine hirnverbrannte Idee. Wahrscheinlich stimmte es, was ihr Großvater zuletzt gesagt hatte: dass man die Vergangenheit ruhen lassen sollte.

Sie betrat das Restaurant des Altersheims und hielt vergeblich Ausschau nach Opa Theo. Vor diesem Augenblick hatte sie sich gefürchtet, obwohl sie wusste, dass er eines Tages käme. Schon spürte sie einen Kloß im Hals, doch dann sagte sie sich, dass man sie doch wohl informiert hätte. Beziehungsweise ihre Mutter, die einzige Tochter von Opa Theo, und der hätte sie doch sofort angerufen.

Rhea erkundigte sich bei einer Mitarbeiterin und die sagte: »Herr Wiehl mochte heute nicht zum Kaffee herunterkommen. Er meinte, er wolle lieber allein sein. Aber gehen Sie nur ruhig zu ihm nach oben, vielleicht hat er bloß vergessen, dass Sie kommen. Bestimmt freut er sich, Sie zu sehen.«

Rhea fuhr mit dem Aufzug in den dritten Stock und ging durch den breiten Flur mit den hölzernen Handläufen an den Wänden. Sie klopfte an Opa Theos Zimmer und trat ein.

Da saß er ganz versunken im Sessel und schaute in die Flamme eines Teelichtes, das auf dem Beistelltisch brannte.

Als er seine Enkelin bemerkte, winkte er sie heran und flüsterte: »Komm schnell rein und mach die Tür zu, damit es niemand mitbekommt.«

»Was denn bloß?«, fragte sie und schloss die Tür hinter sich.

»Die Kerze. Die hab ich reingeschmuggelt. Ist nämlich eigentlich verboten, offenes Feuer auf dem Zimmer.«

»Kann ich beinahe verstehen«, sagte sie schmunzelnd. Sie sah sich um, entdeckte ein Tablett mit benutztem Geschirr und nahm eine Untertasse, die sie vorsorglich unter das Teelicht schob.

Dann hockte sie sich auf die Bettkante, weil der Sessel, in dem ihr Großvater saß, die einzige andere Sitzgelegenheit darstellte.

»Gibt es was zu feiern?«, fragte sie. »Oder warum hast du eine Kerze angezündet?«

»Weißt du, welcher Tag heute ist?«

»Sonntag«, sagte sie und überlegte. »Totensonntag, um genau zu sein.«

»Ja, und außerdem der Christkönigssonntag. Weißt du, was das bedeutet?«

Rhea schüttelte den Kopf. Sie wusste, dass Opa Theo als junger Mann sehr fromm gewesen sein musste, aber später hatte er mit der Kirche gebrochen.

»Wir sind immer nach Altenberg gewandert, am Christkönigssonntag«, murmelte er. »Das hat sie am meisten geärgert.«

Mit dem Pronomen hätte eine Frau gemeint sein können oder eine Gruppe von Leuten. Rhea ahnte, dass er von den Nazis sprach.

Und sie lag richtig, denn der alte Mann lachte leise und sprach weiter: »Die haben ja ihren Führer angebetet und wollten keinen König neben dem Adolf. Schon gar nicht diesen Juden aus Nazareth. Das war unser Bekenntnissonntag, weißt du? So nannten wir das. Die katholische Jugend hat sich zu ihrem König bekannt. Leider waren unsere Bischöfe nicht so mutig wie wir Jungens.«

Rhea nickte. Nie hatte er darüber gesprochen, nicht mit seinem Sohn, Rheas Vater, oder irgendwem sonst. Nur an dem Tag vor einem halben Jahr, als er aus Nürnberg zurück an den Rhein gekommen war, um in dieser Seniorenresidenz das letzte Zimmer seines Lebens zu beziehen, war es ihm plötzlich ein Bedürfnis gewesen, davon zu erzählen. Dass die Kirche ihre treusten Verteidiger nicht geschützt hatte – etwa Bernhard Letterhaus oder Nikolaus Groß, die von den Nazis ermordet wurden. Oder seine eigene Mutter, Rheas Urgroßmutter, die in jener Augustnacht verraten worden war.

»Lassen wir das«, sagte Opa Theo.

»Nein, lassen wir nicht«, widersprach Rhea.

War ihr der Rachegedanke noch zehn Minuten zuvor absurd erschienen, hatte er jetzt plötzlich wieder etwas zwingend Logisches. Der alte Broich sollte sich endlich bekennen!

6

Montag, 27. November

Seit Stunden lag Eberhard wach, aber es wollte draußen nicht hell werden. War es nicht so, dass im November die meisten Leute starben? Angeblich nicht, hatte neulich in der Zeitung gestanden, aber er wusste doch, was er mitbekam. Deckers Kättchen war an Allerseelen gestorben und letzte Woche Jungbluths Friedel. Kein Wunder, wenn die Tage immer kürzer wurden.

Doch endlich tat sich was im Haus. Oben bei Linda rumorte es. Eigentlich sollte bald schon der Duft von gebratenem Speck durchs Haus ziehen, aber ohne Olek gab es nur Müsli zum Frühstück. Was sollte dieser Körnerfraß? Er war doch kein Huhn.

Er wälzte sich aus dem Bett und schlüpfte in den Morgenrock, ging in die dämmrige Küche und schob die Vorhänge zur Seite. Morgenrot stand am Rand des tiefblauen Himmels über den Dächern der Stadt. Auf der Plakatwand gegenüber warb eine Supermarktkette für ihren Christstollen. Keine neue Botschaft von seiner mysteriösen Verfolgerin, von der Frau mit dem Karorock. Keine anonymen Briefe mehr und kein neues Plakat mit kryptischer Anklage gegen ihn. Das sollte ihn erleichtern, doch er spürte jeden Morgen, an dem der Briefkasten leer blieb und die Plakatwand nicht überklebt war, ein leises Bedauern. Vielleicht, weil die unbekannte Verfolgerin etwas Abwechslung in seinen Lebensabend gebracht hatte. Oder weil es da Dinge gab, denen er sich auf den letzten Metern vielleicht doch noch stellen sollte.

Aber nicht auf nüchternen Magen.

Er stieg die Treppe empor und betrat die Wohnung seiner Enkelin.

»Schon wieder Tee?«, fragte er. »Nicht mal Kaffee gibt es noch?«

»Der ist gesund«, erwiderte Linda. Sie zog gerade ihren Mantel an. »Tut dir gut. Übrigens, Laurenz kommt nachher und holt den Autoschlüssel von meinem Beetle.«

»Muss er nicht mehr mit Matthews Wagen fahren?«

»Der ist sicher luxuriöser als mein kleiner alter Käfer«, meinte Linda. »Aber ich brauche das Auto nicht, ich fahre ja mit der Bahn. Und darum muss ich jetzt los. Hab einen schönen Tag und stell nicht so viel Blödsinn an.«

Sie drückte ihm einen Kuss auf die Wange, rauschte an ihm vorbei und galoppierte die Treppe hinab. Dann fiel die Haustür ins Schloss.

Eberhard betrachtete den Küchentisch. Da lag noch immer der Notizzettel, den Laurenz gestern mitgebracht hatte. Er nahm ihn in die Hand. Bartosz Mackiewicz. Eine Adresse in Remscheid. Er kratzte sich am Kopf. Matthews Auto war also luxuriös, hm? Vielleicht hatte der Pater ja montags ebenfalls seinen freien Tag und würde mit Eberhard eine kleine Spritztour unternehmen?

Caroline Quambach hatte seit Sonntagabend ein neues Titelbild bei Facebook, es zeigte einen Kreuzritter in voller Rüstung und mit blankem Schwert, außerdem den Wahlspruch: *Deus vult* – Gott will es. Caroline hatte dazu ein paar Seiten über die Gefahren des Islam oder des Genderwahns abonniert und war ein paar Gruppen beigetreten, in denen über die *jüdische Welt- verschwörung* diskutiert wurde oder über die große *Umvolkung*, mit der die Regierung der *BRD GmbH* die deutsche Nation abzuschaffen plante. Eigentlich hät- ten sich Carolines Facebook-»Freunde« jetzt vielleicht Sorgen machen sollen, doch diese Freunde existierten ebenso wenig wie Caroline selbst, es waren allesamt Fake-Accounts. Digitale Sockenpuppen. Und sie ge- hörten allesamt Linda, die im ICE von Köln nach Ba- sel zwischen zwei Abteilen auf dem Boden hockte, mit dem Laptop auf dem Schoß, denn natürlich hatte sie für eine so begehrte Verbindung an einem Montagmorgen keine Sitzplatzreservierung mehr buchen können.

Caroline Quambach hatte in mehreren ihrer neuen Gruppen einen gewissen Otto Altmann getroffen, hat- te Beiträge von ihm geliket und kommentiert und ihm schließlich eine Freundschaftsanfrage geschickt. Noch am späten Abend hatte er die Anfrage angenommen. Jetzt schrieb sie ihm eine Nachricht:

Lieber Herr Altmann,

seit ich Menschen wie Sie hier bei Facebook getrof- fen habe, fühle ich mich nicht mehr einsam. Bisher kam ich mir vor, als könne niemand verstehen, was ich fühle. Schon lange spüre ich, dass unsere Gesellschaft am Ende ist. Die Interessen des deutschen Volkes wer- den ausverkauft und auch die Kirche biedert sich dem Zeitgeist an. Ich dachte, ich passe vielleicht einfach nicht mehr in die Welt von heute. Ich dachte, meine Werte und meine ganze Art zu leben wären halt zu altmodisch. Eigentlich sollte man so etwas nicht einem völlig fremden Menschen erzählen, aber ich habe so ein Gefühl, dass ich Ihnen einfach vertrauen kann. Es ist so, dass mein Freund sich von mir getrennt hat, weil ich ihm gesagt habe, dass ich als Jungfrau in die Ehe gehen will.

Kurz stockte sie und wusste nicht, ob ihr an dieser Stelle zum Schmunzeln zumute war oder ob da eher ein Kloß in ihrem Hals steckte. Sie zwang sich, nicht an Olek zu denken, sondern weiterzuschreiben.

Meine Arbeit habe ich auch verloren, weil ich meine Meinung sage. Man ist ja heute schon ein Nazi, wenn man einfach nur sein Heimatland liebt. Gegen Israel oder gegen Moslems darf man auch nichts mehr sagen. Dabei sind die Städte jetzt doch alle wie Sodom und Gomorrha. Ich muss einfach raus … und ich wollte ganz vorsichtig fragen, ob Sie vielleicht einen Tipp für mich haben? Gott vergelt's.

Der Zug hielt in Siegburg. Niemand stieg aus, es drängten nur weitere Fahrgäste hinein. Linda hörte ein Baby schreien. Dann sah sie die Mutter, sie trug ihr Baby in einem Tuch vor ihren Bauch gebunden und auf dem Rücken einen riesigen Rucksack. Sie sah sehr erschöpft aus – zu viele schlaflose Nächte und ein viel zu früher Morgen mit zu viel Hetze. Die anderen stehenden Mitreisenden rückten etwas enger zusammen, sodass die Frau zumindest den Rucksack abstellen konnte. Als der Zug anfuhr, hörte das Baby für einen Moment auf zu schreien, vielleicht fand es das sanfte Schaukeln beruhigend. Linda sah zu der Frau hoch und kurz traf ihr Blick deren müde Augen. Der Zug beschleunigte und das Baby begann wieder zu schreien, diesmal noch lauter.
»Willst du vielleicht hier sitzen?«, fragte Linda, klappte ihren Laptop zu und stemmte sich aus dem Schneidersitz hoch.

»Das ist echt nett«, sagte die Frau mit einem tiefen Seufzer, »vielen, vielen Dank.«

Sie wickelte das Baby aus dem Tuch und ließ sich an Lindas Stelle auf dem Boden nieder, um ihr Kind zu stillen.

All das hatte ihm der Herr als Prüfung auferlegt, dachte Otto, während er die Hühner fütterte. Sie hatten den Kaplan verloren und Goran schien drauf und dran, wieder in seinen heidnischen Glauben zurückzufallen. Da fehlte es gerade noch, dass auf dem Hof plötzlich Fremde auftauchten. Dem Motorengeräusch nach zu urteilen ein alter Käfer. Er spähte durch das verstaubte schmale Fenster des Hühnerstalls nach draußen. Drüben, wo die Straße lag, schimmerte der silbergraue Wagen zwischen den kahlen Bäumen auf. New Beetle, ziemlich alt. Wurde langsamer, stoppte, fuhr wieder an. Offenbar wusste der Fahrer nicht recht, ob er richtig war. Hatte vielleicht gar nicht vor, den Hof zu besuchen, sondern wollte bloß nach dem Weg fragen.

Jetzt bog der Wagen auf die lang gezogene Zufahrt ein, bevor er auf dem Hof ausrollte. Eine einzige Person saß drin, ein Mann. Otto wollte den Ankömmling in Augenschein nehmen. Als er aus dem Stall in Freie trat, stieg der Fremde gerade aus dem Auto und drehte sich zu ihm um. Sofort erkannte Otto den Priesterkragen am Hals des Fremden. Vielleicht eine Fügung? Gott hatte ihm einen Priester genommen – vielleicht würde er ihm schon jetzt einen neuen schicken?

Bartosz kämpfte sich durch das Gerümpel im Wohnzimmer, von dem er nicht sagen konnte, ob Olek dieses Chaos hinterlassen hatte oder ob die Wohnung eigentlich schon seit Jahren in diesem Zustand war. Das Klingeln an der Tür wurde drängender. Er äugte durch den Spion und erkannte im rundlich verzerrten Sichtfeld der Linse zwei Gesichter, eines schwarz und freundlich, eines weiß und runzlig. Das waren entweder die Zeugen Jehovas oder die Bullen. Der Alte hob die Hand und pochte gegen das Holz.

»Na, los doch« rief er, »machen Sie schon auf, wir sehen doch, dass Sie da sind.«

Bartosz überlegte fieberhaft. Was konnten sie ihm nachweisen? Eigentlich so gut wie nichts. Manchmal tauchten sie auch bloß auf, um einen nervös zu machen, damit man sich selbst verriet. Nicht zu öffnen, sähe ja nur noch verdächtiger aus. Er tat einen tiefen Seufzer und löste die Verriegelung, öffnete die Tür und schreckte unwillkürlich zurück. Nicht nur, weil der Alte just wieder seine Hand erhoben hatte, um nochmals gegen die Tür zu bollern. Sondern auch, weil er jetzt erst erkannte, dass der schwarze Mann Priesterkleidung trug. Also doch die Zeugen Jehovas?

»Bevor Sie jetzt fragen, ob ich fünf Minuten Zeit habe, um über Gott zu sprechen«, sagte Bartosz, »vergessen Sie es. Ich habe keine Zeit und außerdem Kopfschmerzen.«

»Haben Sie fünf Minuten Zeit, um über Olek Mazur zu sprechen?«, fragte der Alte zurück.

Also doch die Bullen?

»Wir können auch gern über Olek *und* über Gott sprechen, wenn Sie möchten«, setzte der Priester hinzu.

»Der ist nicht mehr hier«, brummte Bartosz.

»Wer, Gott?«, fragte der Priester. »Doch, ganz bestimmt. Der ist überall.«

Bartosz griff sich an den Kopf.

»Kommen Sie halt rein«, stöhnte er. »Aber wirklich nur fünf Minuten.«

Laurenz erkannte Otto Altmann sofort. Aber er durfte ihn natürlich nicht mit Namen ansprechen, sonst wäre die Tarnung sofort dahin. Puh, das hier war ganz klar Lindas Metier, nicht seines, und er wünschte sich urplötzlich, weit weg zu sein, am liebsten an einem Konferenztisch, in irgendeiner Gremiensitzung. Zugleich erfüllte ihn ein neugieriges Kribbeln.

»Guten Tag«, sagte er und ging auf Altmann zu. »Ich hoffe, ich störe Sie nicht ... ich kam zufällig hier vorbei, habe mich wohl ein wenig verfahren.«

»Und jetzt wollen Sie sich nach dem Weg erkundigen?«, fragte Altmann. »Haben Sie kein Handy mit Navigationsapp?«

»Doch«, sagte Laurenz. »Aber etwas – ich kann gar nicht sagen, was – hat mich plötzlich angesprochen. Vielleicht die kleine Kapelle dort? Ich hatte kurz überlegt, ob dieses Ensemble hier wohl ein Freilichtmuseum sei. Aber das ist es nicht, Sie bewirtschaften diesen Hof hier, richtig?«

»Ja, seit einem knappen Jahr sind wir jetzt hier«, sagte Altmann, kam näher und reichte Laurenz die Hand. »Otto Altmann, Hochwürden.«

Aus einem Reflex wollte Laurenz sich die Anrede verbitten, aber dann schluckte er seine Erwiderung herunter und sagte bloß: »Laurenz Broich. Pfarrer. Angenehm. Sehr schön haben Sie es hier.«

Er musterte die Anlage, die beinahe quadratisch dalag. Zur Linken Stallungen, geradeaus das großzügige Wohnhaus und zu seiner Rechten eine breite Scheune. Ziemlich in der Mitte des Hofes, unweit eines mit Brettern vernagelten alten Brunnenschachtes, erkannte er einen wuchtigen, noch recht frischen Baumstumpf. Offenbar der Überrest der Eiche, die Scholten in seinem missionarischen Eifer gefällt hatte.

Die kleine Kapelle stand etwas nach hinten versetzt in der Ecke, die die Scheune mit dem Wohnhaus bildete, und kurz fragte Laurenz sich, ob er sie von der Straße aus überhaupt hätte sehen können. Nicht, dass Altmann schon gleich Verdacht schöpfte.

Doch der ließ sich nichts anmerken, sondern fragte leutselig: »Was führt Sie in unsere entlegene Gegend, Hochwürden?«

»Nun, offen gestanden – ich bin auf der Suche nach Einkehr«, sagte Laurenz. Das konnte man doch so sagen, oder? Das war doch nicht gelogen. Einkehr konnte doch alles Mögliche bedeuten.

»Einkehr«, wiederholte Altmann.

Die Tür des Wohnhauses öffnete sich und ein Mann kam heraus, gefolgt von zwei Frauen. Der Mann war ein bulliger Typ und an seinem zu einem Pferdeschwanz zusammengebundenen langen Haar und dem Backenbart erkannte Laurenz Goran Benko, der allerdings keinen Pulli mit Runen darauf trug, sondern schlichte Arbeitskleidung.

»Wie schön, wir haben Besuch«, sagte die eine der beiden Frauen, deren schmale Gestalt in ein grobes Kleid gehüllt war.

»Annabell, meine Gattin«, stellte Altmann vor. »Und das sind unsere Mitbewohner, Goran Benko und seine Frau Svea.«

Laurenz wiederholte seine Vorstellung und schüttelte die Hände der drei. Svea Benko, eine kräftige Erscheinung in Latzhose und mit sehr festem Händedruck, wechselte einen kurzen Blick mit ihrem Mann und sagte: »Schau an, schon wieder ein Priester.«

»Schon wieder?«, fragte Laurenz.

Altmann machte eine Geste, als wolle er der Frau das Wort abschneiden, doch da die Frage nun einmal gestellt war, sagte er: »Ein Mitbruder von Ihnen hat sich zuletzt ein wenig um unser Seelenheil bemüht. Kennen Sie ihn vielleicht? Kaplan Paulus Scholten aus Köln.« Er nickte zu Lindas Auto, das unübersehbar ein Kölner Kennzeichen trug.

»Den Namen habe ich jedenfalls schon mal gehört«, sagte Laurenz ausweichend.

Auch das war ja schließlich keine Lüge. Jedenfalls nicht ausdrücklich. Laurenz zwang sich, den Blick fest auf die Anwesenden zu richten und bloß nicht die Augen nach oben schnellen zu lassen. Denn das, so hatte er mal von Linda oder vielleicht auch von Opa Eberhard aufgeschnappt, war oft ein Anzeichen dafür, dass jemand im Gespräch die Unwahrheit sagte.

»Hochwürden ist auf der Suche nach Einkehr«, sagte Altmann.

Schwang da ein leicht spöttischer Klang in seiner Stimme mit? Oder war das doch eher Misstrauen?

»Ich musste mal für einen Tag aus der Stadt raus«, sagte Laurenz, »da habe ich mich einfach ins Auto gesetzt. Ich mag das Sauerland, diese raue Landschaft. Die Abtei Königsmünster liegt ja nicht weit …«

Auch das traf unbestreitbar zu. Rein geografisch jedenfalls.

»Und dabei sind Sie auf unseren Hof gestoßen«, sagte Altmann, »und dachten, dass Sie sich den mal ansehen könnten.«

Laurenz konnte den Tonfall wirklich überhaupt nicht einschätzen. Hatte ihn der Mann längst durchschaut oder warum sprach er so salbungsvoll?

»Wenn Sie mögen, zeige ich Ihnen unsere Kapelle«, sagte Altmann.

»Ja, das würde mich freuen«, antwortete Laurenz.

Während Benko und die beiden Frauen wieder zum Haus zurückgingen, folgte Laurenz Altmann zu dem kleinen, trutzigen Gebäude aus Bruchstein. Altmann öffnete die mächtige Holztür und ließ ihm den Vortritt. Laurenz betrat den kühlen, dämmrigen Innenraum, der noch viel kleiner und gedrungener wirkte, als es von außen schon den Anschein hatte. Rechts und links gab es jeweils ein schmales Fenster mit milchigem Glas. Das diffuse Licht ließ zwei alte Kniebänke erkennen. Sie standen in ihrer Schlichtheit in einem grotesken Gegensatz zur kitschigen Pracht des Hochaltars, der mit detailreichen Schnitzereien und Intarsien versehen war – wenn sie auch wenig geschickt wirkten, sondern eher etwas plump und laienhaft ausgeführt schienen, mehr ein Zeugnis der Frömmigkeit ihres Urhebers als von Kunstfertigkeit. In der Mitte des Altars war ein kleines Türchen eingelassen, hinter dem sich wohl der Tabernakel verbarg, wo das Allerheiligste aufbewahrt wurde. Davor brannte eine rote Grabkerze als Ewiges Licht. Laurenz machte eine Kniebeuge und fragte sich unwillkürlich, ob der zuständige Ortsbischof wohl von dieser Kapelle wusste und eine entsprechende Erlaubnis erteilt hatte. Doch das war eigentlich die unwichtigste aller Fragen. Denn über dem Tabernakel prangte ein ebenmäßiges metallenes Jerusalem-Kreuz. Auf dem Querbalken standen die Worte *Deus vult*. Das Kreuz, das zuvor in Scholtens Arbeitszimmer gehangen hatte, kein Zweifel.

Beinahe zuckte Laurenz zusammen, als Altmann in die Stille hinein sagte: »Der Hof hat einst einer großbäuerlichen Familie gehört. Soweit ich weiß, wurde diese Kapelle hier um das Jahr 1815 herum errichtet, nach dem Ende der Napoleonischen Kriege. Der Hof war wohl von den Franzosen besetzt gewesen. Und nach deren Abzug hat der damalige Bauer zum Dank für die Befreiung diese Kapelle errichtet.«

Laurenz überlegte fieberhaft, was er nun tun sollte – etwa Altmann direkt auf Scholten ansprechen? Oder auf dieses Kreuz? Wäre das zu unvorsichtig? Selten hatte er sich so sehr gewünscht, dass seine kleine Schwester jetzt bei ihm wäre. Linda hatte immer eine Strategie. Und nicht nur das, vor allem hatte sie auch immer einen Plan B. Laurenz hatte nicht mal einen Plan A.

»Die Nachkommen dieser Familie leben schon seit zwei Generationen in Kanada«, fuhr Altmann fort. »Der Hof hat über Jahrzehnte leer gestanden, bevor wir ihn im letzten Jahr eher aus Zufall entdeckt haben und für kleines Geld pachten konnten. Obwohl – eigentlich gibt es keine Zufälle, nicht wahr, Hochwürden?«

Laurenz drehte sich zu dem Mann um und versuchte in seinem Gesicht zu lesen, aber das war ein Buch mit sieben Siegeln.

Ausweichend antwortete er: »Was für ein wunderschöner Ort.«

Das war jetzt nun wirklich gelogen. Zumindest diese Kapelle behagte ihm gar nicht.

»Ja.« Altmann nickte. »Das hat für uns damals auch den Ausschlag gegeben. Und nun versuchen wir uns eben als Bauern. Die erste Ernte haben wir unlängst eingefahren. Fürs erste Jahr war das nicht schlecht.«

»Das klingt nach einer Aussteigerkommune oder etwas in der Art«, meinte Laurenz.

Altmann lachte leise und wiederholte: »In der Art, ja. Nur würde ich das Wort Kommune nicht verwenden, das klingt so nach linksgrün versifften Experimenten. Wir bemühen uns hier um ein gottgefälliges Leben, fernab der verrotteten Großstädte.«

Er sah Laurenz herausfordernd an.

Um auf diese Bemerkung nicht eingehen zu müssen, sagte Laurenz: »Diese Kapelle ist eigentlich wie geschaffen, um hier die Alte Messe zu feiern.«

Da strahlte Altmann und flüsterte: »Ich habe gleich gewusst, dass Sie keiner von diesen Mainstreampriestern sind, die dem Zeitgeist hinterherlaufen.«

Laurenz schluckte und fuhr sich unwillkürlich mit zwei Fingern an den Hals. Diesen Römerkragen hatte er von Matthew geliehen und war sich schon beim Ankleiden schäbig vorgekommen. In irgendwelchen alten Verwechslungskomödien kam das vielleicht lustig rüber, wenn sich jemand als Priester verkleidete, um seine wahre Identität zu verschleiern. Aber Laurenz war nun einmal ein echter Priester und verschleierte trotzdem seine Identität oder spielte jedenfalls eine Rolle. Das fühlte sich plötzlich ungeheuer blasphemisch an. Und er hatte nicht den leisesten Schimmer, wie er aus dieser Situation wieder herauskäme.

Da legte Altmann ihm vertraulich eine Hand auf die Schulter und sagte: »Wenn es wirklich keine Zufälle gibt, Hochwürden, dann war es vielleicht Fügung, dass Sie heute hier vorbeigekommen sind? Wir brauchen einen Priester, der dann und wann mit uns die Messe feiert. Also die echte, die Wahre Messe. Keine Sorge, wir sind zwar hier auf dem Hof nur zwei Familien, aber wir haben viele Freunde und Sympathisanten. Natürlich sind das trotzdem nicht so viele Menschen wie in einer normalen Gemeinde mitten in der Stadt. Dafür nehmen wir hier den Glauben ernst und relativieren nichts.«

Jetzt wusste Laurenz, warum ihn Altmanns Art bisher so irritiert hatte. Altmann meinte in der Tat alles so, wie er es sagte.

Laurenz musterte sein Gegenüber und fragte: »Haben Sie nicht vorhin erwähnt, dass mein Mitbruder Paul Scholten Ihre kleine Gemeinschaft seelsorgerisch betreut?«, fragte Laurenz.

»Nicht mehr, leider.« Altmanns Blick schnellte kurz zur Decke. »Der hochwürdige Kaplan wurde wegen anderer Pflichten abberufen.«

»Ich habe natürlich auch meine Pflichten«, sagte Laurenz, »aber ich sehe, dass man sich hier um ein Leben aus dem Glauben bemüht.«

Er ließ Altmann nicht aus den Augen. Was war mit Scholten geschehen? Was bedeutete das, dass er abberufen worden sei? So etwas sagte man doch eigentlich über … einen Verstorbenen. Er musste sich jetzt konzentrieren und so gleichmütig wie möglich wirken.

Altmann fragte: »Darf ich Hochwürden vielleicht einladen, zum Mittagessen bei uns zu bleiben?«

»Das … ich …« Jetzt fühlte Laurenz sich völlig übertölpelt. »Ich glaube, ich möchte lieber ein wenig allein sein. Danke, dass Sie mir die Kapelle gezeigt haben. Und danke für das freundliche Angebot, mit Ihnen Messe zu feiern – vielleicht kann ich mich demnächst ein wenig freimachen und … nun ja, ich würde mich bei Ihnen melden.«

»Ja, denken Sie in Ruhe darüber nach«, sagte Altmann freundlich. »Ich begleite Sie noch zu Ihrem Wagen.«

»So ein Mist«, schimpfte Eberhard Broich senior, als Matthew und er wieder im Aufzug standen. »Hätte Laurenz sich mal ein bisschen früher um diese Adresse hier gekümmert, dann hätten wir Olek noch angetroffen.«

Matthew drückte auf den Knopf fürs Erdgeschoss und der Aufzug rumpelte los, sieben Stockwerke nach unten. Bartosz Mackiewicz hatte den beiden Männern berichtet, dass Olek für vier Nächte in dem kleinen Appartement übernachtet hatte und an diesem Montagmorgen in aller Frühe weitergezogen war. Aus Mackiewicz' Andeutungen ließ sich mit etwas Fantasie schließen, dass Olek sich so entschieden hatte, weil er sich nicht erneut in irgendwelche kriminellen Aktivitäten hineinziehen lassen wollte.

»Immerhin bleibt er anständig«, sagte Matthew. »Das ist doch schon mal ein gutes Zeichen.«

»Hab ich doch gesagt«, brummte der Alte. »Hoffentlich bleibt das auch so. Wir müssen ihm nach.«

Er blickte auf den abgerissenen Zettel in seiner Hand, auf dem er sich den Namen eines Schlachtbetriebes in Krefeld notiert hatte. Nach Mackiewicz' Aussage wollte Olek dort nach Arbeit und Quartier fragen. Jedenfalls fürs Erste.

»Ich fürchte, das werde ich heute nicht mehr schaffen«, widersprach Matthew.

»Ich dachte, ihr habt heute euren freien Tag, du und Laurenz?«, wunderte sich Eberhard.

»Theoretisch«, sagte Matthew.

»Und praktisch?«

»Praktisch mache ich Besuche.«

»Wen besuchst du?«

»Ein paar Penner. Ein paar Fixer. Ein paar Prostituierte.«

»Junge – hast du es so nötig?«, fragte der Alte und zuckte beinahe zusammen, als er Matthews Blick sah. »'tschuldigung, sollte ein Witz sein.«

»Ja, ha ha, lustig«, brummte Matthew. »Dein Enkel erklärt natürlich bei jeder Gelegenheit, dass erst am kommenden Sonntag die Adventszeit beginnt. Aber ich fange trotzdem schon heute an, ein paar Schokonikoläuse zu verteilen. Und etwas Obst und Kuchen und gute Worte. Und ein bisschen Zeit und Aufmerksamkeit.«

»Olek braucht auch unsere Aufmerksamkeit«, protestierte der Alte.

Sie hatten das Erdgeschoss erreicht und verließen den Aufzug.

»Nicht die Gesunden brauchen den Arzt, sondern die Kranken«, zitierte Matthew.

»Ja, ja, ich weiß«, brummte Eberhard. »Altes afrikanisches Sprichwort.«

»Nein, Matthäus-Evangelium.« Matthew grinste. »Olek wird noch einen Tag ohne uns auskommen. Vielleicht habe ich morgen Zeit. Aber ich fände es eh besser, wenn Linda persönlich hinfährt.«

»Macht die nicht«, schimpfte der Alte. »Du hast sie doch gehört. Sie will, dass er von allein zurückkommt. Einfach stur.«

»Von wem sie das wohl hat?«, fragte Matthew.

Sie traten aus dem Hochhaus hinaus ins Freie und gingen die Straße entlang zu Matthews Auto.

»Na, von mir natürlich«, sagte der Alte. »Und weil ich so stur bin, werde ich Olek zurückholen.«

»Was wirst du ihm denn sagen, wenn du ihm gegenüberstehst?«

Da blieb Eberhard unvermittelt stehen.

»Gute Frage«, murmelte er.

Otto sah dem Beetle nach, bis er zwischen den kahlen Bäumen verschwunden war. Zu gern würde er glauben, dass tatsächlich Gott der Herr einen neuen Geistlichen ausersehen hatte, diese kleine aufrechte Gemeinschaft zu unterstützen, seinen Verein Muttererde-Vaterland. Leider offenbarte sich Gott nicht immer auf zweifelsfrei eindeutige Weise, denn der Satan streute wo immer möglich seine Saat der Täuschung und Verwirrung. Darum war es ebenso gut denkbar, dass man diesen Priester bloß ausgeschickt hatte, um nach dem Verbleib von Paulus Scholten zu fahnden.

Otto konnte sich zwar nicht erklären, wie jemand auf die Spur nach Gorzbach hatte kommen können. Aber möglich war es schon, dass der Erzbischof von Köln heimlich nach diesem Judas fahnden ließ. Der Erzbischof tat zwar sehr konservativ, aber in Wahrheit gehörte auch er zum Mainstream, schon was seine naive Einschätzung im Hinblick auf die Gefährlichkeit der Flüchtlinge betraf. Die ganze offizielle Kirche bis hin zum Papst hatte sich doch an den Zeitgeist verkauft und an das bis in den Kern verfaulte politische System, fand Otto. Doch der Zusammenbruch rückte immer näher, dessen war er sich sicher. Darum war es ja auch so wichtig, sich zu wappnen. Wenn der Zusammenbruch käme, sollten sie vorbereitet sein. Und darum schadete es auch nicht, noch ein paar weitere Menschen aufzunehmen. Schließlich wurden diejenigen immer mehr, die nicht länger die Augen vor der Wahrheit verschließen mochten. So wie die verzweifelte Frau, die ihm heute Morgen geschrieben hatte.

Otto zog das Handy aus der Hosentasche, hockte sich auf den Baumstumpf und las noch einmal die Nachricht von Caroline Quambach.

Dann schrieb er ihr zurück.

Sich in die Toilette eines ICE zu übergeben gehörte ab jetzt zu den unangenehmsten Dingen, die Linda je erlebt hatte. Aber immerhin ging es ihr nun besser. Und ab Mannheim hatte sie einen Sitzplatz ergattern können. Jetzt erreichte der Zug den Badischen Bahnhof in Basel. Linda stieg aus und sog tief die frische Luft ein, bevor sie ihr Handy aus der Handtasche nahm, um sich zu orientieren. Schon wollte sie die Adresse des *Café Kron* eintippen, da bemerkte sie die Nachricht von Altmann.

Liebe Caroline Quambach,
ich glaube, ich verstehe, wie es Ihnen geht. Falls Sie jemanden zum Reden brauchen – wir können ja mal telefonieren.

Tatsächlich brauchte Linda jemanden zum Reden. Über das Ding in ihrem Bauch und über die Entscheidung, die sie bald zu treffen hatte, sehr bald sogar. Über Olek und die Frage, ob er von allein zurückkäme oder ob sie einfach versuchen sollte, ihn zu vergessen. Das hatte schließlich schon bei anderen Männern funktioniert, warum nicht auch bei ihm? Warum sollte sie ausgerechnet ihm nachlaufen? Wenn er sich doch als genau so ein Feigling entpuppte, wie es alle anderen Männer auch waren? Ja, sie brauchte jemanden zum Reden, aber sicher nicht diesen Altmann. Nicht mal bei Laurenz war sie sich sicher, ob er ihr wirklich würde helfen können.

War er jetzt schon bei Altmann gewesen, dort auf diesem Muttererde-Hof? Hoffentlich hatte er sich nicht völlig ungeschickt angestellt.

Sie schrieb eine schnelle Antwort an Otto Altmann. Kurz hielt sie inne, dann suchte sie im Kontaktverzeichnis ihres Handys nach der Nummer von Caroline Quambach. Verdammt, so was hatte sie bisher immer im Kopf gehabt. War das schon der Anfang einer Schwangerschaftsdemenz? Sie schickte die Nachricht an Altmann ab, wischte den Messenger vom Handybildschirm und ließ sich anzeigen, mit welchem Tram sie zum Barfüßerplatz käme.

Laurenz gab Gas und kam sich beinahe vor wie auf der Flucht. Undercover zu arbeiten war einfach nichts für ihn. Diese Gegend hatte etwas sehr Unwirkliches an sich. Das lag vielleicht auch an der Jahreszeit, an dem fahlen Himmel, den kahlen Bäumen, dass der Ort so abgeschieden wirkte. Das nächste Dorf lag Kilometer weit entfernt, hier gab es weit und breit nichts, nur die Ruine eines kleinen verwitterten Turmes dort drüben im Wald. Völlig aus der Zeit gefallen wie auch das Landgut, das er gerade hinter sich gelassen hatte. Wer baute so einen Turm mitten im Wald? Vielleicht ein Hexenturm. Nein, Unsinn, aber die Landschaft hatte durchaus etwas Magisches, etwas Fantastisches an sich. Hier konnte man nicht nur der Großstadt entfliehen, sondern überhaupt der modernen Welt mit ihren Zumutungen – mit der Notwendigkeit, selbst sein Leben zu entwerfen und zwischen tausend verschiedenen Sinnangeboten wählen zu müssen, wo es kein Schwarz oder Weiß gab, kein eindeutiges Gut oder Böse, sondern nur Schattierungen.

Er nestelte sich den starren Kragen aus dem Hemd und atmete durch.

Na ja, es gab durchaus das eindeutig Gute – zumindest als Vision, als Richtschnur. Eindeutig gut wäre, wenn Linda ihr Baby bekommen würde. Aber dann? Wenn er sich für einen kurzen Augenblick vorzustellen versuchte, dass er selbst eine Frau wäre und plötzlich schwanger … nein. Für ihn absolut undenkbar, er war ein Mann, er war Priester. Er fand, dass er aus gutem Grund keine Kinder haben konnte. Punkt. Was aber, wenn Linda das für sich und ihren Beruf ebenso empfand? Woher nahm er das Recht, ihr etwas abzusprechen, was er für sich selbst in Anspruch nahm?

Das alles war so kompliziert, dass er plötzlich verstand, warum man sich in den Wäldern verkriechen mochte. Trotzdem überkam ihn später eine gewisse Erleichterung, als er endlich in der Ferne die Silhouette der Stadt mit den vertrauten Spitzen des Kölner Doms auftauchen sah.

Was mochte Linda in Basel herausgefunden haben? Er konnte es kaum erwarten, sich mit ihr auszutauschen. Scholten war auf dem Hof gewesen und es musste einen Grund geben, warum er sein geliebtes Jerusalem-Kreuz in der Kapelle zurückgelassen hatte. Entweder beabsichtigte er zurückzukehren. Oder sein Abschied vom Hof war unter solch widrigen Umständen erfolgt, dass er es nicht hatte mitnehmen können.

Das *Café Kron* lag in einer verwinkelten Gasse der Basler Altstadt und warb auf einer Tafel vor der Tür mit frischgebackener Fastenwähe, was immer das sein mochte. Linda schlängelte sich zwischen den für die Mittagszeit eher spärlich besetzten Tischen hindurch bis zum Tresen, beugte sich zu der Wirtin hinüber und sagte: »Ich würde gern mit Jacquet sprechen.«

Die Wirtin zog die Augenbrauen hoch und fragte: »Worum geht es denn?«

»Missionierung.«

»Aha.« Jetzt runzelte die Wirtin die Stirn. »Na gut. Warten Sie einen Moment.«

Sie verschwand durch einen Vorhang.

Linda sah sich um. Dieses heimelige Café ließ in keiner Weise vermuten, dass man hier in einem Hinterzimmer einem Hehler würde begegnen können. Das war die perfekte Tarnung. In der Vorstellung der meisten Leute spielten sich schmutzige Geschäfte eher in den Hinterzimmern von Shisha-Bars oder Striplokalen ab. Doch solche zwielichtigen Orte wurden viel zu häufig von Polizeirazzien heimgesucht, während hier kaum das Risiko bestand, durch einen dummen Zufall aufzufliegen.

Die Wirtin kam zurück und winkte Linda zu sich.

Linda umrundete den Tresen und folgte der Frau hinter den Vorhang und durch einen schmalen Gang, vorbei an der Küche und durch die Hintertür hinaus, über einen kleinen Hof und in ein weiteres Gebäude, wo sie sich offenbar in einem Büro wiederfand. Hinter dem Schreibtisch erhob sich ein drahtiger Mittvierziger mit Haartolle und gezwirbeltem Schnurrbart zur Begrüßung.

»Maximilian Jacquet«, sagte er und wies mit der Hand auf den Sessel gegenüber dem Schreibtisch, »mit wem habe ich die Ehre?«

»Dragic«, sagte Linda, »Sandra Dragic.«

Sie nahm in dem Sessel Platz. Auch Jacquet ließ sich wieder hinter seinem Schreibtisch nieder, legte die Hände mit den Fingerspitzen unter seinem Kinn zusammen und fragte: »Sie engagieren sich also in der Mission.«

Linda nickte und sagte: »Ich habe gehört, dass Sie interessantes Material im Angebot haben.«

Jacquet lächelte.

»Wer schickt Sie, liebe Frau Dragic?«

»Niemand. Ich bin im eigenen Auftrag unterwegs.«

»Aber jemand hat mich Ihnen empfohlen.«

Sie nickte wieder.

»Welcher Jemand?«, fragte Jacquet.

»Jemand, der nicht genannt werden möchte.«

Sie hätte natürlich Altmanns Namen erwähnen können, das wäre womöglich eine gute Referenz, um Ja-
cquets Vertrauen zu gewinnen. Doch je nachdem, wie
die Kommunikationskanäle verliefen, würde Jacquet
ihre eventuelle Verbindung zu Altmann mit einem kurzen Anruf überprüfen können. Sie musste hier bluffen
und hatte dabei ein ganz schlechtes Blatt auf der Hand.
Da half nur eines, nämlich in die Offensive zu gehen.

»Herr Jacquet«, sagte Linda, »ich kenne Personen,
die wiederum Personen kennen, die in ähnlichen Situationen schon mal an die Polizei oder den Zoll oder
irgendwelche Geheimdienste geraten sind. Verstehen
Sie mich nicht falsch, mein Lieber – ich möchte nicht
unterstellen, dass Sie in Wahrheit für eine staatliche
Organisation arbeiten und mich hier bloß in die Falle
locken. Im Gegenteil, ich möchte Ihnen gern vertrauen
und mit Ihnen ins Geschäft kommen. Es gehört aber
nun einmal zu meinen Prinzipien, dass ich keinerlei
Namen oder Daten oder Fakten nenne, die mit der konkreten Transaktion nicht unmittelbar zu tun haben.«

Für einen Moment maßen sie einander mit den Augen, fast wie Kinder, die darum wetten, wer als Erstes
blinzeln muss.

Dann lächelte Jacquet wieder und sagte: »Sie gefallen mir, Frau Dragic. Ich werde wohl nicht schlau daraus werden, was da bei euch in Deutschland eigentlich los ist. Mir ist klar, dass viele Menschen möglichst
gut vorbereitet sein wollen, wenn es zu großen Um-

wälzungen kommt. Aber dass Sie und Ihre Freunde jetzt von *Mission* sprechen.« Er artikulierte das Wort gedehnt und distanziert. »Von wegen *Material*. Aber es geht mich ja auch nichts an, wie und wozu Sie die Ware verwenden.«

Na, dachte Linda, da war wohl ein Kunstliebhaber leicht indigniert. Immerhin, ein Hehler mit Stil und Geschmack, solche Leute traf man auch nicht alle Tage.

»Nur um ganz sicher zu gehen ... darf ich Sie bitten, kurz noch einmal aufzustehen?« Jacquet erhob sich, öffnete einen Schrank und holte einen Hand-Metalldetektor heraus, wie man ihn von der Sicherheitskontrolle am Flughafen kennt. Linda seufzte, stand auf und breitete die Arme aus.

»Nicht, dass Sie vergessen haben, mir zu erzählen, dass Sie dieses Gespräch aus Gründen der Qualitätssicherung aufzeichnen«, sagte er und fuhr mit dem Gerät an ihrem Körper entlang.

Linda fragte sich unwillkürlich, ob von dem Ding eigentlich irgendwelche Strahlungen ausgingen, die ein ungeborenes Kind schädigen könnten. Vermutlich nicht.

»In Ordnung«, sagte Jacquet. »Die Handtasche?«

»Das wird mir dann doch zu persönlich«, erwiderte sie.

»Ich will nicht hineinsehen«, sagte er, »aber wir schließen sie für die Dauer unseres Gesprächs ein, das ist doch sicherer.«

Sie reichte ihm die Tasche mit einem Achselzucken und er legte sie zusammen mit dem Gerät in den Schrank und schloss die Schranktür.

Sie setzten sich wieder. Linda legte den Kopf schräg und sagte: »Jetzt bin ich aber erst recht gespannt, was Sie mir denn Schönes anbieten können.«

Jacquet lehnte sich zurück und sagte: »Viele meiner Kunden schwören auf das G36. Wobei natürlich auch das AK-47 durchaus überzeugend sein kann. Starke

Argumente hat auch die Walther PPQ, falls Sie lieber etwas handlicheres *Material* haben möchten.«

Linda brauchte eine Millisekunde, um zu begreifen, dass die benutzten Abkürzungen keine Nummern aus einem Kunstkatalog oder Werkverzeichnis waren, sondern die Bezeichnungen für Waffen.

Auf ihr Pokerface konnte sie sich normalerweise in den überraschendsten Situationen blind verlassen – oder eigentlich gerade dann. Doch im nächsten Moment fühlte Linda wieder die Übelkeit in sich aufsteigen.

Einen Tick zu hastig fragte sie: »Was wird denn für ein AK-47 aufgerufen?«

»Viertausend US-Dollar«, antwortete Jacquet. »Ab drei Stück geht der Stückpreis je hundert Dollar runter. Lieferung innerhalb von Deutschland ganz diskret am Ort Ihrer Wahl innerhalb von sieben Tagen nach Abschluss. Sie wissen vermutlich, dass ich mit Vorkasse arbeite.«

»Mir ist die Bankverbindung bekannt«, sagte Linda mit unbewegter Miene. Schwitzte sie etwa? Nein. Alles cool. Einfach aufs Gespräch konzentrieren. »Ich werde den fraglichen Betrag einzahlen und Sie mit dem entsprechenden Beleg wieder aufsuchen. Ich muss mir nur noch klar werden, was genau ich brauche und wie viel davon.« Der letzte Satz gehörte nicht zum Bluff, ging Linda durch den Kopf. Nie zuvor in ihrem Leben hatte er so sehr zugetroffen wie in diesen Tagen – was brauchte sie eigentlich? Und wie viel davon? Sehr gute Frage. »Ich melde mich und gebe die Bestellung durch. Wie kann ich Sie per Mail oder Telefon erreichen?«

»Gar nicht«, erwiderte Jacquet. »Ich werde mich bei Ihnen melden. Wie lange brauchen Sie, um nachzudenken?«

»Drei Tage«, antwortete Linda.

Er reichte ihr ein Blatt Papier und einen Kugelschreiber, sie notierte eine Handynummer darauf. Dann erhob sie sich und streckte Jacquet die Hand hin. »Ich freue mich mich, von Ihnen zu hören.«

»Die Freude ist ganz meinerseits«, sagte er, öffnete den Schrank und reichte ihr die Handtasche.

Hoffentlich, überlegte Linda im Hinausgehen, hatte sie diesmal die richtige Handynummer im Kopf gehabt. Obwohl – wenn der Mann sie in drei Tagen anrief, sollte der Fall eigentlich gelöst sein.

»Wo ist dieser Idiot?«, kam es dumpf aus dem Flur. »Drüben im Zimmer?«

Olek hob den Kopf. Er hockte auf dem einzigen Stuhl in diesem Raum, umgeben von drei Etagenbetten. Seinen Koffer hatte er auf eine der unteren Matratzen gelegt, geöffnet, aber noch nicht ausgepackt. Als er jetzt die Stimme durch den Flur hallen und die stampfenden Schritte näherkommen hörte, ahnte er bereits, dass er wohl auch keine Gelegenheit mehr bekommen würde, das Bett zu beziehen und seine Sachen aus dem Koffer in einen der Spinde zu räumen.

Auf einem der Etagenbetten lag ein Typ, der sich als Pawel vorgestellt hatte und außer Olek die einzige anwesende Person in dem Zimmer war. Pawel drehte das Gesicht zu Olek und grinste ihn von seinem Bett herunter an. Und ohne den plattgedrückten Glimmstängel aus dem Mundwinkel zu verlieren, raunte er: »Da, hörst du? Das ist Bodo, von dem ich dir erzählt habe. Jetzt kannst du das mit ihm persönlich ausmachen.«

Olek fuhr sich mit der Hand über den Schädel. Die

Haarstoppeln fühlten sich immer noch sehr ungewohnt an. Schon flog die Tür auf und krachte gegen den metallenen Rahmen des nächststehenden Etagenbettes. Der angekündigte Bodo füllte den Türrahmen beinahe komplett aus, er war groß und breit wie ein Schrank, ein Blaumann schnürte seinen muskelbepackten Brustkorb ein. Seine schwarzen Schweinsäuglein durchbohrten Olek.

»Bist du der neue Polacke?«

Olek erhob sich wie in Zeitlupe von seinem Stuhl und es sah aus, als würde der eintätowierte Adler auf seinem Schädel seine Schwingen ausbreiten. Trotz der nachwachsenden Haare. Allein dadurch pflegte er fünfundneunzig Prozent aller potenziellen Gegner so weit einzuschüchtern, dass sie den Rückzug antraten. Doch Bodo gehörte zu den übrigen fünf Prozent.

»Die Jungs sagen, du willst dein Handy nicht abgeben«, blaffte er.

»Ich habe kein Handy«, antwortete Olek ruhig.

»Unsinn. Jeder hat ein Handy.«

»Ich nicht.«

Bodo schlug mit der Faust gegen die Tür, die abermals gegen den Metallrahmen des Etagenbetts knallte und das Gestell beben und scheppern ließ.

»Du bekommst hier einen guten Job, du bekommst hier zu essen, du bekommst Kleidung und ein Dach überm Kopf«, sagte Bodo mit schneidender Stimme. »Und nach ein paar Tagen kriegst du auch dein Handy zurück. Jeder Neue muss es erst mal abgeben, das gehört zu den Regeln.«

Die Firma hatte sich verändert, seit Olek im Sommer für ein paar Tage in Lindas Auftrag zum Schein als Arbeiter in diesem Haus gelebt hatte. Die Bedingungen waren erbärmlich gewesen, jetzt saß der alte Chef im Knast und unter dem neuen schien alles nur noch beschissener geworden zu sein.

»Ich habe kein Handy«, wiederholte Olek und beugte sich zu dem unteren Bett hinab, klappte den Koffer zu und ließ das Schloss einrasten.

»Wir haben nicht viele Regeln hier«, sagte Bodo, »aber die, die es gibt, die setze ich durch. Eine davon ist die mit dem Handy.«

»Ich habe kein Handy.«

Olek stellte den Koffer neben sich ab, als warte er auf den Bus.

»Eine andere wichtige Regel lautet: Leg dich nicht mit Bodo an.«

»Ich leg mich nicht mit Bodo an«, sagte Olek.

»O doch, das tust du«, antwortete das Muskelpaket, machte einen drohenden Schritt auf Olek zu und hob die rechte Hand. »Ich habe keine Lust auf deine Spielchen hier. Du gibst mir jetzt endlich dein scheiß Handy, oder ich …«

Mit einem sehr fiesen Knirschen brach Bodos Nasenbein unter Oleks völlig unvorhersehbarem Kopfstoß, gleichzeitig rammte Olek ihm das Knie in den Bauch. Er packte Bodo bei den Haaren und zog seinen Kopf nach hinten, um ihm in die Augen sehen zu können.

Kurz bohrten sich die Blicke der beiden Männer ineinander und Olek zischte: »Ich habe auch nicht viele Regeln, aber eine davon ist, dass niemand mich Polacke nennt.«

Dann ließ er Bodo los und der Kerl sackte seitlich weg. Blut tropfte aus seiner Nase auf den schmutzigen PVC-Boden. Oleg nahm den Koffer und verließ das Zimmer.

»Hey«, rief Pawel, sprang behände von seinem Etagenbett, machte einen Satz über den sich am Boden windenden Bodo hinweg und lief hinter Olek her durch den Flur. »Warte, Mann.«

»Was denn?« Olek drehte sich um. »Habe ich noch mehr Regeln missachtet?«

»Nein.« Pawel grinste. »Aber ich kenne jemanden, der auch viel für Regeln übrighat. Und ich hab gehört, dass er 'nen neuen Türsteher braucht. Ich geb dir die Adresse, mein Freund.«

Als Laurenz gegen neun Uhr an diesem Abend zu seiner Schwester und seinem Großvater hinüberging, fand er Linda und den Alten in dumpfem Schweigen vor. Sie saßen in Eberhards Küche, Tee und Schnaps auf dem Tisch. Offenbar hatte es einen heftigen Streit gegeben, der noch längst nicht verraucht war.

»Was ist los?«, fragte Laurenz und nahm sich ein Kölsch aus dem Kühlschrank. »Geht es um Olek?«

»Um den auch«, brummte Linda.

Der Alte drehte sich zu Laurenz und polterte los: »Ich habe meine Spürnase eingesetzt und recherchiert und weiß jetzt, wo er sich aufhält.«

»Bei diesem Bartosz?«

»Nein.«

»Aha.« Laurenz öffnete seine Flasche und setzte sich zu den beiden an den Tisch.

»Von wegen Spürnase«, knurrte Linda, »du bist einfach nur zu der Adresse gefahren, die Laurenz aufgeschrieben hatte. Hinter meinem Rücken. Und hast auch noch den armen Matthew dafür eingespannt.«

»Wo steckt Olek denn nun?«, fragte Laurenz. Er hatte keine Lust, auf den Streit der beiden einzugehen, er war müde nach diesem langen Tag.

»Angeblich hat er wieder bei diesem Schlachthof angeheuert«, sagte Linda. »In Krefeld. Ich hatte da mal einen Fall von Sozialversicherungsbetrug aufgedeckt, vor ein paar Monaten, da hatte Olek sich in die Belegschaft eingeschleust.«

»Und sie weigert sich«, sagte Eberhard, »morgen mit mir da hinzufahren und Olek nach Hause zu holen.«

»Wie oft muss ich das denn noch sagen?« Linda haute mit der flachen Hand auf den Tisch, so dass Schnapsglas und Teetasse einen Hüpfer taten. »Er muss sich selbst entscheiden, zurückzukommen. Ich will nicht mit lauter Männern unter einem Dach leben, die einfach keine Verantwortung übernehmen und nicht zu dem stehen, was sie angerichtet haben.«

Kurz war Laurenz ganz betroffen von ihren Worten, denn aus irgendeinem sehr tief sitzenden Reflex heraus fühlte er sich direkt angesprochen. Doch im nächsten Moment wurde ihm mit Erleichterung bewusst, dass er ja seit über zwanzig Jahren gar nicht mehr unter diesem Dach lebte.

Sein Großvater schnaubte und machte eine wegwerfende Geste.

»Was meint sie damit, Opa?«, fragte Laurenz herausfordernd.

»Ich hätte dir das gar nicht zeigen sollen«, schimpfte der Alte in Lindas Richtung.

Linda wippte auf ihrem Stuhl nach hinten und angelte ein Blatt Papier von der Küchenanrichte, das sie ihrem Bruder reichte.

Laurenz erkannte sofort, was das war und von wem es stammen musste. Es war dieselbe kantige Schrift und wieder waren es nur wenige Worte, in rätselhaften Versen gehalten.

Kennst du den kleinen Theo noch?
Und seine Mutter, in jenem Kellerloch?
Denkst du noch an deine Tat?
Deinen Verrat?

»Ich hatte schon beinahe gedacht, unsere mysteriöse Stalkerin hätte aufgegeben«, sagte Laurenz.

»Vielleicht war sie einfach nur zu beschäftigt zwischendurch?«, fragte Linda und ihre Worte troffen vor Sarkasmus. »Vielleicht hat sie einfach nur Stress, weil ihr Liebhaber sie sitzenlässt und ihr Opa sich ständig in ihr Leben einmischt und sie auf einmal mit ihrem Bruder einen Kriminalfall lösen muss, während sie eigentlich dringend eine ganz zentrale Entscheidung treffen müsste? Da kann man so eine Nebensächlichkeit wie Stalking schon mal ein wenig aus den Augen verlieren.«

»Hm«, machte Laurenz, ohne auf Lindas Sarkasmus einzugehen, »bei *Opa* klingelt bei mir was. Vielleicht ist dieser Theo tatsächlich der Großvater unserer Stalkerin? Wir reden über einen Jungen aus dem Jahr 1944.« Er blickte Eberhard an. »Jemand, der in deinem Alter war? Wer ist Theo? Und wieso hast du den Jungen und seine Mutter angeblich verraten? Und an wen überhaupt?«

Eberhard gab nur wieder ein Schnauben von sich.

»Ich habe ihn schon den ganzen Abend lang bearbeitet.« Linda winkte ab. »Er will sich einfach nicht erinnern.« Sie lachte trocken. »Die beste Spürnase von Köln hat angeblich ein Gedächtnis wie ein Sieb, wenn es um die eigene Vergangenheit geht.«

Da entfuhr es dem Alten: »Seht ihr denn nicht, dass diese Frau mit uns spielt? Man darf sich nie auf das Spiel eines Erpressers einlassen, sonst hat man direkt verloren.«

»Von Erpressung steht hier aber nichts«, erwiderte Laurenz und betrachtete nochmals die vier Zeilen auf dem Papier.

»Doch«, schimpfte Eberhard, »das Ganze ist eine Erpressung. Sie will mich zwingen, an Dinge zu denken, an die ich nicht denken will. Und damit Zwietracht säen in diesem unserem Haus.«

»Na, bitte«, sagte Laurenz. »Immerhin gibst du endlich zu, dass du dich nicht erinnern willst. Aber denkst du nicht, dass es dir vielleicht ganz guttun würde, diese Dinge – was immer es auch ist – aufzuarbeiten, anstatt sie bis ans Lebensende zu verdrängen?«

»Du und deine Priestersprüche, du hast doch keine Ahnung«, erwiderte der Alte, »ihr habt alle beide keine Ahnung, wie das damals war. Der Krieg. Die Bombennächte hier in der Stadt. Wir waren doch noch Kinder! Bis heute wundere ich mich manchmal darüber, dass ich überhaupt noch am Leben war, als die Amis kamen. Ihr habt ja keine Ahnung, wie das war, hier in den Trümmern zu sitzen – ganz Köln ein einziger Schuttberg. Mit unseren Händen haben wir die Stadt wiederaufgebaut, hier.« Er hob beide Hände und spreizte die Finger, als hafte noch immer der Staub aus den Ruinen daran. Vielleicht fühlte es sich für ihn so an, dachte Laurenz. »Aus dem Nichts haben wir das alles aufgebaut. Damit eure Eltern in Frieden und Wohlstand leben konnten. Damit ihr beiden in Saus und Braus aufwachsen konntet. Wir waren nie reich, natürlich nicht, aber hat es euch denn jemals an irgendetwas gefehlt? He?«

»Nein«, murmelte Linda, die von Eberhards Ausbruch sichtlich ergriffen schien.

»An nichts Materiellem«, schob Laurenz hinterher.

»Glaubt ihr, das hätte alles geklappt, wenn wir erst mal – wie sagst du? – die ganze Kriegszeit aufgearbeitet hätten?«, fuhr der Alte fort. »Dann säßen wir heute noch in den Trümmern, meine lieben Enkel, jawohl. Der Wiederaufbau, das Wirtschaftswunder – all das, das ging doch überhaupt nur, weil wir nach vorne geschaut haben und nicht zurück. Wir haben nicht gejammert, wir haben angepackt! So. Und jetzt raus hier, Kinder. Ich muss ins Bett.«

Damit erhob sich der Alte erstaunlich gelenkig von seinem Stuhl, und bevor seine Enkel noch etwas erwidern konnten, war er schon im Bad verschwunden.

Linda und Laurenz tauschten einen stummen Blick. Noch nie zuvor hatte ihr Großvater so viel von früher erzählt. Das heißt – er erzählte ständig von früher, von seinen Detektivabenteuern während der Fünfziger- und Sechzigerjahre. Aber über alles, was davor gewesen war, hatte er bisher immer nur geschwiegen.

Linda nahm ihre Teetasse und Laurenz nahm seine Kölschflasche und die Geschwister zogen sich nach unten ins Büro zurück.

Linda ließ sich auf den Schreibtischstuhl plumpsen und sagte: »Das war jetzt ein bisschen viel für ihn, glaube ich. Am besten, wir lassen ihn mit dieser Sache erst mal in Ruhe.«

»Bist du sicher?« Laurenz machte es sich auf dem Sofa bequem. »Ich glaube, im Grunde seines Herzens möchte er erzählen, was damals geschah. Er ist kurz davor. Braucht nur noch einen kleinen Schubser.«

»Eine Menge Leute brauchen einen kleinen Schubser.« Linda seufzte.

»Okay«, sagte Laurenz. »Erzähl mir von deiner Begegnung in Basel. Du hast also diesen Jacquet getroffen? Handelt er tatsächlich mit geraubten Kunstwerken?«

»Schön wär's. Herr Altmann missioniert nicht mit Kunstobjekten, sondern mit Kalaschnikows.«

»Bitte?« Laurenz fuhr hoch und hätte sich beinahe an seinem Kölsch verschluckt.

»Jacquet ist Waffenhändler. Hammer, oder? Das erklärt natürlich auch, warum Scholten offenbar ein schlechtes Gewissen bekommen hat. Du erinnerst dich an den Chat zwischen den beiden Männern, also Scholten und Altmann.«

»Dann …« Laurenz merkte, dass seine Hand zitterte, er stellte die Bierflasche auf dem Couchtisch ab. Abberufen, hatte Altmann gesagt. »Dann haben sie ihn umgebracht! Er hat ihnen gesagt, dass er bei so was nicht mitmacht und aussteigen will – und sie haben ihn getötet, bevor er zur Polizei gehen konnte.«

»Möglich.«

»Möglich? Fällt dir noch was anderes dazu ein? Mir nicht. Scholtens Handy ist aus, sein Kreuz hängt in dieser Kapelle, er selbst ist spurlos verschwunden.«

»Er hätte sofort nach seinem Besuch in Basel zur Polizei gehen können«, wandte Linda ein. »Offenbar hat er das aber nicht getan, sondern mit Altmann über die Sache gesprochen. Es ist also denkbar, dass Altmann ihn überzeugen konnte und Scholten seine Skrupel über Bord geworfen hat. Und dass unser Kaplan sich diesen Leuten angeschlossen hat.«

»Das traue ich ihm nicht zu«, widersprach Laurenz. »Du weißt, wie wenig ich von diesem miesen kleinen Frettchen halte. Aber dass er ein Rechtsterrorist wird? Ausgeschlossen.«

»Ich schließe niemals etwas aus«, sagte Linda bitter. »Schon gar nicht bei Menschen, die finden, dass man Flüchtlinge auch mal ertrinken lassen müsste.«

»So was schreibt er auf Facebook?«

»Das sei natürlich hart, schreibt er, aber wenn man aufhöre, die Menschen aus dem Meer zu retten, würde das die anderen abschrecken und sie würden dann lieber in ihrer Heimat bleiben und auf diese Weise könnte man doch langfristig viel mehr Menschen retten. Typisch rechtes Argument – pseudohumanitäre Tarnung für blanken Hass. Und außerdem feiert er republikanische Politiker in Ohio und Texas dafür, dass sie fordern, bei Abtreibung auch mal die Todesstrafe zu verhängen. So jemand hat doch vermutlich eher wenig Berührungsängste mit einem AK-47.«

Für einen Moment schwieg Laurenz betroffen. Ihm kam der Gedanke in den Sinn, dass er demnächst mal seinen Facebook-Account löschen sollte, bei all dem Hass und Unrat, der sich dort sammelte.

»Dass sie sich Waffen besorgen, heißt noch nicht, dass sie einen Terroranschlag planen«, sagte Linda in die Stille. »Ständig steht irgendwas in der Zeitung davon, dass man irgendwo ein Waffenlager ausgehoben hat, weil verrückte Aussteiger sich auf den Tag X vorbereiten, was immer sie damit meinen. Verrückte oder Nazis oder verrückte Nazis, die über einen kommenden Bürgerkrieg fantasieren. Weil ihnen das normale Leben viel zu kompliziert geworden ist und sie sich lieber in eine dystopische Fantasiewelt flüchten.«

Das passte zu dem, was Laurenz auf der Rückfahrt durch den Kopf gegangen war. Kurz berichtete er Linda von seinem Besuch auf dem Landhof.

Linda überlegte: »Kann es nicht auch sein, dass Scholten auf dem Hof untergetaucht ist und sich versteckt hat, als er dich kommen sah?«

»Dann hätte Altmann doch eher versucht, mich abzuwimmeln«, widersprach Laurenz. »Und schon gar nicht hätte er mich gefragt, ob ich quasi Scholtens Nachfolger werden will.«

»Ich werde mir diesen Muttererde-Hof selber ansehen«, sagte Linda bestimmt. »Morgen Abend packe ich meine Sachen und fahre für ein oder zwei Tage dorthin.«

»Wie stellst du dir das vor?« Laurenz war entsetzt. »Du tauchst da auf und fragst, ob du da Urlaub machen kannst?«

»Er hat mich eingeladen«, antwortete Linda. »Otto Altmann. Es war seine Idee.« Sie berichtete, was sie Altmann am Morgen aus dem Zug nach Basel unter dem Namen Caroline Quambach geschrieben hatte.

»Vorhin hat er mich angerufen. Hat mich gefragt, ob ich nicht Lust hätte, ein paar Tage dort zu wohnen. Fern der dekadenten Großstadt. Um das einfache Landleben auszuprobieren, meine Gedanken zu klären und so weiter.«

»Ach Gott, wie fürsorglich das klingt«, höhnte Laurenz.

»Manche Männer mögen eben so was.«

»Was – so was?«, fragte Laurenz argwöhnisch.

»Wenn Frauen orientierungslos sind. Weckt vielleicht den Beschützerinstinkt. Oder stärkt ihr eigenes Überlegenheitsgefühl, was weiß ich. Jedenfalls hat er angebissen und das ist doch absolut perfekt.«

»Das ist Schwachsinn.« Laurenz schüttelte den Kopf. »Du fährst nirgendwohin. Wir gehen zur Polizei, gleich morgen früh. Wir lassen das ganze biobraune Gesocks vom Landhof auffliegen, samt ihren Waffen, und diesen Jacquet gleich mit. Mensch, Linda, da stehen Menschenleben auf dem Spiel!«

»Denkst du, ich weiß das nicht?«, rief sie. »Aber gerade deswegen brauchen wir Beweise. Wir haben bis jetzt überhaupt nichts in der Hand.«

»Dein Treffen mit Jacquet?«

»Da würde Aussage gegen Aussage stehen.«

»Das Chat-Protokoll von Scholten?«

»War illegal. Schon vergessen? Es ist verboten, das Facebook-Konto fremder Leute zu knacken. Damit sollten wir bei der Polizei lieber nicht ankommen. Und wir wissen auch nicht, ob die Waffen schon geliefert wurden oder nicht und wenn ja, ob sie sie auf dem Hof verstecken oder woanders. Wenn wir zur Polizei gehen und die machen da eine Hausdurchsuchung und finden nichts, ist die Sache gelaufen. Dann sind Altmann und Co. vorgewarnt und wir werden niemals mehr irgendetwas herausfinden.« Sie atmete tief ein und aus. »Vermutlich hast du recht, vielleicht ist

Scholten wirklich nicht mehr am Leben. Aber dann, so hart das auch klingt, macht es keinen Unterschied, ob er ein paar Tage länger tot ist, bevor seine Leiche gefunden wird. Aber wenn wir wirklich Schlimmeres verhüten wollen, müssen wir erst weiter ermitteln.«

Laurenz betrachtete seine Schwester.

»Es klingt plausibel, was du sagst. Trotzdem verwundert es mich. Ich meine – du hast mir schon mehrfach erklärt, dass du niemals über den eigentlichen Auftrag hinausgehst. Dich nicht in Dinge einmischst, weil du nichts beeinflussen willst, was nichts mit dem konkreten Job zu tun hast.«

»Stimmt ja auch«, sagte sie. »Aber unser Job ist erst zu Ende, wenn wir Scholten haben. Lebendig oder tot.« Sie lachte hohl. »Klingt wie aus einem Western, oder? Wie absurd. Wenn er noch dort auf diesem Hof ist, egal ob er heimlich im Stall wohnt oder ob sie ihn irgendwo im Wald verscharrt haben, ich werde ihn finden. Und dann gehen wir zur Polizei.«

»Kann es vielleicht sein …« Laurenz brach ab, wollte den Rest des Satzes runterschlucken, zögerte und sprach ihn doch zu Ende: »Kann es sein, dass du dich so sehr in den Fall vergräbst, damit du nicht über dein privates Thema nachdenken musst?«

»Das hat überhaupt nichts …«, schimpfte sie, hielt inne und sah ihn an. »Ja, kann sein. Weiß nicht. Aber ich mache diesen Job auf meine Weise, okay?«

»Okay. Trotzdem könnten wir endlich mal über dich reden. Über deine Zukunft. Du hast doch gesagt, dass du mit mir darüber sprechen möchtest. Bisher kam es nicht dazu.«

»Weil wir ja keine Zeit hatten.«

»Jetzt haben wir Zeit.«

»Jetzt bin ich müde«, sagte Linda. »Sehr sogar. Und morgen wird ein harter Tag. Ich muss ins Bett.«

»Hast du denn vor, morgen zu diesem Schlachthof zu fahren? Zu Olek?«

»Ich dachte, das hätte ich schon erklärt«, erwiderte sie hart.

»Sorry – ich dachte bloß. Weil du doch sagtest, dass du erst abends zum Landgut fährst.«

»Ich habe erst noch einen Gerichtstermin. Eine alte Sache. Ich habe im Frühjahr mal eine Wohnung observiert, die illegal untervermietet wurde. Mein Auftraggeber will den Mieter rausklagen, aber der bestreitet die Vorwürfe. Deshalb hat mich der Vermieter als Zeugin benannt, also muss ich morgen antanzen.« Sie lachte. »Ja, das sind so Sachen aus dem Detektivalltag. Bisschen banal im Vergleich zu unserem aktuellen Fall, oder? Reine Routine. Tut mir zwischendurch aber gut.«

Laurenz nickte. Auch ihm würde ein bisschen Routine ab und an ganz guttun. Ein bisschen Banalität. Aber wenn man genau hinschaute, war nichts auf der Welt wirklich banal. Bestimmt barg auch der Fall einer illegalen Untervermietung eine ganz eigene menschliche Tragödie. *Denn wir wissen, dass die gesamte Schöpfung bis zum heutigen Tag seufzt und in Geburtswehen liegt*, heißt es im Römerbrief. Wie wahr! Bei allem, was so wunderschön war in dieser Welt, lag doch auf allem auch immer eine tiefe Bedürftigkeit nach Erlösung. Sich das mal vor Augen zu halten, konnte einem eigentlich den Verstand rauben. Oder zum Priesterberuf greifen lassen. Oder in die Wälder treiben, um mithilfe eines Sturmgewehrs eine ganz andere Art von Erlösung …

»Laurenz? Bist du noch da?«

Er schrak aus seinen Gedanken hoch. Linda war aufgestanden.

»Ich wollte dich noch um einen Gefallen bitten. Könntest du vielleicht für ein oder zwei Nächte hier in meiner Wohnung übernachten? Solange ich fort bin? Damit Opa nicht ganz allein im Haus ist?«

»Ja, kann ich machen. Aber …« Auch Laurenz stand auf. »Von wegen Wespennest und so. Ich habe ein bisschen Angst um dich, wenn du auf diesen Hof ziehst.«

»Ich schreibe dir zwischendurch«, sagte sie. »Gib mir Zeit bis Donnerstag, okay?«

»Okay. Aber wenn ich länger nichts von dir höre, dann komme ich dich holen. Und ich bringe eine Hundertschaft Polizei mit, verlass dich drauf.«

»Witzige Vorstellung«, meinte sie. »Darauf würde ich es fast ankommen lassen, nur um das zu sehen.«

7

Dienstag, 28. November

Routine. Gab es nicht im Priesterberuf. Nicht einmal damals im Knast, obwohl der streng reglementierte Alltag hinter Gittern mit seinen immer gleichen Abläufen das zumindest vorgegaukelt hatte. Trotzdem war jeder Tag ein neues Abenteuer gewesen, denn in jedem Gespräch mit einem Häftling hatte sich eine neue Welt aufgetan, auf die er sich hatte einlassen müssen. Immerhin war das die ganz klassische Seelsorge gewesen, von Angesicht zu Angesicht, zwei Menschen im Gespräch über Gott und den Kosmos und den ganzen Rest.

Solche Begegnungen bildeten heute eher die Ausnahme für Laurenz. Als leitender Pfarrer war er derjenige, der den ganzen Laden zusammenhielt. Die *eigentliche* Arbeit, so kam es ihm vor, machten andere Leute. Sein Job war es, diese Leute zu begleiten, zu coachen, zu stärken und ihnen beste Rahmenbedingungen zu verschaffen. Das ging ihm an diesem Morgen durch den Kopf, als er sich mit dreißig Frauen in einem großen Stuhlkreis wiederfand. Die Kindertagesstätten des Seelsorgebereiches blieben heute geschlossen, denn Laurenz hatte die Erzieherinnen zu einem »Einkehrtag« eingeladen. An den Wänden des großen Saales hingen großformatige Fotos von Kindern und Jugendlichen im Zeltlager oder bei irgendwelchen Aktionen – sie befanden sich im Tagungshaus der Pfadfinder in der Kölner Südstadt. Dieser Ort war ihm passend erschienen, um darüber nachzudenken, was christliche Erziehung heutzutage bedeuten mochte – und wie das überhaupt gehen konnte.

Die meisten Frauen hatten sich unter einem Einkehrtag zunächst wenig vorstellen können und am ehesten noch eine fromme Bibelstunde nebst Unterweisung erwartet. Dass sie hier nun vor allem über sich selbst nachdenken, »ihre Rolle reflektieren und sich darüber austauschen« sollten, hatte anfangs die eine oder andere Blockade ausgelöst. Aber nach und nach tauten die Anwesenden auf und sprachen über die wachsenden Anforderungen ihres Berufes. Erzählten von den Dreijährigen, die montagsmorgens erst einmal in der Kita durchdrehten, weil sie von ihren Eltern das ganze Wochenende über vor der Playstation geparkt worden waren. Und von den ganz anderen Eltern, die offenbar erwarteten, dass ihre Kinder möglichst vor der Einschulung schon schreiben und lesen konnten.

An der Wand stand irgendwo der alte Pfadfinderspruch: »Look at the boy, look at the girl.« Jedes Kind als einmalig zu betrachten und ihm zu helfen, seine individuellen Talente und Fähigkeiten zu entdecken und zu entfalten, sagte Laurenz, das sei aus seiner Sicht der Kern christlicher Erziehung. Und immer wieder musste er sich zwischendurch fragen, ob vielleicht in zwei bis drei Jahren auch Lindas Kind eine dieser Kitas besuchen würde. Ob sein Neffe oder seine Nichte auch die Gelegenheit haben würde, sich selbst zu entdecken und zu entfalten. Das würde dann auch an ihm liegen, überlegte er, an Onkel Laurenz.

Eine der Erzieherinnen sagte in die Runde: »Wir müssen uns als Teil eines Netzes verstehen – Kita, Familie, Sportverein und so weiter. Ihr kennt doch alle dieses afrikanische Sprichwort: Man braucht ein ganzes Dorf, um ein Kind großzuziehen.«

Laurenz schmunzelte. Schade, dass Matthew jetzt nicht hier war. Das Sprichwort stimmte tatsächlich. Auch sein Leben würde sich verändern, wenn Linda das Baby bekäme, und er hatte sich vielleicht bisher ein wenig davor gescheut, sich das konkret auszumalen. Wie viel Verantwortung wäre er bereit zu übernehmen? Eignete er sich überhaupt als Babysitter? Na klar, wenn er wollte, konnte er das. Es war so ähnlich wie mit Opa Eberhard. Dass er sich stets für ungeeignet hielt, den alten Mann zu betreuen, war natürlich nur eine Ausrede.

Wobei ihm der Alte im Moment fit vorkam wie seit Langem nicht mehr. Olek hatte Eberhard ganz schön auf Trab gebracht: Er hatte ihm tägliche Spaziergänge verordnet, hatte sich kleine Aufgaben für ihn ausgedacht und so weiter, das tat dem Alten sichtlich gut. Nicht nur Linda brauchte Olek, sie alle brauchten ihn. Bevor Laurenz diesen Gedanken noch weiterverfolgen konnte, war Mittagspause. Er ging durch die breite Glastür auf die Dachterrasse vor dem Saal und schaltete sein Handy ein. Sieben Anrufe in Abwesenheit. Alle von Lindas Büro.

Ach, du heilige Sch... was war passiert? Sollte Linda nicht eigentlich bei Gericht sein?

Hastig tippte er auf die Nummer, doch anstelle von Linda ging Opa Eberhard ans Telefon.

»Na endlich, Junge!«, knurrte der Alte. »Schon den ganzen Vormittag über versuche ich dich zu erreichen. Warum machst du einfach dein Handy aus? Was wäre, wenn jemand mal dringend einen Priester sprechen muss?«

»Dann wählt er die Nummer der Notfallseelsorge«, antwortete Laurenz. »Steht auf der Homepage der Pfarrgemeinde.«

»Ja, von wegen Hoompäitsch«, sagte Eberhard, »das ist ja genau mein Problem.«

»Kannst du es ein bisschen genauer sagen?«

»Ich sitze hier an Lindas Computer und kämpfe mit dem Joggel.«

»Wer oder was ist der Joggel?«

»Der Joggel ist das Ding, wo man Sachen im Internet suchen kann. Sag nicht, du verstehst noch weniger davon als ich?«

»Doch, doch. Der Joggel ist mir bekannt.« Laurenz musste gegen seinen Willen lachen. »Was suchst du denn?«

»Die Adresse von diesem Schlachthof in Krefeld. Und dann rufe ich mir ein Taxi und fahre dahin, um meinen künftigen Schwiegerenkel zurückzuholen.«

»Hast du vergessen, dass Linda dir das verboten hat?«

»Stimmt«, brummte Eberhard. »Dann soll mein Schwiegerenkel bleiben, wo der Pfeffer wächst. Aber sie kann mir ja nicht verbieten, meinen persönlichen Altenpfleger zurückzuholen, was?«

»Nein. Aber sie sollte dir verbieten, dass du einfach an ihren Computer gehst. Wie bist du überhaupt an das Passwort gekommen?«

»Spürnase«, sagte der Alte und lachte. »Weißt du noch, wie Lindas Lieblingskuscheltier hieß, als sie noch ganz klein war?«

»Lauri«, murmelte Laurenz.

»Volltreffer!«

»Okay, hör zu, Opa. Ich habe hier noch zu tun. Heute Abend komme ich vorbei und koche was für uns. Und für morgen früh nehme ich mir frei und dann fahren wir gemeinsam nach Krefeld und suchen Olek, in Ordnung?«

»Geht doch«, antwortete der Alte zufrieden.

»Und unterwegs kannst du mir etwas über Theo erzählen«, sagte Laurenz.

Eberhard schnaubte. »Bis heute Abend.«

Mit einem großen Rucksack bepackt stand Linda im kalten Wind. Die Haltestelle mit kleinem Wartehäuschen am Bahngleis mitten im Nirgendwo verdiente nichts weniger als die Bezeichnung Bahnhof. Es war noch nicht mal fünf, aber die Abenddämmerung setzte schon ein. Dummerweise war ihr Bruder gestern bereits mit dem Beetle auf dem Hof vorgefahren, darum konnte Linda ihn heute natürlich nicht benutzen. Das war einerseits ärgerlich, andererseits aber auch ganz gut, dass sie nichts mit sich führte, was auf ihre echte Identität hindeuten konnte. Wer weiß, ob die Leute nicht auf die Idee kämen, nachts den Autoschlüssel an sich zu nehmen und den Wagen zu durchsuchen? Sicherheitshalber hatte sie sogar ihr Handy zu Hause gelassen und nur das Dritthandy eingesteckt, das sie ausschließlich unter dem Tarnnamen Caroline Quambach benutzte. Altmann hatte angeboten, sie abzuholen.

Ein VW-Bus fuhr auf den kleinen Parkplatz neben der Haltestelle und ein Mann um die dreißig stieg aus. Er trug einen akkuraten blonden Seitenscheitel und eine randlose Brille mit kleinen runden Gläsern.

»Caroline? Hallo, ich bin Otto. Herzlich willkommen.«

»Sag einfach Caro zu mir.«

Linda setzte ihren Rucksack zwischen den vielen Kindersitzen auf der Rückbank ab und sie stiegen ein. Otto fuhr los.

»Puh, das ist aufregend«, sagte Linda. »Ich komme mir fast vor wie in einem Schulbus auf dem Weg zu einer spannenden Exkursion.«

»Vielleicht wird es ja sogar mehr als nur eine Exkursion«, meinte Otto und lächelte. »Ein Schulbus ist das hier in gewisser Weise tatsächlich. Annabell und ich haben zwei Kinder und Goran und Svea haben drei und Annabell fährt die fünf Knaben und Mädels jeden Morgen mit dem Bully vom Hof aus zur Bushaltestelle und holt sie nachmittags dort wieder ab. Das ist natürlich nur ein Kompromiss.«

»Du meinst die Fahrerei?«, fragte Linda.

»Die auch.« Otto nickte. »Aber vor allem die Schule. Es zerreißt mir jeden Morgen aufs Neue das Herz, unsere Kinder dem staatlichen System auszuliefern. Da reden sie ihnen ein, dass Männer keine richtigen Männer mehr sein dürfen und Frauen keine richtigen Frauen. Im Geschichtsunterricht bringt man ihnen bei, dass sie unser liebes Deutschland hassen müssen, und in Physik erzählen sie was vom sogenannten Urknall. Vom Religionsunterricht kann man die Kinder gottlob abmelden, denn was dort unterrichtet wird, hat ja mit dem wahren Glauben rein gar nichts zu tun. Die Religionslehrer stellen Jesus Christus dar wie einen Knuddelhasen. Alle sollen sich lieb haben. Aber wahres Christentum ist Kampf! Der wahre Christus ist der, der mit der Peitsche die Geldhändler aus dem Tempel hinausgetrieben hat. So wie wir eines Tages die ganzen Banker und Manager und Finanzjuden aus dem Land werfen werden. Samt der von ihnen bezahlten korrupten Regierung.«

Linda kämpfte gegen ihre Übelkeit. Schwer zu sagen, ob das an der Schwangerschaft lag oder an Ottos Vortrag.

Er warf ihr einen Blick zu und fragte: »Irritieren dich meine Worte?«

»Nein, nein«, wehrte Linda ab, »ich bin es nur nicht gewohnt, dass jemand so … offen über all diese Dinge spricht.«

Otto lachte und meinte: »Du hast recht, so etwas darf man heutzutage nicht mehr laut sagen. Aber das wird sich ändern. Im Osten sind sie schon viel weiter.

Da gibt es etliche Projekte wie das unsrige. Familienlandsitze, Siedlungen, Dörfer von Menschen, die einfach nicht mehr Teil der BRD GmbH sein wollen. Leider verrennen sich viele von diesen Menschen in unsinnige heidnische Kulte. Die Anastasia-Bewegung zum Beispiel. Schon mal gehört?«

»Nein«, log Linda.

Sie hatte im Internet etliche Artikel und Filme über diese sogenannten völkischen Siedler gefunden, die einen abstrusen Mix aus Biolandbau, Esoterik und Nationalismus betrieben und versuchten, eine eigene Parallelgesellschaft aufzubauen.

»Du musst dir keine Sorgen machen«, sagte er, »wir veranstalten kein solches Brimborium mit germanischen Göttern und rituellen Tänzen. Wir feiern nicht die Wintersonnenwende, sondern Weihnachten. Goran und Svea waren zwar auch mal solche Heiden, aber die haben wir bekehrt.« Er lachte. »Ist ja kein Wunder, dass Menschen mit wachem Verstand erst mal dem Christentum den Rücken kehren, denn die Kirchen selbst haben längst das christliche Abendland verraten, jedenfalls die Mainstreamchristen.«

»Aber es gibt auch noch andere Geistliche«, sagte Linda, »die nicht bei diesem Mainstream mitmachen, nicht wahr? Ich bin durch deinen Blog im Internet auf Kaplan Paulus Scholten gestoßen, den würde ich echt mal gerne treffen. Ich war sogar letzte Woche in Gorzbach, in seiner Gemeinde beim Gottesdienst. Aber zu meiner großen Enttäuschung ist er nicht dagewesen. Angeblich ist er krank.«

Sie zwang sich, den Blick von der Straße zu lösen und den Kopf zu Otto zu drehen, um die Reaktion in seinem Gesicht zu lesen.

»Hab ich auch gehört«, murmelte Otto. »Der hochwürdige Herr Kaplan hat kürzlich ein paar Tage bei uns auf dem Muttererde-Hof verbracht. Ich hätte mir gewünscht, dass er seinem abtrünnigen Bischof den Rücken kehrt und einfach zu uns zieht. Aber leider ist er abgereist.«

»Habt ihr noch Kontakt?«

Linda musterte Otto, konnte aber im Dämmerlicht seine Augen nicht richtig erkennen.

»Wie gesagt, er fühlte sich nicht wohl, er wollte sich ein paar Tage zurückziehen. Hätte er auch bei uns tun können, aber er ist wohl nach Hause gefahren oder vielleicht in ein Kloster, was weiß ich.«

»Schade«, meinte Linda.

»Die Wege des Herrn sind unergründlich«, sagte Otto. »Schau, da vorn ist es schon.«

Linda sah zuerst nur ein paar winzige Lichter zwischen den Bäumen, dann zeichneten sich Konturen von Gebäuden ab, bevor der VW-Bus von der Landstraße in eine lang gezogene Zufahrt einbog und schließlich auf dem Hof ausrollte. Es war genau, wie Laurenz es beschrieben hatte: das Haupthaus, die Stallungen und die Scheune, die kleine Kapelle von dem Foto auf Ottos Blog, das sie sonst nirgendwo im Internet hatte finden können, weil dieser Hof jahrzehntelang von aller Welt vergessen vor sich hingeschlummert hatte. Sie sah den Stumpf der besagten Eiche und den Brunnenschacht, etwa hüfthoch ummauert und mit Holzbrettern vernagelt. Konnte man darin eine Leiche verstecken? Wohl kaum, überlegte Linda, denn spätestens im Sommer würde man es riechen und außerdem würde die Leiche, wenn der Schacht tief genug reichte, womöglich das Grundwasser vergiften. Aber vielleicht wäre das ein gutes Versteck für ein paar Waffen.

Drei Erwachsene und fünf Kinder waren aus dem Haus gekommen und umringten den Bus. Linda stieg aus, nahm ihren Rucksack von der Rückbank und Otto stellte ihr die anderen Bewohner des Hofes vor: seine

Frau Annabell, dann Goran, den Linda von den Fotos kannte, und dessen Frau Svea, Ottos Kinder Cajetan und Monica – neun und sieben Jahre alt – sowie Gorans und Sveas Kinder Freya, Brandolf und Alhard im Alter von zehn, acht und sechs.

»Herzlich willkommen auf dem Muttererde-Hof«, sagte Svea, »wir freuen uns alle, dich kennenzulernen.«

»Wie alt bist du?«, fragte der kleine Alhard.

»Warum hast du kein Auto?«, wollte Cajetan wissen.

»Was ist in deinem Rucksack?«, rief Monica.

»Hast du einen Freund?«, fragte Freya.

»So was fragt man doch nicht«, sagte Svea.

»Warum hast du ein Loch in der Nase?«, fragte Alhard.

Linda hatte das Piercing wie schon letzten Freitag bei ihrem Gottesdienstbesuch in Gorzbach herausgenommen. Eigentlich spielte es für ihre Tarnung keine große Rolle, doch irgendwie half es ihr innerlich dabei, für eine Weile eine andere Person zu sein.

»Da hatte ich einen Schmuck«, sagte Linda, »aber der gefiel mir nicht mehr. Und einen Freund habe ich auch nicht mehr. Ich bin gerade dabei, ein neues Leben anzufangen.«

»Wir können ja deine neuen Freunde sein.« Der kleine Alhard strahlte sie an.

Linda lächelte und das war nicht gespielt.

»Darf ich?« Annabell nahm ihr den Rucksack ab. »Ich zeig dir dein Zimmer.«

Gefolgt von den anderen ging Linda hinter Annabell her zum Haupthaus und betrat einen Vorraum, wo sich große und kleine Schuhe und Stiefel stapelten, Jacken und Mäntel hingen an Haken in verschiedener Höhe. Rechts lag eine große Küche und links ein ausladendes Wohn- und Esszimmer, in dessen Mitte eine lange Tafel stand. Im Kamin brannte ein Feuer. Geradeaus führte eine breite Treppe nach oben.

»Wer mit den Hausaufgaben fertig ist, kann beim Kochen helfen«, verkündete Goran. »Heute sind Otto und ich mit Küchendienst dran.«

Die Kinder strömten in die Küche, während Linda Annabell in den ersten Stock folgte.

»Hier und in der Etage darüber liegen die Schlaf- und Kinderzimmer«, sagte Annabell, während sie über knarzende Dielen schritt. Schließlich öffnete sie eine Tür. »Bitte sehr. Ich hoffe, du fühlst dich hier wohl.«

Linda betrat das Zimmer, das sehr groß und hoch und übersichtlich möbliert war. Es gab ein altes Bauernbett, das wohl schon vor dem Einzug der jetzigen Bewohner hier gestanden hatte, einen dreitürigen Kleiderschrank, einen kleinen Schreibtisch nebst Stuhl und einen Ohrensessel in einer Ecke. Die verblichenen Tapeten trugen grün-braune Blumenmuster und unterschwellig nahm Linda einen leichten Muff wahr, der von den Jahrzehnten des Leerstandes zeugte. Dieser Geruch wurde jedoch vom harzigen Duft frischgeschnittener Tannenzweige überlagert, die in einer Vase auf dem Nachttisch standen.

»Richte dich erst mal in Ruhe ein, Caro«, sagte Annabell und stellte Lindas Rucksack auf dem Boden ab. »Nachher führe ich dich ein wenig herum.«

Sie öffnete zwei Türen des Kleiderschrankes, griff zum Knauf der dritten Tür und zog die Hand zurück, als wäre ihr plötzlich etwas eingefallen.

»Ach so«, sagte sie, »da ist noch alter Krempel von uns drin. Egal, der Platz reicht aber auch so sicher für deine Sachen aus.«

»Vielen Dank«, sagte Linda, »ihr seid alle so herzlich – das bin ich gar nicht gewohnt, es überfordert mich beinahe. Also ich will ja hier nicht Urlaub machen, sondern vor allem mit anpacken. Wenn ich gleich irgendwas übernehmen kann, sag es ruhig.«

»Eins nach dem anderen«, antwortete Annabell.

»Wir leben hier im Einklang mit den Jahreszeiten. Also auch im Einklang mit dem Tageslicht. Und jetzt, Ende November, ist der Arbeitstag auf dem Hof schon am späten Nachmittag zu Ende. Morgen früh zeige ich dir, wie man füttert und melkt und ausmistet. Aber heute ist Feierabend. Wir gehen nachher zum Gebet in die Kapelle hinüber und dann gibt es auch schon Abendessen. Anschließend sitzen wir in der Stube zusammen und erzählen uns Geschichten, das wird dir gefallen.«

Vielleicht würde Opa Eberhard ja beim Abendessen seine Geschichte vom kleinen Theo erzählen, hatte Laurenz überlegt. Im Ofen von Eberhards Küche bräunten zwei Gänsekeulen, auf dem Herd kochte der Rotkohl neben dem Topf mit den siedenden Klößen. Es waren Fertigklöße und der Rotkohl kam aus dem Glas, aber immerhin. Wenn er für Gäste kochte, was selten genug vorkam, gab es irgendein Pastagericht, das reichte eigentlich. Heute Abend aber wollte Laurenz seinen Großvater ein bisschen verwöhnen. Er rührte eine Fertigsoße an und fand, dass es doch ganz gut roch. Er öffnete den Rotwein, den er extra gekauft hatte, und schenkte seinem Großvater ein.

Der Alte saß am Küchentisch und schaute vor sich hin. Als Laurenz sein Glas nahm, um mit ihm anzustoßen, hob er erstaunt den Kopf, als hätte er die Anwesenheit seines Enkels zwischenzeitlich vergessen.

»Zum Wohl«, sagte Eberhard und trank, dann stand er auf und holte Teller aus dem Schrank, um den Tisch zu decken. »Hätte ich nicht gedacht, dass du so eine bodenständige Mahlzeit zustande bringst. Ich war darauf gefasst gewesen, dass du uns Pizza bestellst.«

»In jedem von uns stecken Überraschungen«, sagte Laurenz. »Auch in dir.«

»Ich weiß schon, auf was du hinauswillst«, sagte der Alte. »Ich bin aber zu alt für Überraschungen. Es gibt so Sachen, die nimmt man besser mit ins Grab. Man muss als Detektiv auch wissen, wann man zu schweigen hat. Das Detektivbüro Broich ...«

»Ja, ja, ich weiß. Steht für Diskretion.«

»Seit drei Generationen«, ergänzte der Alte und platzierte Besteck und Servietten neben den Tellern. »Wenn diese Mauern reden könnten ...«

»Mir reicht schon, wenn du selber reden würdest.« Laurenz öffnete den Backofen und bugsierte die Keulen auf eine Porzellanplatte, richtete Kraut und Klöße und Soße an, sie setzten sich.

»Wunderbar.« Eberhard rieb sich die Hände. »Nicht ganz wie bei Olek, aber tausendmal besser als bei deiner Schwester.«

Er pikste mit der Gabel in einen Kloß und hielt inne. Laurenz hatte die Hände gefaltet und sprach ein Tischgebiet.

»So, bitte«, sagte er dann. »Guten Appetit.«

Der Alte schaufelte sich den Teller voll und begann genüsslich zu mampfen.

Laurenz hörte plötzlich eine Melodie in seinem Kopf, wie ging das Lied?

Jetzt kommt das Wirtschaftswunder/Der deutsche Bauch erholt sich auch und ist schon sehr viel runder/ Jetzt schmeckt das Eisbein wieder in Aspik/Ist ja kein Wunder nach dem verlorenen Krieg.

Eberhard leerte sein Glas und sagte übergangslos: »Manchmal komm ich mir vor, als würde ich das ganze Haus auf meinen Schultern tragen. Ich trage es mit mir herum und die Mauern schweigen. Nur der Keller nicht. Der kann reden. Wenn ich erst mal unter der Erde bin, werdet ihr den sowieso ausmisten. Dann könnt ihr euch seine alten Geschichten anhören. Aber da muss ich ja nicht mehr dabei sein.«

Laurenz wollte antworten, wusste aber gar nicht, was.

Sein Großvater nahm seine Gänsekeule zwischen die Finger, nagte ein Stück ab und sagte mit vollem Mund: »Das ist wirklich köstlich. Aber, nimm's mir nicht übel, mein Junge, ich will trotzdem meinen Olek wiederhaben. Gleich morgen holen wir ihn zurück.«

»Die Pastinaken haben wir selbst angebaut«, sagte Otto stolz. »Und die Kräuter sind aus dem Garten hinter dem Haus. Der Honig stammt von einem Biohof in der Gegend, aber nächstes Jahr gehen wir unter die Imker und stellen unseren eigenen Honig her.«

Sie saßen an dem langen Holztisch beim Essen und Linda rang mit sich. Es duftete toll und schmeckte bestimmt auch wahnsinnig gut, aber im Moment bereitete ihr fast jeder Geruch von Gebratenem Übelkeit.

»Bitte entschuldigt mich kurz«, murmelte sie und verließ die Tafel, ging so langsam wie möglich die Treppe hoch und rannte dann den Gang entlang zum Bad, stürzte hinein und warf sich im letzten Augenblick über die Kloschüssel.

Konnte man das bis unten hören? Was würden die denken? Plötzlich überkam sie eine bodenlose Verzweiflung. Was trieb sie hier auf geheimer Mission am Ende der Welt in einem Haus voller Ökonazis, anstatt sich daheim mit einem Kamillentee vor dem Fernseher in die Decke zu kuscheln? Warum hatte sie sich in diesen Fall verbissen, anstatt einfach Olek zurückzuholen, diesen verdammten polnischen Dickschädel, der doch nur darauf wartete, dass sie zu ihm kam, weil er selber nicht fähig oder willens war, umzukehren? Dass sie ihn nach Hause holte und heiratete und einen Haufen Kinder mit ihm kriegte? Warum? Na, klar, weil das einfach nicht sie war, nicht Linda Broich, die lief keinem Mann nach, die zog sich nicht ins Private zurück, nicht vor den Fernseher zu Hause und nicht in die Wälder auf der Flucht vor der Welt. Die machte ihren Job, die zog ihr Ding durch, brachte zu Ende, was sie angefangen hatte, und wenn die Leute da unten im Erdgeschoss ihr längst auf die Schliche gekommen waren, sie enttarnt hatten und im nächsten Moment in diesem Badezimmer aufkreuzten, um sie mit einem AK-47-Sturmgewehr ins Jenseits zu befördern, dann … dann … konnte das auch nicht schlimmer sein als diese verdammte Kotzerei.

Linda hörte Schritte, direkt hinter sich. Der Wasserhahn wurde geöffnet, sie hörte das Plätschern des Wassers und mochte nicht aufblicken, dann hielt ihr jemand einen nassen Waschlappen hin, eine andere Hand streichelte ihr über den Rücken.

Annabell ging neben ihr in die Hocke und sagte sanft: »Schon gut. Lass es raus.«

Linda schluckte und wischte sich den Mund ab und mit der Rückseite des Lappens durchs Gesicht und über die Augen. Sie wollte aufstehen, hatte aber keine Kraft dazu, sondern ließ sich einfach auf die Fliesen sinken.

Annabell drückte die Klospülung und kniete sich vor Linda hin. Dann lächelte sie und sagte: »Du musst uns hier keine Rolle vorspielen. Ich habe dich komplett durchschaut. Ich glaube, ich weiß, warum du wirklich hier bist.«

Linda stockte der Atem. Die Übelkeit war von einer Sekunde auf die nächste verflogen, Adrenalin schoss durch ihren Körper und knipste alle Instinkte an. Konnte sie abhauen? Notfalls aus dem Fenster springen? Und dann zur Straße? Oder besser in den Wald?

Annabell strich ihr vorsichtig über die Wange und sagte:»Ich habe sofort gesehen, dass du schwanger bist. Ich habe einen sechsten Sinn dafür, glaub mir, ich kann das in den Augen sehen. Schwangere Frauen haben so einen besonderen Glanz. Otto hat mir deine Nachricht auf Facebook gezeigt, was du über Jungfräulichkeit geschrieben hast ... Du schämst dich, weil du dich deinem Freund hingegeben hast und er dich nun verlassen hat. Du denkst, du hättest eine schlimme Sünde begangen. Und ja, vielleicht war das eine Sünde, aber niemand hier verurteilt dich. Nur Gott ist dein Richter. Und Gott will, dass du glücklich wirst. Du und dein Kind.«

Linda starrte die Frau an.

»Darum bist du hier, nicht wahr?«, sagte Annabell mitfühlend. »Um dein Baby zu beschützen. In der Stadt sagen sie dir, dass du es abtreiben sollst. Moderne Frauen haben angeblich keine Kinder. Wenn doch, geben sie die armen kleinen Bündel nach ein paar Monaten schon in der Kita ab. Aber hier bei uns seid ihr geschützt. Deine Intuition hat dich hergeführt und das war richtig. Wir beschützen euch.«

»Ich ...«, stammelte Linda, »weiß gar nicht, was ich dazu sagen soll.«

»Du musst nichts sagen, Caro.«

Annabell breitete die Arme aus und drückte Linda fest.

»Fühlst du dich etwas besser?«

»Ja, danke. Habt ihr vielleicht Kamillentee?«

»Habe ich im Sommer geerntet und getrocknet. Mach dich in Ruhe frisch und komm wieder nach unten, sobald du dich danach fühlst.«

Annabell stand auf und verließ das Bad.

Linda zog sich am Waschbecken hoch, öffnete den Hahn und wusch sich, atmete tief durch und betrachtete ihr verquollenes Gesicht im Spiegel. Sie sah eine fremde Frau, nicht nur, weil das Piercing fehlte. Nie zuvor war ihr ein Undercover-Einsatz dermaßen unter die Haut gegangen. Sie musste sich konzentrieren. Sie war schließlich Profi.

Als sie wenig später zurück nach unten ging, wurde sie mit Applaus begrüßt.

»Ich hoffe, es ist in Ordnung, dass ich es den anderen erzählt habe?«, fragte Annabell und reichte Linda eine dampfende Tasse. »Alle freuen sich für dich.«

War es in Ordnung? Linda wusste es nicht und Caro hätte es wohl auch nicht sagen können. Sie nickte, nahm die Tasse und nippte an dem heißen Gebräu. Es tat gut.

Nachdem das Essen beendet war, half sie den beiden Männern beim Abwasch. Ottos Reden über echte Männer und echte Frauen ließ ihn offenbar nicht zum Macho werden, der die Küche ausschließlich seiner Gattin überließ. Das Essen, die Leute, das ganze Haus hätten auf den ersten Blick auch zu einer Hippiekommune gepasst.

Im Wohnzimmer hatten Annabell und Svea schon die Stühle an den Kamin gerückt, in einen kleinen Halbkreis. Die Kinder saßen auf dem Boden und spielten ein Brettspiel. Linda und die Männer setzten sich zu den Frauen und Linda genoss die Wärme des Feuers, dessen Rauchgeruch sich auf angenehm beruhigende Weise mit dem Geschmack des Kamillentees verband, und schaute in die Flammen.

Beinahe schrak sie hoch, als Svea sagte: »Erzähl uns was von dir, Caro. Was hast du bisher so gemacht?«

Linda merkte, wie ihr Blick kurz an die Decke wanderte, bevor sie Svea und die anderen anschaute. »Es ist immer schwierig, von sich selbst zu erzählen – wo soll ich anfangen? Ich bin in Köln aufgewachsen, hab die Realschule besucht und Bürokauffrau gelernt.«

Linda spulte die Legende ab. Genau wie Sandra Dragic verfügte auch Caroline Quambach über einen lückenlosen Lebenslauf, der natürlich immer ein wenig auf den jeweiligen Fall angepasst werden musste, in dem Linda gerade ermittelte.

»Ich hab mich nie richtig für Politik interessiert«, fuhr sie fort, »aber dann kam die Flüchtlingskrise.«

Ihre vier Zuhörer nickten wissend.

»Auch mit Religion habe ich mich nie richtig beschäftigt. Früher war ich in einem katholischen Jugendverband, aber das war mir viel zu links. Dieses Gutmenschentum hatte irgendwie nicht richtig viel mit dem Glauben zu tun.«

Wieder einhelliges Nicken. Bis hierher hatte sie sich ihre Story zurechtgelegt. Dummerweise musste sie ihre Schwangerschaft einbauen.

»Dieses Frühjahr bin ich mit meinem Freund zusammengezogen«, sagte sie und wollte den Namen dieses Freundes erwähnen, doch ihr fiel in diesem Augenblick kein einziger Männername ein außer einem, den sie herunterschluckte.

»Ich finde eigentlich, dass man erst nach der Hochzeit zusammenziehen sollte, aber er hat mich gedrängt und ich habe nachgegeben. Das war ganz schön naiv von mir. Und dann ist es irgendwann passiert … Na ja, und er …« Sie griff Annabells Bemerkung wieder auf: »Er wollte, dass ich das Kind nicht bekomme. Also habe ich mich getrennt. Bin zu meinen Eltern zurückgezogen, aber die unterstützen mich auch nicht richtig.«

Otto und Annabell schauten sie verständnisvoll an. Goran und Svea tauschten einen skeptischen Blick – sofern Linda das richtig einordnete. Um das Gespräch wieder in eine weniger heikle Richtung zu lenken, sagte sie: »Ansonsten stricke ich gern. Und gehe gerne schwimmen.«

»Handwerkliche Fähigkeiten können wir gut gebrauchen«, sagte Otto.

Annabell ergänzte: »Ganz in der Nähe liegt ein bezaubernder Waldsee. Du müsstest im Sommer hier sein, das würde dir gefallen, da kann man wunderbar schwimmen. Und muss sich nicht vor den Migrantenhorden in Acht nehmen, die in den Städten die Freibäder überrennen und so tun, als würde das alles schon ihnen gehören. Als Frau müsste man eigentlich im Schwimmbad eine Burka tragen, damit man von denen nicht die ganze Zeit angegafft wird.«

»Ja«, antwortete Linda nur.

Die Diskrepanz zwischen der einfühlsamen Art, wie diese Leute sprachen, und dem, was sie sagten, war schwer zu ertragen.

»Aber bis hierher kommen die Invasoren nicht«, meinte Otto, »hier bist du in Sicherheit.« Was Annabell vorhin auch schon gesagt hatte. »Und falls sie doch kommen, werden wir vorbereitet sein.«

Linda horchte auf. Jetzt wurde es interessant.

»Das klingt ja fast, als wären wir im Krieg«, sagte sie.

»Sind wir das etwa nicht?«, fragte Svea. »Jeden Tag wird irgendwo eine deutsche Frau von einem Ausländer vergewaltigt. Und die Behörden schauen zu.«

»Kein Wunder«, meinte Otto, »der ganze Staat ist innerlich verfault. Polizei, Bundeswehr, der ganze Beamtenapparat – sie sollten eigentlich dem Volk dienen, stattdessen dienen sie der korrupten Regierungsclique in Berlin. Die ja ihrerseits von den jüdischen Globalisten gesteuert wird. Dieses System kann man nicht mehr reformieren, man kann nur noch auf den Zusammenbruch warten.«

»Und dann?«, fragte Linda.

»Dann bauen wir unser liebes Deutschland ganz neu von unten auf«, sagte Otto. »Wir bilden kleine Gemeinschaften. Landgüter, wie dieses hier. Dörfer, Keimzellen der Wiedergeburt.«

»Und wenn das System nicht von allein zusammenbricht?«, fragte Linda. »Wollt ihr etwa Gewalt anwenden?«

Otto wollte antworten, doch Goran schüttelte unmerklich den Kopf in Ottos Richtung, dann sagte er knapp: »Das ist ja eher symbolisch gemeint.«

»Ach so«, sagte Linda.

»Apropos Symbolik«, sagte Svea, »ich hatte mir doch da dieses Buch übers Gärtnern nach Mondphasen ausgeliehen. Das ist wirklich ziemlich interessant ...«

Während die anderen eine Diskussion darüber begannen, ob sich Esoterik im Gartenbau mit dem römisch-katholischen Glauben vertrüge, dachte Linda über Goran Benko nach. Er und seine Frau Svea schienen jedenfalls die vorbehaltlose Herzlichkeit ihr gegenüber nicht zu teilen, die Otto und Annabell an den Tag legten. Sie musste vorsichtig sein und durfte kein zweites Mal von sich aus auf das Thema Waffen zu sprechen kommen, um die beiden nicht noch misstrauischer zu machen. Und außerdem ging es ihr ja in erster Linie um das Schicksal von Paul Scholten. Allerdings schien es, als habe Otto bereits vorhin auf der Fahrt schon alles gesagt, was er dazu würde sagen wollen.

Zwischendurch legten Cajetan und Brandolf neue Scheite aufs Feuer und die Wärme hüllte Linda behaglich ein. Sie hatte schon undercover in diversen Büros gearbeitet, in einem Restaurant und in einer Näherei, sie hatte unter falschem Namen in einem Bordell geputzt und an einer Flusskreuzfahrt teilgenommen, aber sie hatte sich noch nie in eine Familie eingeschlichen. Beziehungsweise in zwei. Wobei ihr diese kleine Gemeinschaft hier eigentlich wie eine einzige Familie vorkam, eine Großfamilie, wo jeder für jeden da war. Es war heimelig, es war entlastend, es war, wie Otto und Annabell betont hatten: sicher. Ja, auf eine gewisse Weise konnte Linda fühlen, was diese Leute damit meinten.

Zugleich herrschte in einem Teil ihres Bewusstseins allerhöchste Alarmbereitschaft. Je heiliger diesen Menschen ihre Gemeinschaft war, desto grimmiger würden sie Linda dafür hassen, hier eingedrungen zu sein. Wahnwitzigerweise konnte sie das fast sogar verstehen. Und ihr war klar: Würde sie hier und jetzt enttarnt werden, müsste sie um ihr Leben fürchten.

Noch immer kein Lebenszeichen. Laurenz hatte sein Handy schon zweimal neu gestartet aus Sorge, er könnte wegen irgendeiner technischen Störung Lindas Nachricht verpasst haben. Zwar hatte sie ihm an diesem Morgen für den Fall der Fälle die Handynummer von Caroline Quambach gegeben, ihm zugleich aber strikt verboten, ohne Not zu schreiben oder gar anzurufen. Er solle warten, bis sie sich meldete. Aber wann wäre denn überhaupt »Not«? Darüber hatten sie nicht gesprochen. Die Verbindung war jedenfalls tadellos, er musste einfach weiter warten. Also auf Lindas Nachricht – und darauf, dass sein Großvater endlich schlafen ging. Sie hatten vorhin noch zusammen ferngesehen und eine Partie Canasta gespielt, das erinnerte Laurenz an Kindertage, wenn seine Eltern verreist gewesen waren und Opa Eberhard auf ihn und Linda aufzupassen hatte. Jetzt saß Laurenz im Büro auf dem Schreibtischstuhl seiner Schwester und widerstand der Versuchung, ihren Computer zu starten. Dort würde er sowieso nichts über den Jungen namens

Theo finden. Vielmehr musste er in den Keller hinabsteigen, der, wie Eberhard gesagt hatte, sprechen konnte.

Er hörte über sich die Schritte des Alten, wie er in seiner Wohnung hin- und herlief, aus dem Bad in die Küche ging, dann ins Schlafzimmer und sich aufs Bett setzte, die alten Dielen übertrugen das Ächzen von Eberhards Bett. Er hörte, wie sein Großvater wieder aufstand, um nochmals in die Küche zu gehen und dann zurück ins Schlafzimmer. Wie er abermals aufstand und ins Bad ging, in die Küche, ins Schlafzimmer, nochmals ins Bad und wieder zurück. Laurenz trommelte mit dem Finger auf die Schreibtischplatte. Warum nur diese Ungeduld? Er hatte doch keine Eile. Es ging um Geheimnisse, die schon über fünfundsiebzig Jahre warteten.

Er zog erneut sein Handy hervor und öffnete die Stundenbuch-App, um die Komplet zu beten. Darin fand er stets Ruhe und irgendwann achtete er nicht mehr auf die Geräusche von oben oder sie hatten schlicht aufgehört. Als er das Gebet beendete, lag eine fast andächtige Stille über dem Haus. Er stand auf, steckte das Handy wieder ein und trat leise in den Hausflur. Er öffnete die Tür zur Kellertreppe.

Diese Stufen war er seit etlichen Jahren nicht mehr hinabgestiegen und unwillkürlich kam ihm in den Sinn, wie er sich als Kind vor diesem alten niedrigen Kellergewölbe gefürchtet hatte, wo Spinnweben funzlige Deckenlampen einhüllten und aus jeder Ecke beängstigende Dinge hervorlugten. Anders als in seiner Erinnerung waren die Deckenlampen aber frei von Spinnweben und überhaupt kam ihm der ganze Keller sehr sauber und ordentlich vor. Es gab eine Waschküche, einen kleinen Vorratsraum sowie einen großen Raum voller Krempel wie ausrangierte Möbel, klapprige Fahrräder und dergleichen und schließlich als vierten Raum das Archiv der Detektei.

Die Tür war nicht verschlossen. Er betätigte den Lichtschalter in dem Raum und die anspringende Neonröhre warf ihr zuckendes Licht auf Stahlschränke, die wie eine Phalanx stummer Wächter an den Wänden standen. Laurenz öffnete aufs Geratewohl die erstbeste Schranktür – die Schränke waren nicht beschriftet – und stieß auf Hängeregister voller bleicher Aktenordner, die aus den Siebzigerjahren datierten. Er nahm eine Akte heraus, dann noch eine und eine dritte, um das System zu verstehen. Jeder »Vorgang« begann mit der Durchschrift eines gegengezeichneten Auftrags, Laurenz roch das Kohlepapier aus der Schreibmaschine, es folgten Zeitungsausschnitte, handschriftliche Observationsprotokolle oder Papierbögen, auf denen seltsam gelblichweiße Quadrate klebten, über die Laurenz kurz nachgrübeln musste, bevor er verstand, dass es sich um vollkommen verblichene Polaroids handelte. Jede Akte endete mit einer Durchschrift des Abschlussberichtes. Manche trugen die Unterschrift seines Großvaters, andere waren schon von Eberhard junior unterzeichnet, Laurenz' und Lindas Vater, manche auch von Brigitte Broich, ihrer Mutter. Es war ein Stück Familiengeschichte, und ihn überraschte, wie interessant er diese Dokumente fand. Aber um sie ging es jetzt nicht, er suchte Hinweise, die weiter in der Vergangenheit liegen mussten. Es dauerte eine Weile, ehe Laurenz in der Anordnung der Schränke und Fächer eine chronologische Ordnung erkennen konnte. Schließlich hatte er die Fünfzigerjahre erreicht und grub sich durch Hängemappen mit nur noch zweistelligen Aktenzeichen vor der Jahreszahl, er näherte sich den Anfängen. Schon hatte er einen Ordner in der Hand, der die Aufschrift »Gründung« trug, und wollte darin blättern, da fiel sein Blick auf die darunterliegende Mappe. »Korrespondenz vor Gründung« stand darauf.

Laurenz lehnte sich gegen einen der Schränke und schlug die Mappe auf. Es war ein altertümlicher Hefter, der kein Blechbändchen besaß, vielmehr wurden die gelochten Dokumente von einer dünnen Schnur zusammengehalten. Beim Aufblättern fühlten sie sich brüchig an, als könnten sie bei einer falschen Berührung zu Staub zerfallen. Das meiste waren Briefe von Behörden oder Banken und die Durchschriften von Eberhards Anträgen oder Antworten, diverse Formulare, mit Bleistift ausgefüllt und kaum noch lesbar. Was er da eigentlich suchte, war Laurenz selbst nicht klar. Doch dann blieb er an einem handgeschriebenen Brief hängen, weil ihm ein Name ins Auge gestochen war. Theodor!

Theo?

Der Brief datierte aus dem Juni 1951 und stammte von einem gewissen Norbert Kannegießer. Norbert schrieb:

Lieber Eberhard,

du hast lange nichts von mir gehört und denkst, wer weiß, mit Groll an mich. Kann verstehen, dass du mir die Sache mit Theodor Wiehl und Elsa Meier noch krummnimmst. Ich schreibe dir trotzdem, weil die neue Zeit nach einem Aufbruch verlangt und wir das Alte hinter uns lassen sollten. Was mich betrifft: Der Entnazifizierungsausschuss hat mich schon vor drei Jahren als Mitläufer eingestuft und inzwischen konnte ich der stadtkölnischen Polizei meine Dienste antragen. Völlig unabhängig davon, wie unsere Zusammenarbeit von damals im Lichte der neuen Zeit auch beurteilt werden mag – ich schätze dich, wie du weißt, als begabte Spürnase und hätte dich gern an meiner Seite. Lass mich wissen, ob ich mit dir rechnen darf.

Verbundene Grüße
Norbert

Die Sache mit Theodor Wiehl. *Kennst du den kleinen Theo noch?* So hieß es in dem anonymen Schreiben. *Und seine Mutter, in jenem Kellerloch?* War dieser Theodor gemeint? Und war Elsa Meier Theos Mutter? Hastig blätterte Laurenz weiter und fand einen zweiten Brief.

Werter Eberhard,
 hast du zu viele Jack-Morlan-Heftchen gelesen oder spukt dir der Kästner noch immer im Kopf herum? Ich sehe dich vor mir, im Trenchcoat und mit Zigarettenspitze im Mundwinkel, ha. Detektiv Eberhard Broich. Nun gut. Jedem das Seine. Das heißt aber nicht, dass wir nicht beruflich voneinander profitieren könnten. Denke darüber nach.
 Gruß
 Norbert

Das war alles. Weitere Briefe von Norbert gab es nicht. Auch nicht in den anderen Aktenbänden, die chronologisch auf diesen folgten. Worin immer der angekündigte gegenseitige Profit bestanden haben mochte, von dem da die Rede war – entweder hatte sein Großvater Norberts Angebot ausgeschlagen oder die Zusammenarbeit war nicht dazu geeignet gewesen, schriftlich dokumentiert und archiviert zu werden.

Laurenz zog sein Handy aus der Tasche und machte jeweils ein Foto von den beiden Briefen. Da fiel sein Blick auf die Anzeige am oberen Bildschirmrand seines Smartphones. Er war offline! Offenbar hatte er hier in dem Kellergewölbe keinen Handyempfang. Rasch verstaute er die Mappe wieder im Schrank, dann lief er nach oben und starrte aufs Handy. Noch immer keine Nachricht.

Svea schaute auf die Uhr, stand auf und klatschte in die Hände. »So, Kinder, Zeit fürs Bett.«

»Aber erst vorlesen«, rief Monica.

»Kann Caro uns vorlesen?«, fragte Freya.

»Ja, Caro soll vorlesen«, krähte Alhard. »Och, bitte.«

Linda setzte sich auf. Sie war kaum mehr dem Gespräch gefolgt und zwischendurch beinahe weggedämmert.

»Natürlich«, sagte sie, »was lesen wir denn?«

Cajetan reichte ihr ein zerlesenes Büchlein, das steinalt aussah und aus den Kindertagen von Opa Eberhard hätte stammen können. *Vom Peter, der nicht turnen wollte*, lautete der Titel. Sie schlug das Buch auf und warf einen Blick auf das Impressum. Dresden 1942.

Die fünf Kinder scharten sich um Lindas Stuhl und sie begann vorzulesen. Der Text war in Versen gehalten, die zahlreichen Bilder zeigten blonde rotwangige Kindergesichter und streng, aber gerecht dreinblickende Erwachsene, so kam es ihr vor. Cajetan und Monica, Freya, Brandolf und Alhard blickten zu ihr auf und hingen an ihren Lippen und Linda musste sich eingestehen, dass sie den Moment einfach schön fand. Alles fühlte sich plötzlich richtig an. Und zugleich abgrundtief falsch.

»...Am Zaune hängen stolz die Sieger/Und lachen über diesen Krieger«, las sie. »Der Mann lacht auch: ,Mein kleiner Mann, Soldat wird nur, der turnen kann!'/Da muss der Peter eingestehen:/Die Mutter hats vorausgesehen!« Sie klappte das Buch zu. »Zu Ende«, sagte sie. »Und jetzt geht ihr bestimmt Zähne putzen.«

Die Kinder sprangen auf und der kleine Alhard drückte Linda einen Schmatzer auf die Wange. Annabell erhob sich ebenfalls und sagte: »Ich bringe heute die Kinder ins Bett. Na kommt, ihr kleinen Soldaten.«

»Danke fürs Vorlesen«, sagte Freya feierlich, die mit ihren zehn Jahren so etwas wie die Klassensprecherin der Fünf zu sein schien.

»Klar, gern«, sagte Linda, legte das Buch auf den Tisch und hatte das Bedürfnis, sich die Hände zu waschen.

Kurz stellte sie sich vor, dass Freya vielleicht mit sechzehn von zu Hause fortlaufen würde. Sie würde ihren dicken blonden Bauernzopf abschneiden und sich eine Punkfrisur rasieren, sie würde bei der Antifa untertauchen und sehr viel später einmal als erwachsene Frau Bücher darüber schreiben, wie es ihr gelungen war, sich aus der Nazikommune ihrer Eltern zu befreien. Das Bild vor ihrem inneren Auge hatte etwas Tröstliches.

Linda stand auf und sagte in die Runde: »Seid mir nicht böse, aber ich gehe auch ins Bett. Ich bin todmüde. Für wann sollte ich mir denn den Wecker stellen?«

»Du brauchst keinen Wecker«, sagte Otto lächelnd. »Wir stehen auf, wenn Heinrich uns ruft.«

Linda machte ein verdutztes Gesicht und die anderen lachten.

»Heinrich ist der Hahn«, erklärte Goran.

»Ah, okay.«

Sie verabschiedete sich und folgte den anderen nach oben. Die Kinderzimmer lagen im zweiten Stock. Linda lauschte auf die Geräusche von oben, das Trippeln der kleinen Füße auf den Holzdielen. Sie hockte auf der Bettkante und kämpfte gegen den Impuls, sich einfach hinzulegen und auszustrecken, nur für ein paar Minuten, aber sie war so zerschlagen, dass sie sofort einschlafen würde.

Irgendwann wurde es oben still, dann hörte sie Schritte auf der Treppe. Offenbar kam Annabell von oben herab und ging weiter nach unten, zurück ins Wohnzimmer.

Linda wartete noch ein paar Augenblicke ab, dann

öffnete sie lautlos die Tür und schlich auf Zehenspitzen aus dem Zimmer. Am Ende des Flures, das hatte sie vorhin schon registriert, war in die schmale Wandseite eine Ofenklappe eingelassen. Der Boden war mit einem dicken Teppich ausgelegt, der sollte den Schall ihrer Tritte dämpfen. Trotzdem bewegte sie sich wie in Zeitlupe, um möglichst kein Geräusch von sich zu geben, denn das Wohnzimmer lag direkt unter ihr. Nach einer halben Ewigkeit erreichte sie das Ende des Flures, öffnete die Klappe einen Spalt weit und horchte in den Schacht. Dumpf drangen Stimmen an ihr Ohr herauf und Linda brauchte einen Moment, um einzelne Wörter zu verstehen.

»… finde ich das trotzdem zu riskant«, sagte ein Mann. Vermutlich Goran.

»Wer spricht denn immer von nationaler Solidarität?«, hielt Annabell ihm entgegen. »Habt ihr was gegen sie?«

Linda begriff, dass die Vier über sie sprachen. Beziehungsweise über Caro Quambach.

»Wir hätten mit der Solidarität halt warten sollen, bis wir unser kleines Problem gelöst haben«, widersprach Svea. »Aber ihr beiden könnt euch ja immer noch nicht zu einer endgültigen Lösung durchringen.«

»Caro ist genau die Sorte von Frauen, die wir brauchen«, sagte Otto. »Ich habe sie rekrutiert, bevor sie irgendwelchen Gutmenschen auf den Leim gehen konnte. Sie ist hier richtig und ihr Kind wird das erste sein, das hier auf dem Muttererde-Hof zur Welt kommt. Wir suchen einen netten deutschen Mann für sie und dann wachsen und mehren wir uns.«

»Und wenn sie was mitkriegt?«, fragte Goran.

»Von Scholten?«, fragte Otto zurück. »Ich glaube, sie würde das im Zweifel mittragen.«

»Wir kennen sie doch gar nicht«, sagte Svea.

»Ich vertraue ihr«, hielt Annabell dagegen. »Aber sicherheitshalber weihen wir sie erst mal nicht ein. Und bis Ende der Woche finden wir eine Lösung, versprochen.«

»Ihr kennt die einzig mögliche Lösung«, brummte Goran. »Ihr müsst nur endlich eure Skrupel überwinden.«

»Aber nicht mehr heute Abend«, sagte Otto und gähnte herzhaft. »Ich glaube, ich muss auch langsam ins Bett.«

Mist – gerade, als es konkreter hätte werden können. Rasch schloss Linda die Kaminklappe und schlich zurück in ihr Zimmer. Wenig später hörte sie Schritte auf der Treppe und auf dem Flur, dann Geräusche aus dem Bad, dann zogen sich die beiden Paare in ihre Schlafzimmer zurück und es wurde wieder still im Haus.

Linda legte ihren Rucksack aufs Bett und öffnete das kleine Geheimfach am unteren Rückenteil. Es sollte Reisenden dazu dienen, Geld und Wertsachen sicher vor Taschendieben zu transportieren. Linda entnahm dem Fach ihr Pick-Set. Zwar hatte sie alles zu Hause gelassen, womit sie sich hätte verdächtig machen können, doch auf das Werkzeug zum Schlösserknacken konnte sie einfach nicht verzichten. Sie kniete sich vor die verschlossene Schranktür, wählte Spanner und Pick und nahm das Schloss in Angriff. Ihr Hirn und ihre Finger funktionierten, das tat gut, denn mit der Konzentration auf diese Arbeit konnte Linda ihre bleierne Müdigkeit für einen Moment wegschieben – und auch ihre grotesk widersprüchlichen Gefühle für Annabell und die anderen. Viel zu schnell machte es Klick, dann schwang die Schranktür auf.

Offenbar hatte Linda einen Mitbewohner, von dem sie nichts wusste.

In den unteren Teil des Schranks war ein kleiner Koffer gequetscht, an der Kleiderstange hingen drei schwarze Priesterhemden und ein schwarzes Jackett jeweils auf einem Bügel und in den Fächern darüber lagen Unterwäsche und zwei gefaltete schwarze Anzughosen. Das hier war das Zimmer von Scholten gewesen, kein Zweifel. Warum hatten sie sein Zeug nicht längst weggeworfen oder vergraben oder im Ofen verbrannt?

Sie suchten nach einer Lösung, hatte Linda aus dem Gespräch herausgehört. Es ging darum, die Leiche verschwinden zu lassen. Oder nicht? Welche Skrupel sollten Otto und Annabell haben? Welchen Plan favorisierten Goran und Svea? War Scholten vielleicht doch noch am Leben und sie erwarteten seine Rückkehr? Um ihn erst dann umzubringen? Die Gedanken drehten sich in Lindas Kopf und würden sich an diesem Abend zu keiner schlüssigen Theorie mehr verbinden. Sie musste schlafen. Aber irgendetwas hatte sie noch vergessen – richtig! Laurenz eine Nachricht zu schicken, bevor der noch vor lauter Sorge am Ende doch zur Polizei ging. Linda nahm ihr Handy und fotografierte das Innere des Schranks, dann verschloss sie ihn wieder. Das Foto schickte sie an Laurenz, zusammen mit einer kurzen Nachricht, anschließend löschte sie beides aus dem Postausgang, bevor sie schlafen ging. Sicher war sicher.

8

Mittwoch, 29. November

Der Hintereingang war mit einem Vorhang aus Plastikstreifen verdeckt. Auf der Rampe davor hockte eine Handvoll Männer mit blutverschmierten Schürzen. Sie hatten den Mundschutz unters Kinn gezogen und rauchten. Einer von ihnen, ein bulliger Kerl mit einem breiten Pflaster über der zerbeulten Nase, stand auf und kam zu Laurenz und Eberhard herüber.

»Hier ist Privatgelände«, sagte er feindselig. »Zutritt verboten.«

»Wir wollen nicht lange stören«, erwiderte Laurenz. »Wir sind auf der Suche nach einem Freund. Angeblich arbeitet er seit Kurzem hier. Olek Mazur.«

»So.« Der Mann schnippte seine Kippe weg und sprang mit einem Satz von der Rampe herunter. »Ihr seid Freunde von dem?« Er baute sich vor Laurenz und dem Alten auf und stemmte die Hände in die Hüften. »Wollt ihr auch Ärger machen?«

»Wir wollen nur mit ihm sprechen«, sagte Laurenz verunsichert.

Im Stillen bereute er, dass er anders als vorgestern bei seiner Visite auf dem Muttererde-Hof keine Priesterkleidung trug. Obwohl er sich nicht sicher war, ob ihn das im Zweifel davor bewahren würde, von diesem grobschlächtigen Kerl zu Brei geschlagen zu werden. Vermutlich nicht.

»Hat Olek dir das Ding verpasst, mein Junge?«, fragte Eberhard furchtlos und deutete auf die Nase des Mannes. »Sieht ja übel aus.«

»Sei froh, alter Sack, dass ich mich nicht an Scheintoten vergreife«, zischte der Mann. »Und jetzt haut ab, ihr Opfer.«

»Ähm – okay.« Laurenz zupfte den Alten am Ärmel, doch Eberhard sagte: »Wir wollen erst wissen, wo Olek ist.«

»Alter, bist du taub?« Der Typ ballte eine Hand zur Faust.

»Ich höre sehr gut, mein Junge«, empörte sich Eberhard. »Und mit so 'nem Halbstarken wie dir hätte ich früher kurzen Prozess gemacht.«

Laurenz wollte schon notgedrungen dazwischengehen, da rief ein anderer Mann von der Rampe herab: »Olek ist nicht mehr hier. Vielleicht findet ihr ihn in Mönchengladbach.«

Der Alte schien das nicht gehört zu haben, denn er fixierte den Typen mit der zerknautschten Visage und knurrte: »Du kannst froh sein, dass Olek dir nur die Nase und nicht auch noch deinen hohlen Schädel zerdeppert hat, du Schießbudenfigur.«

»Es reicht«, rief Laurenz und zog seinen Großvater am Arm mit sich fort.

»Noch ein Wort, und ich geb dir …«, drohte der Mann.

Laurenz schob den Alten mit eisernem Griff Richtung Straße. Über die Schulter rief er: »Wo genau in Gladbach?«

»Komm doch her, du Weihnachtsmann!«, schimpfte der Alte unverdrossen weiter. »Wenn ich nur zwanzig Jährchen jünger wäre. Oder vierzig. Oder sechzig.«

Laurenz bugsierte ihn weiter von der Gefahrenzone fort.

»Fragt im *Black Hell*«, rief der andere Mann hinter ihnen her.

Linda konnte kaum das gekochte Ei pellen, so sehr schmerzten ihre Finger. Und in der linken Handfläche zeigte sich schon eine Blase. Zwar war sie Ottos Rat gefolgt und hatte sich zwischendurch die Hände mit Melkfett eingerieben, aber das hatte nicht viel geholfen.

Gleich nach dem Aufstehen hatten sie die Kühe gemolken, gefüttert und dann den Stall ausgemistet. Annabell hatte währenddessen die Kinder zur Bushaltestelle gefahren. Nachdem sie zurückgekehrt war, hatten sich alle Erwachsenen zum Morgengebet in der Kapelle versammelt und waren anschließend zum Frühstück in die Küche hinübergegangen.

»Am besten, du bandagierst die Hände beim nächsten Mal«, riet Goran. »Das ging uns am Anfang allen so, aber es legt sich nach ein paar Tagen.«

»Gut zu wissen«, sagte Linda.

Morgen oder allerspätestens übermorgen musste sie von hier verschwinden. Nicht wegen der anstrengenden Arbeit, sondern weil das Risiko, enttarnt zu werden, nach den ersten zwei oder drei Tagen deutlich anstieg, die Erfahrung hatte sie schon oft gemacht. Umgekehrt gab es nach den ersten Tagen bei einem Undercover-Einsatz auch meistens nicht mehr viel zu entdecken. Die entscheidenden Informationen gewann man entweder rasch oder eben gar nicht. Natürlich gab es Ausnahmen, wo sie wochenlang ermittelte, ohne dass sich etwas tat, bevor plötzlich wie aus dem Nichts doch noch ein entscheidender Hinweis auftauchte. Das kam aber erstens selten vor und war zweitens für die allermeisten Auftraggeber viel zu teuer. Für jeden Tag auf dem Muttererde-Hof würde sie achthundert Euro in Rechnung stellen. Für das Erzbistum Köln waren das vermutlich Peanuts, und drittens würde Linda es schlichtweg nicht länger als bis höchstens übermorgen hier aushalten.

Als das Frühstück endete und sie mit den anderen zusammen den Tisch abräumte, fiel Linda auf, dass Annabell drei Brote mit Wurst und Käse belegte und in ein Tuch einwickelte. Das Päckchen verstaute sie mit einer Flasche Milch in einem Korb. Kurz trafen sich ihre Blicke und Annabell stellte den Korb auf der Küchenbank ab, als sei ihr ein Einfall dazwischengekommen. Sie ließ den Korb stehen und lief die Treppe hinauf.

Natürlich war es in keiner Weise verdächtig, auf so einem Bauernhof ein kleines Lunchpaket zusammenzustellen, denn was wusste Linda schon, welche Arbeiten hier im Laufe des Vormittages anfielen und wie weit man sich dafür vom Hof entfernte. Trotzdem oder gerade deswegen war Linda sofort klar gewesen, dass sie Annabell, so wie die sie angeschaut hatte, bei irgendetwas ertappt hatte. Linda nahm sich vor, diesen Korb im Auge zu behalten.

Aber dazu kam es nicht, denn Otto fragte: »Hast du ein Händchen für Technik, Caro? Heute steht die Wartung des Fuhrparks auf dem Programm. Das gehört zu den Sachen, die man auf einem Bauernhof im Winter macht.« Er trug bereits einen großen Werkzeugkoffer in der Hand. »Komm, ich zeig dir unseren Trecker, der steht in der Scheune.«

Linda folgte Otto hinaus auf den Hof und blieb kurz bei dem Brunnen stehen.

»Benutzt ihr den eigentlich nicht?«, fragte sie. »Führt der noch Wasser?«

»Der müsste noch mal richtig ausgebaggert werden.« Otto war schon vorausgegangen und machte noch einmal kehrt. »Das gehört zu den vielen Dingen, die wir aufs nächste Jahr verschoben haben. Vor allem müssen wir die Abdeckung erneuern. Das Holz ist morsch und ich will nicht, dass irgendwann mal eines der Kinder beim Spielen dort einbricht und in den Brunnen stürzt.«

Linda betrachtete die Bretter, die von einer Moosschicht überzogen waren. Es hatte nicht den Anschein, als sei dieser Schacht in jüngster Zeit geöffnet worden, weder um Waffen zu verstecken noch gar eine Leiche. Wobei es ja – sie dachte an den Proviantkorb – womöglich gar keine Leiche gab? Zumindest noch nicht.

Sie gingen weiter und betraten die Scheune. Im diffusen Licht erkannte Linda einen großen Berg Stroh, teils zu Ballen gestapelt und teils lose. Unter dem hohen Dach gab es einen Heuboden, zu dem eine schmale Leiter hinaufführte. An einem Holzpfosten, der einen der Querbalken stützte, hing zusammengerollt an einem langen Nagel ein dicker Strick. Es wirkte beinahe wie eine Einladung, sich hier zu erhängen. Linda gruselte bei dem Gedanken. Vermutlich diente der Strick bloß dazu, schwere Dinge nach oben auf den Boden zu hieven.

Otto hatte irgendwo einen Lichtschalter betätigt, denn jetzt flackerten einige Neonröhren auf und Linda erkannte weiter hinten den Traktor.

»Dann wollen wir mal«, sagte Otto.

Sie begannen, die verschiedenen Funktionen zu testen – Lichter, Blinker und so weiter –, dann öffnete Otto den Motorraum und schraubte an verschiedenen Dingen herum, ohne dass Linda den genauen Sinn erkannte. Vielleicht gab es keinen, vielleicht nutzte Otto die Gelegenheit bloß, um Linda ein wenig ins Verhör zu nehmen, denn er stellte ihr verschiedene Fragen zu ihrem bisherigen Leben, zu ihrem Beruf, zu ihrem Freund. Olek, sagte sie spontan, als ihr wieder kein anderer Name einfallen wollte.

»Russe?« Otto merkte auf.

»Nein, aus Polen«, sagte Linda.

»Komisch«, meinte Otto, »die Polen sind ja eigentlich allesamt sehr treue Seelen und erzkatholisch noch dazu.«

»Es gibt eben Ausnahmen«, meinte sie.

»Ja, so ist das mit Migranten.« Otto nickte. »Migration entwurzelt die Leute. Kein Wunder, dass die ganzen Araber hier gewalttätig werden.« Er blickte sie ernst an und sagte: »Ich habe nichts gegen Ausländer, echt nicht, nicht persönlich. Aber es sollte eben jeder in seinem eigenen Land bleiben. Bei seinen Wurzeln. Dann geht es allen besser. Diese Vermischung führt doch nur dazu, dass die einzelnen Völker aussterben. Findest du nicht?«

»Bestimmt«, sagte Linda, die es einige Überwindung kostete, Otto nicht zu widersprechen. »Du, ich muss mal kurz zum Klo. Bin gleich wieder da.«

Sie verließ die Scheune und lief über den Hof zum Haupthaus zurück, wo ihr Annabell entgegenkam. Aus welcher Richtung, ließ sich nicht sagen, vielleicht aus dem Kuhstall? Oder kam sie aus dem Wald? Bei sich trug sie den Korb von vorhin. Er war leer.

»Gut siehst du aus«, sagte Annabell. »Dir geht's heute viel besser, oder?«

»Ja«, sagte Linda, »danke. Die Arbeit hier tut mir gut.«

Sie ging weiter ins Haus, schloss sich im Bad ein und schrieb eine kurze SMS an Laurenz, die sie anschließend ebenfalls wieder löschte.

Laurenz hatte seinen Großvater zu Hause abgesetzt, den Beetle geparkt und war zum Pfarrhaus hinübergelaufen. Bis zur Dienstbesprechung blieb ihm noch eine halbe Stunde und er rief seine neuesten Mails ab. Noch vor dem Schulgottesdienst an diesem Morgen hatte er Antonia Pfeiffer geschrieben, einer alten Freundin aus Studientagen. Sie war Historikerin und eine Expertin, was die NS-Zeit im Rheinland betraf. Er hatte ihr die Fotografien der beiden Briefe geschickt, die der junge Eberhard Broich von jenem Norbert Kannegießer erhalten hatte – mit der Frage, ob sie mit irgendeinem der verschiedenen Namen etwas anfangen konnte.

Antonia hatte geantwortet: *Ruf einfach an, wenn du Zeit hast, ich bin am Schreibtisch.*

Laurenz griff zum Telefon und zog gleichzeitig das Handy aus der Hosentasche, um Antonias Nummer in seinen Kontakten zu suchen. Eine neue SMS von Linda!

Ich bin okay, meldete sie, *bisher noch nichts Neues. Melde mich heute Abend wieder.*

Er rief Antonia an.

»Du bist ja schon wieder in der Vergangenheit unterwegs«, sagte sie. »Oder besser: immer noch?«

»Beides«, antwortete Laurenz. Erst zwei Monate zuvor hatte er sie kontaktiert, weil er in einem Fall recherchiert hatte – eigentlich Lindas Fall, doch ihn hatte er indirekt auch betroffen. Und über einen Umweg hatten sie dann auch über das fragliche Datum vom August 1944 gesprochen.

»Der Name Kästner springt einem ja direkt ins Auge«, sagte Antonia. »Offenbar eine Anspielung auf Erich Kästners Roman *Emil und die Detektive.*«

»Da wäre ich auch draufgekommen«, sagte Laurenz.

»Na, so banal ist das nicht, wie es scheint«, meinte sie. »Kästner gehörte ja immerhin zu den Autoren, deren Bücher 1933 von den Nazis verbrannt wurden. Nur ein einziges Buch von ihm blieb zunächst unangetastet, nämlich dieses. 1936 wurde es aber auch verboten.«

»Und die anderen Namen?«

»Also deinen Großvater kennst du ja.« Sie lachte. »Über Norbert Kannegießer und Elsa Meier habe ich nichts. Zumindest nichts Digitales, was der Computer auf die Schnelle ausgespuckt hätte. Aber dich interessiert ja, wenn ich dich richtig verstanden habe, am ehesten der Name Theodor Wiehl.«

»Ja«, rief Laurenz. Sein Puls beschleunigte sich. *Der kleine Theo*, dachte er. *Und seine Mutter, in jenem Kellerloch.*

»Henriette Wiehl war eine katholische Religionslehrerin«, sagte Antonia. »Sie gehörte dem Umfeld des Kölner Kreises an. Das sagt dir was?«

»Ich weiß nur, dass der Kölner Kreis eine Widerstandsgruppe gegen die Nazis war«, antwortete Laurenz. »Hauptsächlich von Leuten aus der Katholischen Arbeiterbewegung. Zu ihnen gehörte auch, wenn ich mich richtig erinnere, Nikolaus Groß, der von den Nazis ermordet wurde. Die Kirche hat den später seliggesprochen. Und was ist aus dieser Henriette Wiehl geworden?«

»Wir haben ja schon einmal über die sogenannte Aktion Gitter gesprochen«, sagte Antonia, »du erinnerst dich? Nach dem gescheiterten Hitler-Attentat sind überall in Deutschland Oppositionelle verhaftet worden.«

»Ja, natürlich erinnere ich mich«, sagte Laurenz. »Das ist ja genau der Punkt. Es geht um die Nacht vom 22. auf den 23. August 1944. War Henriette Wiehl damals eine der Personen, die verhaftet worden sind?«

Er kannte die Antwort bereits.

»Ja«, sagte Antonia. »Sie sollte in einem der folgenden Schauprozesse vor dem sogenannten Volksgerichtshof angeklagt werden. Aber dazu kam es nicht. Sie bekam in der Haft eine Lungenentzündung und starb noch vor dem Beginn des Prozesses.«

»Und ...« Laurenz hielt die Luft an. »Hatte sie Kinder? Weißt du darüber etwas?«

»Ja. Einen Sohn. Theodor.«

Der kleine Theo.

»Und kannst du etwas über die Umstände der Verhaftung sagen?«

»Du willst wissen, ob sie verraten wurde?«, fragte Antonia. »Dazu ist mir nichts bekannt. Ich weiß auch nicht, ob es irgendwo noch Akten gibt, die darüber Auskunft geben. Oder ob es jemals welche gegeben hat – ich muss dir ja nicht erklären, dass wir es hier nicht mit rechtsstaatlichen Verfahren zu tun haben, sondern mit reiner Willkür.«

»Schon gut, ich meine nur ...«

»Laurenz.« Ihre Stimme klang plötzlich sehr eindringlich. »Ich weiß, dass du Angst hast, dein Großvater könnte ein Nazispitzel gewesen sein. Und dass er es war, der das Versteck von Henriette Wiehl verraten hat. Versteh mich nicht falsch, ich finde es gut und wichtig, dass du diesen Sachen auf den Grund gehst. Dass du dich mit deiner Familiengeschichte beschäftigst, weil es ja auch dich selbst betrifft. Dabei sollte es dir in erster Linie um dich selber gehen.«

»Worauf willst du hinaus?«

»Du hast mir erzählt, dass dein Großvater Jahrgang 1930 ist. Er war damals höchstens vierzehn. Ich möchte einfach, dass du ihn nicht vorschnell für etwas verurteilst, was er als Jugendlicher getan hat. Als halbes Kind, eigentlich. Er ist in dieser Diktatur aufgewachsen und kannte nichts anderes. Niemand von uns kann – Gott sei Dank! – sagen, wie wir uns selbst in so einer Situation verhalten hätten.«

»Ich verurteile ihn doch nicht«, sagte Laurenz schnell. Dann zögerte er. Stimmte das? »Nicht für das, was er vielleicht getan hat«, fügte er an. »Höchstens dafür, dass er all die Jahre geschwiegen hat.« Ein Satz aus dem Buch Exodus ging ihm durch den Kopf. *Er sucht die Schuld der Väter bei den Söhnen und Enkeln heim, bis zur dritten und vierten Generation.* »Es ist doch nicht zu spät, sich zu bekennen«, sagte er. »Ich meine – diese anonymen Briefe. Vielleicht ist dieser Sohn, dieser Theodor Wiehl ja noch am Leben. Vielleicht gibt es ja noch die Chance, zumindest um Verzeihung zu bitten. Hast du irgendeine Idee, wie man Theodor Wiehl ausfindig machen könnte? Oder seine Nachkommen?«

»Ehrlich gesagt, nein. Internetrecherche hast du sicher schon versucht, oder?«

»Ja, ich habe den Joggel bemüht.« Laurenz lachte. »Aber da kam nichts bei raus.«

»Ich denke mal drüber nach«, sagte Antonia. »Und melde mich, falls mir was einfällt.«

»Okay. Mach das. Ich bin dir sehr dankbar.«

»Abwarten«, meinte Antonia und lachte auch. »Bis dann.«

Witzig, dachte Laurenz, als er aufgelegt hatte. So was pflegte Linda auch zu sagen, wenn Klienten ihr danken wollten. *Abwarten.* Seine Schwester warnte die Kundschaft stets vor, denn schließlich musste man, wenn man eine Detektivin beauftragte, mit höchst unerfreulichen Informationen rechnen. Andererseits erhielt man immerhin Gewissheit, das war ja die Motivation, überhaupt aktiv zu werden und jemanden wie Linda anzuheuern.

Laurenz hatte sich verkniffen, seinen Großvater auf die beiden Briefe anzusprechen, die er abends zuvor im Kellerarchiv gefunden hatte. Dass es einen Zusammenhang zwischen den Schreiben des Norbert Kannegießer und dem Stalking der unbekannten Frau im Karorock gab, war ja nur eine Vermutung gewesen. Das sah nach diesem Telefonat anders aus. Er musste den Alten mit seinen Erkenntnissen konfrontieren.

Aber nicht heute. Erst musste er Olek finden. Der angeblich jetzt in Mönchengladbach im *Black Hell* arbeitete, was nach Informationen des *Joggel* irgendein Club war. Vielleicht hatte Olek dort als Türsteher angeheuert. Am späten Abend würde Laurenz hinfahren und vorher seinen Großvater ins Bett bringen, denn er hatte keine Lust mehr, sich ein zweites Mal von dem halsstarrigen Greis in eine Beinahe-Schlägerei hineinziehen zu lassen. Und dann sollte Linda erst einmal ihren Undercover-Einsatz abschließen. Danach war immer noch Zeit, mit Eberhard senior über den *kleinen Theo* und dessen Mutter zu sprechen.

Seltsam – nun stand er so kurz davor, das Geheimnis seines Großvaters zu enträtseln, und plötzlich hatte er überhaupt keine Eile mehr damit.

Seit fast zehn Minuten saß Rhea bewegungslos in ihrem Auto. Auf dem Beifahrersitz lag der neue Brief. Diesmal keine gereimten Zeilen, keine kryptischen Andeutungen. Nichts als ihre Handynummer. Der alte Broich sollte eigentlich weichgekocht sein. Spätestens nach der letzten Nachricht musste er sich doch nun wirklich erinnern. Jetzt wollte sie ihm die Chance geben, sich zu stellen. Was ließ sie zögern? Oben am Fenster, wo der alte Mann manchmal hinter der Gardine saß und die Straße observierte – vielleicht aus Langeweile oder um sie, Rhea, sozusagen auf frischer Tat zu ertappen –, rührte sich nichts. Auch von dem Riesen mit dem Adlertattoo auf dem blanken Schädel war nichts zu sehen. Ihre Hand ging zum Türgriff. Sie musste bloß aussteigen und den Brief einwerfen, wie sie es inzwischen doch schon mehrfach getan hatte. Doch dieser letzte Schritt war ein One-Way-Ticket. Sie würde endgültig aus dem Schatten der mysteriösen Unbekannten heraustreten und sich selbst preisgeben. Sie ließ vom Türgriff ab, legte den Brief zurück ins Handschuhfach und startete den Wagen, um zu ihrem Kundentermin zu fahren.

Linda sehnte sich nach einer Dusche und nach ihrem Bett. Draußen dämmerte es und ein langer Arbeitstag steckte ihr in den Knochen. Richtig lang war er eigentlich gar nicht gewesen, denn wie Annabell erklärt hatte, gab das Tageslicht den Rhythmus vor, und da war jetzt, Ende November, schon gegen siebzehn Uhr Feierabend, während sie im Juni abends bis zweiundzwanzig Uhr auf den Feldern arbeiteten. Trotzdem fühlte sie sich völlig zerschlagen. Seltsamerweise war ihr heute allerdings kein einziges Mal übel gewesen.

Beim Abendgebet las Freya einen Text aus dem Buch Hiob vor, über die Armen und Geknechteten, die sich vor den Frevlern verbargen. *Auf den Feldern schneiden sie des Nachts, halten im Weinberg des Frevlers Nachlese …*

Auch Linda würde später in der Nacht Nachlese halten müssen. Beim Abendessen beobachtete sie aus dem Augenwinkel, wie Annabell eine Wurst, ein paar Möhren und Äpfel und etwas Brot zur Seite legte. Neben der Anrichte stand der Korb.

»Caro, kannst du gut Mathe?«, fragte Freya. »Kannst du nachher mit mir üben?«

»Klar kann ich mit dir üben«, sagte Linda. »Falls meine Mathekenntnisse nicht ausreichen, kannst du es mir ja erklären. Ist auch eine Übung für dich.«

»Du hörst dich fast an wie diese Montessori-Lehrerinnen«, knurrte Goran und Linda sah an seinem Blick, dass das nicht als Kompliment gemeint war.

»Diese Gutmenschen-Pädagogik verwirrt die Kinder bloß«, ergänzte Svea.

»Keine Sorge, Pädagogik liegt mir völlig fern«, sagte Linda und stand auf. »Ich geh mir bloß ein bisschen die Beine vertreten. Nachher treffen wir uns zum Üben im Wohnzimmer, okay?«

»Wir sollen nicht *okay* sagen«, verbesserte Cajetan. »Die ausländischen Worte machen unsere schöne deutsche Sprache kaputt.«

»Okay«, sagte Linda ohne nachzudenken, musste lachen und ergänzte: »In Ordnung. Hab ich verstanden.«

»Passiert mir auch manchmal noch«, sagte Annabell. »Ist Gewohnheitssache. Je länger man aus der Stadt raus ist, desto besser kann man sich umstellen.«

Wieder wickelte sie Wurst, Möhren, Äpfel und Brot in ein Handtuch.

Linda räumte ihr Geschirr in die Spüle, zog die Stiefel an und ging hinaus in die Dämmerung. Sie rief sich in Erinnerung, wo sie am Vormittag Annabell getroffen hatte und aus welcher Richtung Ottos Frau ungefähr gekommen war. Dann folgte sie dieser gedachten Linie am Haupthaus vorbei und durch den rückwärtigen Gemüsegarten bis zum Saum des Waldes, wo sie im dichten Unterholz in Deckung gehen konnte.

Wenig später tauchte Annabell im Gemüsegarten auf, den Korb unterm Arm. Wie Rotkäppchen, schoss es Linda durch den Kopf. Annabell sah sich kurz nach allen Seiten um, dann ging sie in den Wald davon. Linda gab ihr so viel Vorsprung, dass sie Annabells Umrisse noch schemenhaft erkennen konnte, dann folgte sie ihr so leise wie möglich. Trotzdem machte das Knacken und Rascheln unter ihren Stiefeln einen Höllenlärm, fand Linda, und sie war sich nicht sicher, ob der Abstand ausreichte, um unbemerkt zu bleiben.

Kurzentschlossen hielt sie inne und zog die Stiefel aus. Sofort sogen ihre Socken die Feuchtigkeit des Herbstlaubs auf dem Waldboden auf, aber tatsächlich verursachte sie auf diese Weise viel weniger Geräusche. Sie beeilte sich aufzuholen, doch nach rund zweihundert Metern sah sie bereits, was Annabells Ziel sein musste. Ein dunkler Schatten erhob sich mitten im Wald. Ein verwitterter Turm. Der sah weniger nach Rotkäppchen aus, mehr nach Rapunzel. Wie ein verwunschener Hexenturm stand er dort. Und wie ein fahrender Prinz ging Linda in Deckung, um Annabell zu beobachten. Niemand ließ aus einem hohen Fenster sein Haar herab. Nicht nur, weil dies kein Märchen war, sondern auch, weil der Turm anscheinend keine Fenster hatte. Nur eine gewaltige Tür, in die eine schmale Luke eingelassen war.

Annabell öffnete die Luke und wechselte offenbar ein paar Worte mit jemandem im Innern des Turmes, aber Linda konnte auf die Entfernung nicht verstehen, was da gesprochen wurde. Schließlich griff Annabell in den Korb und reichte das Essen hinein.

Linda hatte genug gesehen. Sie machte kehrt und huschte auf eiskalten Füßen zurück in Richtung des Landhofs. Sie wusste jetzt, wo Scholten steckte – alles Weitere würde sich später ergeben. Fürs Erste war es wichtig, vor Annabell zurück im Haus zu sein, um sich nicht verdächtig zu machen. Schon erreichte sie den Waldrand und versuchte, die Füße wieder in die Stiefel zu zwängen, was mit den nassen Socken aber unmöglich war. Darum ließ sie es bleiben, streifte auch die Socken ab und kehrte barfuß ins Haus zurück.

Otto, der gerade aus der Küche kam, sah ihre nackten Füße und sagte: »Tuchfühlung mit dem Boden aufnehmen, das ist gut. Nicht nur für die Durchblutung, auch für die Seele. Blut und Boden gehören zusammen.«

»Dachte ich mir auch«, meinte Linda und lächelte Otto an. Sie stellte die Stiefel in eine Ecke zu den anderen Schuhen, hängte ihre Jacke an den Haken und ging ins Wohnzimmer, wo schon Freya am Tisch saß.

Unlängst hatten Laurenz und die Mitglieder des Pfarrgemeinderatsvorstandes einen Moderationskurs besucht. Eine hervorragende Investition! Denn seither arbeiteten sie erst die Tagesordnung ab und kamen dann ins informelle Erzählen, anstatt wie bisher immer über alles durcheinander zu reden. So war der offizielle Teil der Sitzung bereits um halb zehn zu Ende.

Laurenz öffnete eine Flasche Wein und stellte sie auf den Fliesentisch im Wohnzimmer des Pfarrhauses. Der Tisch war von ausgesuchter Hässlichkeit, doch Laurenz hatte ihn aus sentimentalen Gründen noch immer nicht ausgetauscht. Schließlich hatte er an diesem Tisch schon als Sechzehnjähriger mit der Jugendleiterrunde und dem damaligen Pfarrer Kirschbananensaft getrunken und das nächste Zeltlager geplant.

Jetzt schenkte er den Anwesenden ein und sagte: »Ich bitte um Verständnis, dass ich noch wegmuss. Meine Schwester ist verreist und die Haushaltshilfe meines Großvaters auch. Darum muss ich noch mal rübergehen und nach dem Rechten sehen.«

»Ach, wie nett«, sagte Frau Borowski, die Vorsitzende des Pfarrgemeinderates, und lächelte. »Sind die beiden für ein paar Tage weggefahren?«

Jeder in der Gemeinde kannte inzwischen den ehemaligen Schützling des Pfarrers aus dessen Knastzeit, und dass es zwischen Olek und Linda gefunkt hatte, war wohl einigen auch nicht verborgen geblieben.

Schön wär's, dachte Laurenz, aber er nickte bloß und sagte: »Bitte wartet nicht auf mich. Wenn ihr nachher nach Hause geht, zieht einfach die Tür zu.«

Dann warf er seinen Mantel über, verließ das Pfarrhaus und ging durch die abendlichen Straßen hinüber zu seinem Elternhaus. Vermutlich war Opa Eberhard wieder vor dem Fernseher eingeschlafen. Laurenz würde ihn wecken und ins Bett schicken, dann den Autoschlüssel nehmen und nach Mönchengladbach fahren, um Olek zu finden. Doch als er sich dem kleinen grünen Dreifensterhaus näherte, sah er im Büro im Erdgeschoss Licht brennen. Unwillkürlich entfuhr ihm ein erleichterter Seufzer. Linda war zurück. Deshalb hatte er an diesem Abend bislang vergeblich auf ihre SMS gewartet, bestimmt hatte sie eine wichtige Entdeckung gemacht und darüber ganz vergessen, sich bei ihm zu melden.

Er schloss die Tür auf und stürmte ins Büro, doch da saß nicht seine Schwester, sondern ein Mann in Mantel und Hut, und Laurenz brauchte eine Millisekunde, um seinen Großvater zu erkennen.

»Na endlich, Junge«, knurrte der Alte und erhob sich. »Ich warte seit einer Stunde. Können wir los?«

»Opa!«, entfuhr es Laurenz. »Nein, du gehst ins Bett. Ich fahre allein.«

»Aha, und mit welchem Wagen?« Der Alte grinste schelmisch und hielt den Autoschlüssel hoch.

Kurz sah Laurenz vor seinem inneren Auge, wie er sich nun auf seinen Großvater stürzen und die beiden um den Schlüssel des Beetle balgen würden, so wie sie früher manchmal zusammen getobt hatten, als Laurenz und Linda noch kleine Kinder gewesen waren. So, wie der alte Mann jetzt dastand, sah er aus, als würde er sich dabei sofort jeden einzelnen Knochen brechen.

Trotzdem mussten sie sich balgen, ging es Laurenz durch den Kopf, zumindest mit Worten.

»Opa, wir fahren nirgendwohin«, sagte er entschlossen. »Nicht, bevor du mir erzählt hast, was es mit dir und Theodor Wiehl auf sich hat. Beziehungsweise mit Theos Mutter Henriette. Und welche Rolle Elsa Meier spielt. Oder Norbert Kannegießer.«

Das Grinsen fiel aus Eberhards Gesicht und für einen Moment wurde er aschfahl. Lautlos bewegte er die Lippen, vielleicht suchte er nach seinen üblichen Ausflüchten, aber die Salve an Namen, die sein Enkel auf ihn abgeschossen hatte, machte ihm klar, dass alles Leugnen zwecklos geworden war. Er legte den Autoschlüssel auf den Schreibtisch, setzte den Hut ab und zog den Mantel aus.

»Du willst einen Handel«, sagte er. »Nun gut. Ich erzähle. Und dafür nimmst du mich mit. Setz dich, Junge.«

Er drehte sich zum Wandschrank und holte den Cognac hervor.

Linda hatte bis elf gewartet. Gegen zehn waren die Erwachsenen ins Bett gegangen, jetzt schien der Zeitpunkt günstig, sich aus dem Haus zu schleichen. Viele Menschen neigten dazu, in der zweiten Nachthälfte aufzuwachen und zumindest zur Toilette zu gehen. Das Risiko, dass man sie entdeckte, wie sie aus dem Haus schlich, war also jetzt gerade geringer als zu einer späteren Stunde.

Der Himmel war wolkenlos und der Mond fast voll. Sie hatte keine Mühe, den Weg durch den kahlen Wald bis zu dem Turm wiederzufinden. Vorsichtig umrundete sie das Bauwerk zunächst. Die Grundfläche war ein Quadrat von vielleicht drei Metern Seitenlänge. Es ließ sich nicht sagen, wie hoch der Turm einmal gewesen sein mochte. Die Reste des zweiten Stockwerkes ragten wie ein abgebrochener Zahn ins silbrige Mondlicht. Auf der Rückseite gab es in einer Höhe von etwa zwei Metern ein kleines vergittertes Fenster. Zu hoch, um hineinzuspähen. Jedenfalls brannte kein Licht. Linda reckte den Kopf und lauschte. Jetzt hörte sie ein gleichmäßiges Geräusch, ein leises Rasseln – jemand schnarchte.

Sie schlich zurück zur Vorderseite und zog ihr Handy aus der Hosentasche, schaltete die Taschenlampe ein und betrachtete die massive Holztür. Da fiel ihr Laurenz ein. Sie hatte vergessen, ihm die angekündigte Nachricht zu schicken! Rasch holte sie das nach, denn es wäre doch zu blöd, wenn er sich Sorgen machte und womöglich in einem absolut ungünstigen Moment anrief.

Mit fliegenden Fingern schrieb sie: *Es wird spannend. Ich melde mich!*

Dann betrachtete sie die Klappe, die in die Tür eingelassen war. Sie hatte auf der Außenseite einen kleinen Riegel, fast wie bei einer Gefängniszelle. Linda klopfte leise, schob den Riegel auf und öffnete die Klappe.

Im Innern des Turmes war es so dunkel, dass sie nicht mal Umrisse erkennen konnte. Dafür hörte sie jetzt ein Poltern.

Dann rief jemand: »Kommt ihr jetzt schon mitten in der Nacht? Habt ihr euch entschieden? Bringt es endlich hinter euch!«

»Herr Scholten, wenn ich nicht irre?«, fragte Linda. »Bitte sprechen Sie leise und kommen Sie an die Tür.«

»Was ... wer?«

Im nächsten Moment erschien ein verdutztes Gesicht hinter der Öffnung, das Linda sofort erkannte.

»Hören Sie mir zu, Herr Scholten«, flüsterte sie. »Ich heiße Linda Broich, ich bin Detektivin und suche nach Ihnen im Auftrag Ihres Bischofs. Beziehungsweise im Auftrag von Herrn Wagner, Ihrem Personalchef. Bitte machen Sie keinen Lärm. Ich habe zwar sehr viele Fragen an Sie, aber dazu kommen wir später. Erst mal hole ich Sie hier raus und dann bringen wir uns in Sicherheit.«

»Detektivin ...«, wunderte sich Scholten. »Sie haben nach mir gesucht? Dem Allmächtigen sei Dank. Aber haben Sie denn einen Schlüssel?«

»So was Ähnliches«, sagte Linda, zog ihr Pick-Set aus der Hosentasche und drückte dem Kaplan, der sie immer noch ungläubig musterte, ihr Handy in die Hand.

»Leuchten Sie mir«, sagte sie und ging in die Hocke.

Scholten schob seinen Arm durch die Klappe und hielt das Handy so, dass der Schein der Taschenlampe auf das Türschloss fiel. Es wirkte antik und sollte kein Problem darstellen, fand Linda.

»Geben Sie mir zwei Minuten«, flüsterte sie und schob den Spanner ins Schloss.

»Eine Frage noch«, sagte Scholten. »Wie viele …«

»Später«, zischte Linda, »ich muss mich konzentrieren.«
Sie wählte einen Pick aus und führte ihn vorsichtig ein.

»Wie viele …«

»Still. Ich muss hören, ob was klickt.«

»Ich wollte doch nur fragen, wie viele Kollegen Sie mitgebracht haben«, murmelte Scholten.

»Was?« Linda fuhr hoch.

Von links tastete sich der Schein einer Taschenlampe auf sie vor. Sie fuhr herum. Auch von rechts, von vorn und von hinten tauchten Lichtkegel zwischen den Bäumen auf. Linda stand starr. Abhauen, dachte sie. Nur in welche Richtung?

»Vergiss es«, sagte Otto.

Er kam näher und Linda sah, dass er eine Pistole in der Hand hielt. Von den anderen Seiten näherten sich Goran, Svea und Annabell.

»Nimm die Hände hoch, Caro. Oder wie immer du in Wirklichkeit heißt.«

Es waren einmal drei Detektive: Emil Tischbein, Gustav mit der Hupe und Pony Hütchen. Nach der Schule trafen sie sich an der Litfaßsäule, beobachteten die Passanten und wählten denjenigen aus, der ihnen verdächtig erschien. Verdächtige Leute gab es schließlich an jeder Straßenecke, das sah nicht nur die Gestapo so. Zum Beispiel der Mann, der den Mantelkragen hochgeschlagen hatte und sich verstohlen umsah, der war verdächtig. Der spielte, ohne dass er es wusste, den Herrn Grundeis. Die drei folgten ihm unauffällig zum Kolonialwarenladen und Emil schlich sich dort hinein, um zu notieren, was der Mann kaufte. Wenn nicht da, dann spätestens zwei Straßen weiter flogen sie auf, wurden von dem Mann entdeckt und unter Flüchen davongejagt: »Wat soll dat? Maat üch fott, ür dreckelije Pänz!«

So endete es jedes Mal und unter Lachen und Johlen rannten die Kinder nach Hause.

Vielleicht ahnten die drei bereits, dass sie selbst höchst verdächtig waren – ihre Helden jedenfalls hatte man ein paar Jahre zuvor verboten. Das konnte den drei Kindern aber die Freude am Spiel nicht verderben.

Die verdarben sie sich selber. Emil nämlich, der in Wahrheit Eberhard Broich hieß, trug bald die Kluft eines Pimpfs vom Jungvolk der Hitlerjugend. Gustav, mit bürgerlichem Namen Theo Wiehl, wäre auch gern ein Pimpf gewesen, durfte es aber nicht sein, denn seine Mutter war katholische Religionslehrerin und schien den Führer nicht zu mögen und des Führers Jungvolk auch nicht. Theo wurde Ministrant und trug Talar und Rochett, jedenfalls sonntagmorgens zur Messe. Und später an den Werktagen manchmal ganz heimlich ein verbotenes Pfadfinderhalstuch unterm hochgeschlagenen Mantelkragen. Pony Hütchen wiederum, die eigentlich Elsa Meier hieß, bekam einen gelben Stern angeheftet, den sie fortan tragen musste, denn jemandem war eingefallen, dass sie, obzwar ebenfalls gut katholisch, doch eigentlich »Halbjüdin« war. Darum durfte sie auch nach der Volksschule nicht mit ihren Klassenkameraden Theo und Eberhard zur Realschule wechseln, sondern wurde zum Arbeiten in die Munitionsfabrik geschickt.

Trotzdem besuchten die beiden Jungen sie so oft wie möglich, steckten ihr manchmal heimlich ein Brot oder einen Apfel und einmal sogar eine gestohlene Lebensmittelkarte zu. Das blieb nicht unentdeckt. Eines Tages wurde Eberhard nach der Schule von Norbert gestellt.

Norbert Kannegießer war ein paar Jahre älter und Gefolgschaftsführer der HJ-Streife, einer Art Hilfspolizei der Hitlerjugend.

»Bist wohl ein bisschen verschossen in die kleine Halbjüdin, was, Broich?«, höhnte Norbert. »Wärst sicher traurig, wenn man sie abholt und in einen der Züge steckt, die die Juden nach dem Osten bringen.«

Eberhard war bis ins Mark erschüttert. Was da im Osten geschah, das wusste natürlich niemand, nein wirklich nicht, ehrlich nicht, weil ja schließlich das, was trotzdem jeder ahnte und irgendwo mal versehentlich aufgeschnappt hatte, so sehr jenseits aller Vorstellungskraft lag, dass man es einfach nicht wissen können wollte.

»Was muss ich tun?«, fragte Eberhard.

»Augen und Ohren offenhalten, kleiner Emil Tischbein.« Nobert tippte sich gegen die Nase. »Du hast doch Spürsinn, Broich. Bist 'n helles Köpfchen. Die Mutter von Theo treibt sich zu viel mit diesen Pfaffen rum. Da ist was im Gange. Dem Theo passiert nix. Und auf deine kleine Halbjüdin werd ich Acht geben. Ich helfe dir, wenn du mir hilfst. Abgemacht?«

»Abgemacht.«

Hatte der junge Broich die Wahl gehabt? Es gibt immer eine Wahl. Doch wer wollte so eine Wahl treffen. Und man musste ja nicht alles mitkriegen, Spürnase hin oder her. Und was man mitbekam, musste man ja nicht komplett berichten. Nur ein bisschen. Immer nur so viel, dass dem Gefolgschaftsführer keine Zweifel kamen.

Und andere berichteten ja auch. Ein ganzes Volk voller Spitzel. Oder voller Bespitzelter. Und je mehr Bomben fielen, desto weniger spielte das noch eine Rolle. Inmitten des nächtlichen Terrors und der allgegenwärtigen Angst verloren Begriffe wie Recht und Moral jede praktische Bedeutung. Oder Verrat. Das waren so Sachen, die in Büchern vorkamen. Und Bücher gab es nicht mehr, die waren entweder verboten oder verbrannt oder beides. Was die Feuer der Nazis verschont hatten, erledigten die Phosphorbomben vom Tommi. War das Attentat auf den Führer Verrat oder eine Verzweiflungstat gewesen, um zu retten, was noch zu retten war? Der junge Broich fragte sich das nicht, ihm ging es ums eigene nackte Überleben. Und um das von Elsa.

Viele wurden nach dem Attentat abgeholt – ob sie nun mit dringesteckt hatten oder nicht. Und wenn nicht Broich den Tipp gegeben hätte, hätte es irgendein anderer getan. Das durfte man nicht persönlich nehmen. Aber Theo nahm es persönlich.

Er wusste nicht, wer das Versteck von Henriette Wiehl verraten hatte, wollte es nicht wissen können, weil es jenseits seiner Vorstellungskraft lag, aber er ahnte es trotzdem. Und als man ihm die Asche seiner Mutter schickte und zugleich schon den nächsthöheren Jahrgang kahl schor und vor die Stadt brachte, damit er dort das Flakgeschütz bediente, hatte Theo genug und machte sich davon. Auch eine Art Verrat, etwa nicht? Was auch immer aus ihm geworden sein mochte.

Eberhard hatte einen hohen Preis bezahlt, aber – Moral hin oder her – Norbert Kannegießer hielt Wort und sorgte dafür, dass Elsa nicht abgeholt wurde. Sie ging weiter jeden Morgen zur Fabrik und war abends rechtzeitig zurück, um den Luftschutzbunker aufzusuchen. Doch die älteren Kameraden da draußen an der Flak konnten den Tommi nicht aufhalten, plötzlich kam er auch tagsüber und den Volltreffer auf die Fabrik überlebten nur ein paar wenige. Pony Hütchen nicht.

»Du bist eine miese Verräterin«, zischte Annabell. »Goran und Svea hatten recht. Ich war so blind.«

Linda schluckte. Dieses komische Gefühl in der Magengegend – bekam sie etwa ein schlechtes Gewissen?

»Es tut mir leid«, murmelte sie.

Da schlug ihr Annabell unvermittelt ins Gesicht. Dieselbe Hand, die gestern noch so einfühlsam ihren Rücken gestreichelt hatte. Die Ohrfeige brannte wie Feuer.

Scholten stand noch immer hinter der geöffneten Klappe und verfolgte die Szene mit offenem Mund. Widerstandslos ließ er sich von Svea das Handy abnehmen, bevor sie auch das Pick-Set einsammelte, das Linda fallen gelassen hatte.

Otto funkelte Linda böse an. »Wer bist du und für wen arbeitest du?«

Linda schwieg.

Goran trat auf sie zu und hielt ihr seine Pistole an die Schläfe.

Linda hielt die Luft an. Der Lauf bohrte sich in ihre Haut.

»Rede schon!«, fuhr Otto sie an. »BKA? Verfassungsschutz?«

»Ist doch jetzt egal«, sagte Goran. »Wir legen sie um. Beide. Auch den Pfaffen. Dann ist Ruhe.«

»Du sollst nicht so über ihn reden, er ist immer noch Priester«, tadelte Otto. »Und bevor du sie tötest, müssen wir wissen, wer sie geschickt hat.«

Linda atmete aus.

»Svea hat dein Facebook-Profil gecheckt«, sagte Otto zu Linda. »Hätte ich auch tun sollen, aber ich war leider zu naiv. Ihr ist aufgefallen, dass du dich erst seit letztem Sonntag für Glaube und Vaterland interessierst. Kein Eintrag ist älter als drei Tage. Dabei existiert dein Profil schon seit sieben Jahren. Du hast also alle früheren Einträge gelöscht, um mir etwas vorzumachen. Und ich Idiot bin drauf reingefallen. Ich wollte dir helfen! Also sag schon, wer schickt dich?«

Linda wollte zurückweichen, aber Goran packte sie und legte stahlhart seinen linken Arm um ihren Hals, mit der rechten Hand drückte er die Waffe noch fester gegen ihren Kopf.

Linda dachte fieberhaft nach. Diese Leute wollten Informationen, und solange sie die zurückhielt, würde Goran nicht abdrücken. Oder doch? Ihm schien das egal zu sein. Sie spürte seinen flachen Atem im Gesicht, sah den Hass in seinen Augen.

»Die Kirche schickt mich«, stieß sie hervor. Was für ein absurder Satz, der gehörte doch zu Laurenz, dachte sie, nicht zu ihr. Aber plötzlich klammerte sie sich an die Hoffnung, das würde zumindest Otto beeindrucken. »Ich arbeite im Auftrag des Kardinals.«

In ihren Ohren klang es fast wie ein Schutzzauber. Das Erzbistum Köln, diese mächtige Institution würde sie doch beschützen können, nein: müssen. Dabei war der Gedanke wahrscheinlich genauso irrational wie der Hass in Gorans Blick.

»Wer weiß alles davon, dass du hier bist?«, fragte Otto.

»Viele!«, rief Linda und merkte, dass ihr die Stimme brach. »Sehr viele! Sie … werden mich suchen. Bald! Lasst Scholten und mich gehen …«

»Sie lügt«, schimpfte Goran. »Ich glaube ihr kein Wort.«

Otto machte ein ratloses Gesicht, er suchte die Blicke der anderen.

Svea sagte kühl: »Das spielt keine Rolle. Sie muss verschwinden. Und zwar vollständig. Wir müssen sie beide töten und sämtliche Spuren beseitigen. Nichts darf darauf hindeuten, dass Scholten und diese Frau jemals hier gewesen sind.«

Linda schnappte nach Luft und versuchte, sich aus Gorans Griff herauszuwinden, aber vergeblich, er war viel zu stark für sie.

»Eure Kinder«, japste sie, »denkt an eure Kinder! Egal, wer von euch abdrückt – das ist gemeinschaftlicher Mord, ihr kommt alle in den Knast und eure Kinder stecken sie dann ins Heim. Wollt ihr das? Gutmenschenpädagogen und so ...«

»Aber wenn wir dich laufen lassen, wirst du uns die Polizei auf den Hals hetzen«, erwiderte Svea ruhig, »und dann gehen wir auf jeden Fall in den Knast. Wenn wir dich umbringen, haben wir immerhin die Chance, dass es niemals rauskommt. Es stimmt, wir müssen wirklich an die Kinder denken. Du lässt uns keine Wahl. Du hast gerade dein eigenes Todesurteil gesprochen.«

»Das ist ...«, begann Otto und brach ab.

»Hör auf«, brüllte Goran ihn an. »Ohne deine Dummheiten wäre das nie passiert. Du hast sie beide angeschleppt. Erst den Priester und dann die da. Und jetzt müssen wir deinen Fehler ausbügeln.«

»Ja«, murmelte Otto. »Ja, stimmt. Dann mach schnell.« Er trat einen Schritt zurück und wandte sich ab.

Linda begriff, dass sie jetzt sterben würde. Eine Resignation, die sie nie zuvor gekannt hatte, machte sich in ihr breit. Warum hatte sie niemals zu Olek gesagt, dass sie ihn liebte?

»Warte!« Das war Annabell. »Das ist eine schwere Sünde und die wird dich verfolgen, Goran.«

»Unsinn«, höhnte Goran. »Sie hat uns verraten. Sie hat den Tod verdient. Das ist nur gerecht.«

»Ja, mag sein«, sagte Annabell. »Aber dann tötest du auch das Baby. Das wäre nichts anderes als Abtreibung.«

Ginge es nicht um Leben oder Tod, hätte Linda lauthals lachen müssen. Diese Frau hielt den Zellhaufen in Lindas Unterleib für schutzwürdiger als Lindas Leben selbst!

»Das ist doch …«, wollte Goran protestieren.

»Wenn du das Kind tötest, wird sein Blut über dich kommen«, drohte Annabell.

Goran lockerte seinen Griff. In seinen hasserfüllten Blick mischte sich Zweifel.

Svea sagte: »Wir können sie doch nicht ein halbes Jahr hier einsperren und warten, bis sie ihr Kind zur Welt bringt.«

Otto kratzte sich am Kopf. Schließlich sagte er: »Wir könnten sie von hier fortschaffen. Außer Landes. Ich kenne Leute in Moldawien, die können uns helfen.«

»Das ist doch Wahnsinn!«, rief Goran. »Lasst uns das Problem endlich aus der Welt schaffen.«

»Nein!«, rief Annabell.

Da hob Svea die Hände und sagte: »Hört auf. Alle. Wir dürfen uns jetzt nicht spalten lassen. Das wollen die doch nur. Wir diskutieren das im Haus. In Ruhe. Morgen entscheiden wir.«

»Ja.« Otto seufzte. »Gut. Sperrt sie in den Turm.«

Annabell holte den großen Schlüssel hervor und schloss die Tür auf.

Goran drehte sich zu Scholten um, der die ganze Szene mit wächsernem Gesicht verfolgt hatte, als stünde er nicht hinter der Klappe, sondern existiere lediglich als Ölgemälde, das jemand an die Tür genagelt hatte.

»Weg da«, befahl Goran, »nach hinten, an die Wand!«

Der Kaplan wich zurück und Annabell öffnete die Tür. Goran stieß Linda in den Raum. Krachend fiel die Tür hinter ihr ins Schloss, der Schlüssel drehte sich, jemand warf die Klappe zu und eine klamme Finsternis hüllte Linda vollständig ein.

Laurenz wusste nicht, wie lange er dagesessen und seinen Großvater schweigend angesehen hatte. Seinen Cognac hatte er nicht angerührt. Nicht bloß, weil er eigentlich noch Auto fahren wollte. Vor allem, weil er so gebannt gelauscht hatte.

Eberhard schenkte sich nach, wollte trinken, hielt inne. Laurenz sah, dass sich die Augen des Alten mit Tränen füllten. Und ihm fiel auf, dass er nicht nur seit Jahrzehnten nicht mehr mit seinem Großvater tobte und balgte. Er hatte ihn auch seit Jahrzehnten nicht mehr in den Arm genommen. Das tat er jetzt und strich ihm über das schüttere Haar. Tausend Sätze gingen Laurenz durch den Kopf, aber keiner passte hier.

Irgendwann sagte er: »Danke, dass du es mir erzählt hast. Das bedeutet mir viel. Vielleicht sollten wir jetzt einfach schlafen gehen und morgen noch einmal mit etwas Abstand weiterreden.«

Da schob ihn der Alte empört von sich, wischte seine Tränen ab und sagte: »Wir haben eine Abmachung, Junge! Wir fahren nach Gladbach!«

»Es ist spät geworden, Opa. Bestimmt geht es schon auf Mitternacht zu.«

Er zog sein Handy aus der Tasche, um nachzuschauen, ob es wirklich schon so spät war, wie er annahm. War es. Und Linda hatte geschrieben. *Es wird spannend. Ich melde mich!*

Der Alte leerte sein Glas, stand auf und griff nach seinem Hut.

»Das ist doch eine Disko, oder?«, fragte er. »Die jungen Leute gehen doch eh nicht vor Mitternacht tanzen.«

»Club«, erwiderte Laurenz. »Heute sagt man Club.«

Er stand ebenfalls auf und nahm den Autoschlüssel.

»Wer sind Sie eigentlich?«

Die Stimme gehörte Scholten.

Lindas Blick tastete orientierungslos den Raum ab.

»Sind Sie ein Engel?«, sagte Scholten. »Der Herr hat mir einen Engel in den Kerker gesandt wie einst dem Petrus, der von Herodes ins Gefängnis geworfen worden war.«

»Ein Engel …«, murmelte Linda. »Ja, beinahe wäre ich jetzt ein Engel, wenn nicht …« Sie legte eine Hand auf ihren Bauch. »Oh, mein Gott! Mein Baby hat mir das Leben gerettet!«

Mein Baby.

Plötzlich fasste eine Hand nach ihr, sie erschrak und zuckte zurück. Nur ganz langsam gewöhnten sich ihre Augen an die Dunkelheit im Innern des Turmes. Sie konnte den vermissten Kaplan mehr riechen als sehen.

»Seit wann stecken Sie schon hier drinnen?«, fragte sie.

»Ich weiß nicht genau, mein Zeitgefühl ist etwas durcheinandergeraten. Vier oder fünf Tage, würde ich sagen.«

»Ich war beinahe sicher, Sie wären tot«, sagte Linda.

»Stimmt das denn, was Sie gesagt haben? Die Kirche schickt Sie?«

»Ja, es stimmt. Klingt für mich selbst ziemlich unglaublich.«

Sie berichtete, wie Laurenz und sie von Monsignore Wagner beauftragt worden waren und wie sie sich auf dem Hof eingeschlichen hatte.

»Pfarrer Laurenz Broich?«, fragte Scholten. »Das ist ja … wir hatten erst kürzlich indirekt miteinander zu tun. Ich muss zugeben, dass ich mich ihm gegenüber nicht sonderlich freundlich verhalten habe.«

»Das spielt jetzt keine Rolle«, sagte Linda. »Erst mal müssen wir schauen, wie wir hier rauskommen. Gibt es denn keine einzige Lichtquelle hier drin? Haben Sie nicht mal eine Kerze oder so?«

»Nein. Aber ich habe bei Tageslicht schon alles versucht. Ohne Erfolg.«

Linda ging langsam umher, beide Arme vor sich ausgestreckt. Sie stieß mit dem Fuß gegen ein Bett, dessen metallischer Rahmen schepperte, dann gegen einen Eimer Wasser, aus dem etwas herausschwappte, dann tastete sie steinerne Stufen.

»Wohin führt diese Treppe?«

»Nach oben. Im ersten Stock gibt es aber kein Fenster. «

Linda drehte sich um, tastete sich zurück zur Eingangstür und fuhr mit den Fingern an den Ritzen zwischen dem Holz und dem umgebenden Mauerwerk entlang. Alles fühlte sich massiv und unverrückbar an.

»Wir brauchen Licht.« Sie seufzte. »Also müssen wir auf den Tagesanbruch warten. Bis dahin können Sie mir was erzählen.«

»Was würden Sie denn gerne hören?«

»Ich muss Ihnen was beichten.«

»Das können Sie gern tun, meine Tochter. Schließlich bin ich Priester.«

Trotz der misslichen Lage musste Linda grinsen.

»Ich möchte beichten, dass ich Ihren Mail-Account gehackt habe und Ihr Facebook-Konto. Ich habe Ihren Chat mit Otto Altmann gelesen. Ich bin nach Basel gefahren und habe Jacquet getroffen.«

»Oh«, machte Scholten nur.

Plötzlich ging Linda durch den Kopf, dass Jacquet morgen wie vereinbart anrufen würde. Otto und seine Leute hatten Lindas Handy. Aber nein, er würde ja bei Sandra Dragic anrufen … doch da wurde ihr bewusst, dass sie vergessen hatte, ihre SMS zu löschen, die sie vorhin an Laurenz geschrieben hatte. Mist.

Scholten sagte in die Dunkelheit hinein: »Es war

ein Schock für mich, als mir klar wurde, dass Otto und seine Freunde sich Waffen besorgen. Ein heilsamer Schock. Ich hätte sofort zur Polizei gehen sollen. Aber ich bin Seelsorger, ich wollte mit ihnen reden, sie zur Vernunft bringen. Doch sie ließen nicht mit sich diskutieren. Da habe ich mich zum Schein gefügt und so getan, als würde ich es schließlich doch gutheißen.«

»Warum?«

»Ich dachte, ich könnte das Schlimmste verhindern. Ich habe gewartet, bis die Waffen geliefert wurden. Eine kleine Kiste mit vier Gewehren und sechs Pistolen. Die haben sie zunächst in der Scheune im Stroh verborgen. Am Tag nach der Lieferung habe ich mich in die Scheune geschlichen. Ich wollte die Waffen vor ihnen verstecken, um sie später in einem günstigen Augenblick zu vernichten. Ich hatte die Idee, die Kiste oben auf den Heuboden zu schaffen, und schon den Strick daran befestigt, um sie hochzuziehen, als plötzlich Goran in die Scheune kam und mich in flagranti erwischte. Er schlug mich nieder und fesselte mich, und wenn es nach ihm gegangen wäre, hätten sie mich tatsächlich sofort umgebracht. Aber Otto hatte Skrupel. Also haben sie mich fürs Erste hier eingesperrt.«

»Und Sie haben keinen Weg gefunden, von hier zu entkommen?«

»Da drüben, sehen Sie den hellen Fleck da oben? Ein kleines Fenster.«

»Ja, ist mir von außen aufgefallen.«

»Zwanzig oder dreißig Mal jeden Tag stelle ich mich da hin und rufe um Hilfe. Aber hier ist niemand. Keine Jäger oder Förster oder Wanderer.«

»Was für eine gottverlassene Gegend«, meinte Linda.

»Nein«, entgegnete Scholten. »Nur menschenverlassen.«

Die Leute standen in einer langen Schlange vor dem alten Fabrikgebäude mit dem giftgrün blinkenden Schriftzug *Black Hell* und warteten darauf, in die kochende Hölle aus stampfenden Beats eingelassen zu werden. Dazu mussten sie aber erst an der hünenhaften Gestalt vorbei, die über den Eingang wachte wie ein kafkaesker Türhüter. Er hatte die Kapuze seiner schwarzen Jacke tief ins Gesicht gezogen, aber Laurenz und sein Großvater hatten Olek trotzdem sofort erkannt. Unter den Beschimpfungen der Wartenden schoben sie sich an der Schlange vorbei nach vorn.

Olek riss die Augen auf.

»Was macht ihr denn hier?«

»Dich holen, Junge«, sagte Eberhard.

»Du solltest längst im Bett sein«, meinte Olek.

»Allerdings«, sagte der Alte. »Genau darum sollst du zurückkommen. Damit du mir das jeden Abend sagen kannst.«

Olek schüttelte den Kopf.

»Ich gehöre nicht zu euch«, sagte er. »Ich gehöre nirgendwohin. Mit mir gibt es immer nur Ärger.«

»Was ist denn jetzt?«, schimpfte ein Mädchen hinter ihnen. Sie trug einen knappen Minirock und schwere Docs, während ihr Oberkörper in einer dicken Winterjacke mit Fellkapuze steckte. »Warum geht es hier nicht weiter?«

»Moment«, knurrte Olek. Zu Laurenz und Eberhard gewandt sagte er: »Ohne mich seid ihr besser dran, glaubt mir.«

»Das ist doch Unsinn«, widersprach der Alte. »Ich brauche dich, Junge. Ich hab keine Lust, mir wieder irgendeine Olga einzustellen. Ich will dich. Und Laurenz braucht dich auch.« Er stieß seinem Enkel den Ellbogen in die Seite. »Sag doch auch mal was, Junge.«

»Genau«, sagte Laurenz. »Ich brauche dich auch. Und vor allem Linda braucht dich.«

»Nein, glaub ich nicht.«

»Können wir jetzt rein oder was?«, fragte das Mädchen mit der Fellkapuze, das sich inzwischen zu den dreien gesellt hatte.

»Linda kann das nicht so zeigen«, meinte der Alte, »du weißt doch, wie sie ist.«

»Ich kann nicht verlangen, dass sie zu mir steht«, sagte Olek. »Echt nicht.«

»Ich wette, sie wird zu dir stehen, wenn du ihr zeigst, dass du auch zu ihr stehst«, meinte Eberhard. »Man baut im Leben Mist, jeder von uns. Man muss halt dazu stehen.«

»Genau«, bekräftigte Laurenz. »Linda ist manchmal wirklich hart drauf und macht einen auf total unabhängig. Aber hinter dieser Fassade sieht es anders aus. Sie empfindet sehr viel für dich. Das weiß ich.«

Olek sah die beiden Männer zweifelnd an.

Da boxte ihn das Mädchen mit der Fellkapuze gegen den Arm und sagte: »Ich hab ja keine Ahnung, um was es hier genau geht, aber wenn du mein Freund wärst, dann solltest du einen riesengroßen Blumenstrauß besorgen und mir eine Liebeserklärung machen.«

»Das solltest du«, sagte Eberhard. Laurenz nickte.

»Können wir jetzt bitte rein?«, quengelte das Mädchen. »Meine Beine sind schon Eiszapfen.«

»Wie viele seid ihr? Drei? Okay.« Olek ging kurz zur Seite und ließ die Mädchen passieren, bevor er sich wieder vor der Tür aufbaute. Dann sagte er zu Laurenz und dem Alten: »Ich muss drüber nachdenken. Ich kann euch nichts versprechen.«

»Gut«, sagte Eberhard, »ich zähl auf dich.«

Laurenz und der Alte wandten sich zum Gehen.

»Hey«, rief Olek ihnen hinterher.

Die beiden hielten inne und sahen ihn an.

»Danke«, sagte Olek.

Der Mond hatte inzwischen den Turm zur Hälfte umrundet und stand genau vor dem kleinen vergitterten Fenster. Linda betrachtete Scholten. Im Gegensatz zu den Fotos im Internet wirkten seine Gesichtszüge in dem silbrigen Licht wie eingefallen. Auch der Raum bekam allmählich Konturen. Doch Linda entdeckte nichts, was sie nicht schon im Dunkeln ertastet hatte. Da gab es diesen Eimer voll Wasser und das Bett mit dem Metallrahmen, darauf lagen Schlafsack und Kopfkissen und eine abgegriffene Bibel. Der Fußboden war mit Stroh bedeckt.

»Wohin gehen Sie eigentlich, wenn Sie mal … Sie wissen schon?«, fragte Linda.

Scholten deutete auf die Treppe. »Oben steht ein weiterer Eimer.«

»Aha.« Linda verzog das Gesicht.

Plötzlich begann sie, mit den Füßen an verschiedenen Stellen auf den Boden zu stampfen.

»Was tun Sie da?«

»So ein Bauwerk braucht ein tiefes Fundament«, sagte Linda. »Der Turm muss doch eigentlich einen Keller haben. Und vielleicht, wer weiß, hat dieser Keller einen zweiten Ausgang irgendwo?«

Nichts, worauf sie trat, klang auch nur entfernt nach einem Hohlraum.

»Habe ich alles schon versucht.« Scholten winkte ab.

»Auch unter dem Bett?«

Der Kaplan schlug sich mit der flachen Hand gegen die Stirn, stand auf und schob das Bett zur Seite. Linda stapfte auf der Stelle herum, wo das Bett bis gerade gestanden hatte. Scholten und sie tauschten einen Blick.

Dann fielen sie beide auf die Knie und wischten das Stroh zur Seite. Darunter kam eine hölzerne Luke zum Vorschein, die mit einem eisernen Schloss gesichert war.

»Wenn ich nur mein Pick-Set hätte«, stöhnte Linda.

Sie erhob sich und betrachtete das Bettgestell, fasste an das Kopfteil und rüttelte daran. Es wackelte.

»Da ist wohl eine Schraube locker«, sagte Scholten. »Das quietscht jedes Mal, wenn ich mich umdrehe, ich kann kaum schlafen deswegen.«

Linda hockte sich vor das Gestell und ertastete die lose Schraube. Mit etwas Geschick konnte sie die ganz herausdrehen.

»Was haben Otto und die anderen eigentlich mit den Waffen vor?«, fragte sie, während sie mit den Fingernägeln an der Schraube fummelte. »Planen die ein Attentat oder so was? Haben Sie da etwas mitgekriegt?«

»Nein. Ich glaube, die wollen einfach vorbereitet sein, so nennen sie es. Sie erwarten, dass früher oder später der Staat zusammenbricht und dass es zu einem Bürgerkrieg kommt. Sie fantasieren von einem Volksaufstand. Darüber, dass sich das Volk mit Waffengewalt gegen die Regierung erhebt, wenn es nur endlich genug Verbrechen von Flüchtlingen und Ausländern gibt.« Scholten lachte bitter. »Jede Nachricht über eine Vergewaltigung oder ein anderes Verbrechen, das von einem Nichtdeutschen begangen wird, bejubeln sie als kleinen Meilenstein, der sie ihrem Ziel näherbringt.«

Linda hatte die Schraube jetzt so weit gelockert, dass sie sie mit Daumen und Zeigefinger packen und langsam herausdrehen konnte.

»Was haben Sie eigentlich vorhin gemeint?«, fragte sie, »als Sie sagten, dass der Schock für Sie heilsam gewesen sei? Wovon hat er Sie geheilt?«

»Von vielen falschen Annahmen.« Scholten seufzte. »Meine große Liebe ist die Kirche. Immer schon. Es gibt so viel Gutes in der Kirche, aber auch Schlechtes.«

Linda musste an Scholtens Bruder denken.

Der Mann fuhr fort: »Ich habe immer gedacht, dieses Schlechte käme von außen hinein, verstehen Sie? Ich dachte, man muss die Kirche beschützen. Und dass sie sich darum von der Welt abgrenzen müsste. Aber ich habe eingesehen, dass Abgrenzung schnell zu Abwertung führt, also zur Abwertung von Menschen, die irgendwie anders sind. Und das wiederum führt zu Hass. Ich hatte hier drin viel Zeit, in der Bibel zu lesen und im Gebet Zwiesprache mit Christus zu halten. Er hat mir immer wieder sein Wort vor Augen geführt, dass das Böse nicht von außen in den Menschen kommt, sondern von innen. Mir ist klar geworden, dass man die Kirche nicht lieben kann, wenn man nicht die Menschen liebt. Und zwar alle. Aber ich werde mich ändern. Wenn wir das hier überleben ... Was haben Sie eigentlich vor?«

Linda hatte die Schraube komplett entfernt. Damit war das eine Bein des Bettgestells lose und ließ sich ein Stück zur Seite biegen. Sie zog daran und stemmte zugleich einen Fuß gegen das Gestell, aber sie war nicht stark genug, um das gesamte Kopfteil abzureißen, denn die Schraube am gegenüberliegenden Bein saß fest.

»Wir brauchen irgendein Werkzeug«, sagte sie und zog noch einmal an der Metallstange. »Ein Brecheisen, um die Luke aufzustemmen. Oder irgendwas, womit wir das Schloss zerschlagen können.«

»Verstehe«, sagte Scholten und trat neben sie. »Darf ich es mal versuchen?«

Linda ging zur Seite und Scholten packte das Kopfteil und bog es so weit zur Seite, bis die andere Schraube aus der Fassung gerissen wurde. Nun hatte er das lose Kopfteil in der Hand und hielt es Linda hin.

»Gute Arbeit, Herr Kaplan.« Sie hatte dem Mann gar nicht so viel Körperkraft zugetraut. »Dann wollen wir mal sehen, ob uns das weiterhilft.«

Lindas Beetle schoss über die leere nächtliche Autobahn dahin. Laurenz hatte das Radio ausgeschaltet und sagte: »Ich habe ein gutes Gefühl. Ich glaube, Olek wird zurückkommen.«

»Natürlich wird er das«, meinte der Alte und tippte sich gegen die Nase. »Das sagt mir mein untrüglicher Spürsinn. Meine Menschenkenntnis.«

»Menschenkenntnis«, wiederholte Laurenz. »Sag mal – dieser Norbert Kannegießer hat dir damals nach dem Krieg angeboten, mit ihm zusammenzuarbeiten. Bist du eigentlich darauf eingegangen?«

»Es ist ganz praktisch, wenn du als Detektiv einen Kontaktmann bei der Polizei hast. Wir haben uns manchmal gegenseitig Tipps gegeben. Über das, was vorher war, haben wir nie wieder gesprochen.«

»Was wurde aus ihm?«

»Was schon? Er ist irgendwann in Rente gegangen und nicht viel später gestorben. Krebs.«

»Und Theo? Hast du je wieder von ihm gehört?«

Der Alte schüttelte bloß den Kopf.

»Vielleicht lebt er ja noch und steckt selbst hinter diesen anonymen Briefen. Oder die mysteriöse Frau im Karorock hat aus eigenem Antrieb dieses Spiel begonnen. Vom Alter her könnte sie seine Enkelin sein. Würdest du dich mit Theo treffen, falls er noch lebt? Oder mit dieser Frau? Für eine Aussprache?«

Laurenz erwartete, dass sein Großvater wieder zu einem Vortrag darüber ansetzen würde, wie lange das alles her sei und dass man die Vergangenheit ruhen lassen müsse.

Doch der Alte sagte schlicht: »Ja.«

Holzsplitter flogen ihnen um die Ohren. Scholten hatte es geschafft, aus der hölzernen Luke ein Brett herauszubrechen. Ein muffiger Hauch wehte ihnen ins Gesicht.

»Spüren Sie das?«, rief Linda. »Ein Luftzug! Dieser Keller muss irgendwo hinführen.«

»Ja!« Scholten war ganz begeistert.

Der Schweiß perlte von seiner Halbglatze – soweit Linda das sehen konnte, denn inzwischen war der Mond weitergewandert und das Innere des Turmes hüllte sich zunehmend wieder in Dunkelheit. Doch sie wussten auch so, wo sie das Kopfteil als Brechstange ansetzen mussten, und nachdem das erste Brett entfernt war, ging der Rest ganz schnell. Bald baumelte nur noch ein letztes Brett am eisernen Schloss der Klappe und ein paar andere waren mit den Scharnieren verbunden, aber sie ließen sich hochklappen und gaben eine finster gähnende Öffnung frei. Linda nahm eines der Bretter, die Scholten gelöst hatte, und ließ es hineinfallen. Das Poltern klang ziemlich nah. Schon wollte sie hineinklettern, doch Scholten sagte: »Lassen Sie uns bis Tagesanbruch warten, bis wir wieder etwas sehen können. Kurz nach Sonnenaufgang kommt Annabell und bringt etwas zu essen. Wenn sie dann sieht, was wir angerichtet haben, sind sie gewarnt.«

»Vielleicht haben Sie recht«, meinte Linda.

Auf ein paar Stunden kam es nicht an. Sie schoben das Bett wieder an seinen alten Platz, sodass die Kelleröffnung verdeckt war, warfen die losen Bretter darunter und schoben das abgerissene Kopfteil so gegen das Bett, dass Annabell bei einem Blick von außen durch die Klappe vermutlich im Zwielicht des Innern keinen Unterschied würde feststellen können.

Vielleicht würden sie morgen tatsächlich einen Ausgang finden und entkommen.

Laurenz lag im Bett seiner Schwester und starrte in die Nacht. Von unten hörte er seinen Großvater schnarchen. Er selbst konnte keinen Schlaf finden, denn die Geschichte des Alten hatte ihn aufgewühlt. Er erschrak richtig, als sein Handy auf dem Nachttisch brummte.

Eine SMS von Linda.

War doch nicht so spannend, wie ich dachte. Melde mich.

9.

Donnerstag, 30. November

Das Pochen an der Tür ließ Linda hochfahren. Sie brauchte einen Moment, um zu begreifen, wo sie sich befand und dass der Grund für ihre Nackenschmerzen die steinerne Innenwand des Turms war, an der sie lehnte. Zwar hatte Scholten ihr großzügig angeboten, im Bett zu schlafen, aber das hatte sie abgelehnt. Scholten richtete sich auf und Linda kam unsicher auf die Füße.

Die Klappe in der Tür wurde geöffnet und das Morgenlicht stach grell hinein. Annabell reichte stumm ein Päckchen herein, Frühstück anscheinend, in ein Handtuch eingewickelt.

Eigentlich wollte Linda aus Stolz ablehnen, aber sie hatte tatsächlich Hunger.

»Guten Morgen«, sagte sie. »Habt ihr eine Entscheidung getroffen, was ihr mit uns tun wollt?« Sie nahm das Päckchen in die Hand, es fühlte sich warm an und duftete köstlich.

»Das erfahrt ihr früh genug«, sagte Annabell, ohne Linda in die Augen zu sehen, und verschloss die Klappe rasch wieder.

Linda wickelte das Handtuch auseinander.

»Frisch gebackener Butterblatz«, staunte sie. »Die behandeln ihre Gefangenen aber gut.«

»Ich fürchte, das täuscht«, meinte Scholten. »Das ist die Henkersmahlzeit. Lassen Sie uns an die Arbeit gehen.«

Er stand auf und schob das Bett von der Kelleröffnung.

»Machst du wieder einen deiner mysteriösen Spaziergänge?«, fragte Carmen und blickte ihre Kollegin Rhea über den Schreibtisch hinweg an.

Rhea hatte den Mantel übergeworfen und die Handtasche genommen, in der der Briefumschlag steckte. Und darin der Brief mit der Telefonnummer. Heute würde sie ihn einwerfen und dann gab es kein Zurück mehr. Vielleicht würde sie sogar an der Tür klingeln. Die Sache würde endlich zu ihrem Ende kommen. Wie auch immer das aussehen mochte.

»Bald werde ich dir erzählen, worum es geht«, sagte Rhea und verließ das Büro.

Laurenz deckte den Tisch in Eberhards Küche. Es war gegen elf, die Mahlzeit würde als zweites Frühstück durchgehen. Sie hatten das erste ausfallen lassen, weil Laurenz schon um sieben Uhr an diesem Morgen eine Frühmesse gefeiert hatte. Nach den ersten Terminen des Tages hatte er jetzt fast zwei Stunden Zeit, die er mit seinem Großvater verbringen wollte. Es kam ihm vor, als würde sich nach Eberhards Geständnis vom Abend zuvor eine ganz neue Beziehung zwischen Opa und Enkel entwickeln. Vielleicht war das auch Quatsch, dachte Laurenz, aber er empfand es so. Immer wieder sah er zwischendurch aufs Handy, aber Linda hatte nichts Neues geschrieben.

Er las ihre letzte SMS wieder und wieder und noch einmal. Nichts war daran ungewöhnlich. Und trotzdem hatte er ein seltsames Gefühl.

Sie hatte ihm zwar verboten, seinerseits zu schreiben, aber er musste es trotzdem tun.

Er überlegte kurz, dann tippte er: *Was soll ich Lauri sagen, wann du zurückkommst?*

Sollte sie darauf nicht bis Mittag antworten, würde er den Beetle nehmen und zum Hof fahren, um nach ihr zu suchen.

Es klingelte.

»Olek!«, rief der Alte. »Na, endlich.«

»Olek hat einen Schlüssel«, widersprach Laurenz. »Das ist Matthew, ich hab ihn kurz hergebeten.«

Er lief die Treppe hinab und öffnete seinem Pfarrvikar. Der Pater folgte ihm zurück nach oben in die Küche.

»Hm, Frühstück«, freute Matthew sich. »Zwar nicht wie bei Olek, aber immerhin.«

»Der kommt ja bald«, sagte Eberhard. »Jeden Augenblick steht er vor der Tür. Verlasst euch drauf.«

»Danke, dass du kommen konntest«, sagte Laurenz. »Kann sein, dass ich nachher kurzfristig wegmuss. Ich wollte mit dir besprechen, ob du mich bei dem Katechetentreffen und bei der KjG-Leiterrunde vertreten kannst, und mit dir kurz die Themen durchgehen.«

»Kann ich nicht«, erwiderte Matthew.

»Nicht?« Laurenz war irritiert. »Aber ich dachte …«

»Du musst kurzfristig weg, ja? Du suchst nach deiner Schwester, oder? Weil du Angst hast, dass ihr was passiert ist. Da lasse ich dich doch nicht alleine fahren.«

»Auf gar keinen Fall«, stimmte Eberhard zu. »Wir kommen mit.«

»Na toll.« Laurenz sah Matthew tadelnd an. Jetzt bereute er fast, dass er Matthew kurz von Lindas wahnwitziger Undercover-Mission erzählt hatte. Er hatte seinem Großvater gegenüber nämlich gar nicht erwähnen wollen, dass er sich Sorgen um Linda machte. »Sicher meldet sie sich gleich und dann hat sich das erübrigt«, sagte er deshalb beschwichtigend. »Setzt euch, wir …«

Er unterbrach sich, als das Handy in seiner Hosentasche vibrierte. Linda schrieb!

Sag Lauri, es dauert noch eine Weile. Gib ihr einen Kuss von mir.

Einen Kuss? *Ihr*? Wer immer diese SMS verfasst hatte – sie stammte nicht von Linda. Erstens würde sie so nie schreiben, zweitens wäre Lauri in ihrer Welt natürlich männlich. Kein Zweifel, er musste handeln. Zum Muttererde-Hof fahren. Oder besser – die Polizei einschalten. Das hier war eine Nummer zu groß für ihn.

Er räusperte sich und sagte: »Matthew, tut mir leid, ich muss leider wirklich jetzt los.«

»Hat Linda gerade geschrieben? In was für eine Sache seid ihr zwei da nur wieder reingeraten?«, fragte Matthew kopfschüttelnd.

»Zeig schon her, Junge!« Der Alte linste auf das Handy seines Enkels. »Lauri? So was würde Linda niemals schreiben. Ganz klar, sie ist aufgeflogen und jemand hat ihr das Telefon abgenommen. Los, Junge. Wir müssen hinfahren!«

»Nein«, widersprach Laurenz. »Jetzt ist der Zeitpunkt gekommen, an dem wir die Polizei einschalten müssen.«

»Was willst du der Polizei denn erzählen?«, fragte Eberhard. »Denkst du, die schicken wegen so einer kryptischen Nachricht das SEK los? Das müssen wir selber lösen. Das Detektivbüro Broich steht schließlich für Diskretion.«

»Seit drei Generationen«, murmelte Laurenz.

»Genau«, rief der Alte. »Ich hole meine Jacke.«

Doch Matthew legte ihm die Hand auf die Schulter und sagte: »Jemand muss das Haus bewachen, solange wir weg sind.«

Der Alte schien etwas einwenden zu wollen, doch dann fügte er sich überraschend schnell und sagte:

»Gut, das wäre wohl vernünftiger.«

»Ich fahre«, verkündete Matthew. »Mein Auto ist vollgetankt. Und steht direkt vor der Tür.«

Laurenz seufzte. Mit Matthew zum Muttererde-Hof zu fahren, schien für den Augenblick tatsächlich die klügste Option zu sein.

Es klingelte.

»Olek!«, rief Eberhard senior.

»Zum hundertsten Mal, der hat einen Schlüssel«, schimpfte Laurenz.

Gefolgt von Matthew lief Laurenz die Treppe hinab und riss die Tür auf. Das Gesicht der Frau, die draußen stand, hatte er nur ganz schemenhaft in Erinnerung, schließlich war ihre erste und bisher letzte Begegnung vor gar nicht allzu langer Zeit in einem Beichtstuhl gewesen. Trotzdem erkannte er sie. Auch an den hohen Stiefeln und dem Karorock. Sie machte einen Schritt zurück und war sichtlich irritiert über das Aufgebot, das ihr da entgegenstürmte. In der Hand hielt sie einen Briefumschlag.

»Frau Wiehl, wenn ich nicht irre?«, fragte Laurenz hastig.

»Elzner«, erdwiderte die Frau, »Rhea Elzner. Wiehl ist der Mädchenname meiner Mutter. Mein Großvater ist ...«

»Frau Elzner«, sagte Laurenz ernst, »das ist jetzt eine verrückte Situation. Seit Monaten wollte ich Ihnen endlich einmal persönlich gegenüberstehen und mit Ihnen über die Dinge reden, die vor fünfundsiebzig Jahren zwischen unseren Großvätern geschehen sind. Und jetzt stehen Sie tatsächlich hier, aber wir müssen leider sehr, sehr eilig weg. Darf ich mich bei Ihnen melden?«

»Da ... drin steht meine Nummer«, sagte sie konsterniert, drückte Laurenz den Umschlag in die Hand und sah zu, wie die beiden Priester aus dem Haus und zu einem am Straßenrand geparkten Ford Mondeo stürzten, sich wie ein Spezialkommando ins Auto warfen und mit quietschenden Reifen davonbrausten.

Das war sie doch! Konnte das sein? Olek näherte sich dem kleinen grünen Dreifensterhaus, hielt einen riesengroßen Blumenstrauß in der einen Hand und wollte gerade mit der anderen nach dem Schlüssel kramen, als er die Straße hinabblickte und die Frau im karierten Rock um die Ecke biegen sah. Ja, das musste die mysteriöse Unbekannte sein, die Lindas und Laurenz' Großvater verfolgte und die Olek vor zwei Monaten beinahe geschnappt hätte. Rasch legte er den Blumenstrauß neben der Fußmatte ab und wollte losrennen, um ihr nachzueilen. Da öffnete sich die Haustür und der Alte trat hinaus, mit Hut und Mantel. Er schwenkte den Autoschlüssel von Lindas Beetle und rief: »Sehr gutes Timing, mein Junge. Na los, wir haben keine Zeit zu verlieren.«

»Gleich hast du es hinter dir«, sagte Goran beruhigend, während Otto und er sich mit ihren Gewehren den Weg durch den Wald bahnten. »Und mach dir keine Gedanken mehr. Wenn dich deine Hand zum Bösen verführt, musst du sie abschlagen. Das ist es, was wir jetzt tun werden.«

»Ja.« Otto seufzte.

Als sie endlich vor dem Turm standen, schob Otto den Schlüssel ins Schloss und sperrte die Tür auf.

»So«, rief er hinein. »Als Erstes kommt … ach, du Sch …«

Das Innere des Turmes war leer. Otto stand wie versteinert auf der Schwelle. Goran schob sich an ihm vorbei und polterte die Treppe hinauf.

»Hier sind sie auch nicht!«, schimpfte er und kam wieder herab. »Was zur Hölle …«

Sein Blick fiel auf das Bett. Es stand an seinem Platz wie immer, aber das Kopfteil war nur angelehnt und ziemlich verbogen. Er bückte sich, packte das Bett und schleuderte es zur Seite. Darunter kam der strohbedeckte Boden zum Vorschein.

»Und jetzt?«, fragte Matthew.

Er hatte auf Laurenz' Geheiß am Straßenrand angehalten.

»Du fährst schön gemächlich weiter«, sagte Laurenz. »Nach drei- oder vierhundert Metern kommt die Einfahrt zum Landgut. Du verwickelst die Bewohner ins Gespräch, während ich mich von hinten anschleiche und schaue, ob ich Linda finde.«

»Klingt nach einem guten Plan«, meinte Matthew.

Laurenz wäre sich gern auch so sicher gewesen. Kurz legte er seinem Pfarrvikar eine Hand auf den Arm und sagte: »Ich bin wirklich dankbar, dass du das hier mit mir durchziehst. Es ist nicht ungefährlich. Ich habe keine Ahnung, wie diese Leute reagieren, wenn ein … nun ja.«

»Wenn ein Schwarzer bei ihnen auftaucht«, vollendete Matthew den Satz. »Keine Sorge, ich kenne das aus anderen Situationen zur Genüge. Ich gehe in die Höhle des Löwen, wie weiland Moses nach Ägypten hinabging, zum Pharao.«

»Okay.« Laurenz musste grinsen. »Go down, Moses. Dann kümmere ich mich derweil um die Plagen. Bis nachher.«

Er stieg aus und schlug sich ins Dickicht des Waldes.

»Und wenn tatsächlich ein Engel Gottes gekommen ist und sie gerettet hat?«, überlegte Annabell.

»Höchstens der Satan«, widersprach Svea. »Aber das glaube ich nicht. Ihr müsst irgendwas übersehen haben.«

Die beiden Frauen standen mit ihren Männern in der Küche und diskutierten über das rätselhafte Verschwinden der Gefangenen.

»Oben war alles verriegelt«, sagte Goran, seine Stimme klang ratlos. »Das Gitter vor dem Fenster war intakt, die Tür war abgeschlossen.«

»Und der Boden?«, fragte Svea. »Ich habe mich schon die ganze Zeit über gefragt, ob dieser Turm nicht eigentlich einen Keller haben müsste.«

»Du meinst, da gibt es irgendwo eine Luke im Boden? Da war nichts zu sehen«, antwortete Otto. »Wir haben natürlich nicht das Stroh zusammengefegt, um nachzuschauen ... Moment.«

Er trat ans Fenster und blickte hinaus auf den Hof. Ein alter Ford Mondeo kam im Schritttempo von der Straße her die Einfahrt heraufgefahren und hielt vor dem Haus.

»Was ist das für einer?«, entfuhr es Otto. Der Mann, der jetzt aus dem Wagen stieg, hatte schwarze Haut und trug Priesterkleidung. Er schaute sich um wie ein Tourist, der gerade einen Geheimtipp entdeckt hatte.

»Monatelang verirrt sich niemand hierher und in den letzten zwei Wochen tauchen ständig neue Leute auf. Und nun schon wieder ein Priester«, murmelte Svea.

»Du meinst, der sucht nach Caro oder dem Kaplan?«, meinte Annabell.

»Wie auch immer«, sagte Otto entschlossen, »wir müssen Scholten und Caro finden und beseitigen, bevor jemand anderes sie findet. Goran und ich gehen zurück zum Turm und untersuchen ihn nochmals gründlich. Die Sache mit dem Engel glaube ich nämlich auch nicht. Engel beschützen nur die, die es verdient haben. Und ihr Mädels nehmt unseren ungebetenen Besucher in Empfang und wimmelt ihn ab.«

Svea und Annabell nickten und tauschten einen Blick, dann setzten sie beide wie auf Knopfdruck ihr bezauberndstes Lächeln auf und traten auf den Hof hinaus, während Goran und Otto ihre Gewehre schulterten und durch den Hinterausgang und den Garten in den Wald zurückliefen.

»Nehmen wir an«, sagte Goran, »da gäbe es wirklich einen Keller und unsere beiden Gäste konnten sich Zugang dazu verschaffen. Wie erklärst du dir dann, dass wir am Boden keine Öffnung oder Tür oder sonst was gesehen haben?«

»Ist mir auch noch nicht klar«, sagte Otto. »Darum will ich mir das noch mal … Achtung, Deckung.«

Otto warf sich auf den Boden und zog Goran am Hosenbein.

»Was denn?«, fragte der und spähte umher, ließ sich aber ebenfalls nieder.

»Da drüben im Dickicht. Erkennst du ihn nicht?«

Tatsächlich. Ein Mann schien sich dort mehr oder weniger geschickt ans Haupthaus des Landguts heranschleichen zu wollen. Es war der Priester, der erst vor wenigen Tagen den Hof und die Kapelle besichtigt hatte.

»Die gehören eindeutig zusammen«, zischte Otto. »Der Kerl hier und der Schwarze. Was sollen wir tun?«

»Erst mal schnappen wir uns den hier«, flüsterte Goran.

Sie ließen den Eindringling noch ein wenig näher herankommen, dann sprangen sie auf und legten ihre Gewehre an.

Linda traute ihren Ohren nicht. Spielten ihre Sinne ihr einen Streich? Das war eindeutig die Stimme von Matthew Mutumba! Sie kauerte an der gemauerten Wand des Brunnenschachts direkt unter der Holzabdeckung, die leider weniger morsch war, als Otto sie beschrieben hatte. Sie stand auf der Sprosse einer verrosteten Leiter, Kaplan Scholten wartete ein Stück unterhalb.

Sie waren in den Keller hinabgestiegen und einem unterirdischen Gang gefolgt, der sie hierhergeführt hatte. Daraufhin waren sie nochmals in den Turm zurückgekehrt, hatten von unten her das Bett über die Kelleröffnung gezogen und dann notdürftig die Bretter wieder über dem Loch platziert, zum Schluss mit der Hand durch die letzte Ritze Stroh darüber verteilt, sodass mit etwas Glück die Luke nicht gleich zu erkennen war. Lindas Plan war, die vier Siedler durch ihr rätselhaftes Verschwinden vom Hof fortzulocken, um dann in einem günstigen Augenblick die Abdeckung des Brunnenschachts zu durchschlagen und herauszuklettern.

Jetzt aber hörte Linda wahrhaftig, wie Matthew mit Svea und Annabell sprach. Er gab sich als Tourist aus und erkundigte sich nach einem Hofladen.

Innerlich jubilierte Linda. Sie konnte sich zwar überhaupt keinen Reim auf das plötzliche Auftauchen vom Kollegen ihres Bruders machen. Aber es musste doch bedeuten, dass auch Laurenz in der Nähe war und sie bald gerettet wären.

Da hörte sie entfernt die Stimme von Goran: »Hey, Mädels. Seht mal, was wir für einen Fang gemacht haben. Der Priester von neulich.«

Linda rutschte das Herz in die Hose. Sie hörte, wie sich Schritte näherten, dann sagte Otto: »Ihr zwei Vögel gehört doch zusammen. Was wird hier gespielt? Seid ihr etwa Freunde von Paulus Scholten?«

»Was geht denn da vor?«, erkundigte sich Scholten von unten. »Was hören Sie?«

»Pst«, machte Linda.

Matthew sagte mit beschwichtigender Stimme: »Wenn wir alle vernünftig bleiben, können wir ganz in Ruhe …«

»Klappe, Bimbo!«, schimpfte Goran.

Was er dann sagte, jagte Linda einen eiskalten Schauer über den Rücken: »Wir haben genug diskutiert. In einer Stunde kommen die Kinder aus der Schule, bis dahin müssen wir die Drecksarbeit erledigt haben. Wir bringen die beiden rüber zum alten Steinbruch und machen kurzen Prozess. Danach suchen wir Caro und Scholten.«

»Gut«, sagte Otto. »Los, vorwärts.«

»Damit werden Sie niemals durchkommen«, rief Laurenz. Linda hörte das Zittern in seiner Stimme. »Es ist vorbei, sehen Sie das ein. Geben Sie auf, bevor es für Sie zu spät ist.«

»Es ist nicht zu spät«, erwiderte Svea kalt. »Es fängt gerade erst an. Los, gehen Sie. In diese Richtung.«

Schritte entfernten sich. Und dann herrschte eine schreckliche Stille.

»Die werden sie umbringen«, entfuhr es Linda.

»Wir müssen hier raus, wir müssen ihnen helfen!«

Verzweifelt hämmerte sie mit den Fäusten gegen die Holzbretter über sich, aber die rührten sich keinen Millimeter.

»Lassen Sie mich es versuchen.«

Linda stieg ein paar Sprossen nach unten. Scholten quetschte sich an ihr vorbei und drückte mit aller Kraft seinen Nacken gegen das Holz. Nichts tat sich.

»Wir müssen zurück zum Turm und das Ding von dem Bett holen«, sagte Linda, »diese Eisenstange, mit der wir …«

»Still«, sagte Scholten plötzlich. »Ein Auto!«

Linda lauschte gebannt und hörte das Motorengeräusch. Es war absolut unverkennbar.

»Das ist mein Beetle«, rief sie, kletterte wieder hoch und quetschte sich ihrerseits an Scholten vorbei.

Oben kam das Auto näher, hielt an, dann hörten sie Türenknallen.

»Hier ist niemand, Junge«, sagte eine Stimme. »Alle ausgeflogen.«

»Opa!« Linda brüllte aus Leibeskräften. »Hier sind wir! Hier unten.«

»Linda! Wo seid ihr? In dem Brunnen?«

Linda hörte, wie die Kofferraumklappe ihres Wagens aufsprang. Im Kofferraum lag neben vielen anderen praktischen Dingen stets ein Brecheisen.

Wenige Augenblicke später barsten die Holzbretter über ihren Köpfen und das Gesicht von Olek tauchte auf. Er streckte seine Hände nach Linda aus, zog sie mühelos aus dem Schacht und hätte sie eine Ewigkeit fest an sich gedrückt, wenn er nicht auch Scholten aus dem Schacht hätte helfen müssen.

»Wir müssen Hilfe holen«, rief Linda.

Doch Eberhard Broich schüttelte den Kopf und sagte: »Wir sind hier mitten in der Wildnis. Bis Polizei hier ist …«

»Wenn die uns von Düsseldorf einen Hubschrauber schicken, ist der in fünfzehn Minuten hier«, widersprach Linda, »wir müssen nur … oh, nein, verdammt! Niemand von uns hat ein Handy …«

»Doch«, sagte Olek und zog ein altes Tastenhandy aus seiner Jackentasche. »Ich hab mir heute Morgen eines gekauft.«

Laurenz mochte einfach nicht glauben, dass es so enden sollte. Alles in ihm rebellierte dagegen. Und doch gab es nichts, was ihm Hoffnung machte. Goran und Otto, Svea und Annabell hatten Matthew und ihn durch den Wald bis zu einer Lichtung geführt, die an einer schroffen Felswand endete. Ein nahezu filmreifer Ort für eine echte Hinrichtung. Sie standen Schulter an Schulter und ihre Mörder – das wären sie doch in wenigen Minuten? – standen ihnen gegenüber und jeder von ihnen trug jetzt ein Gewehr.

»Wenn Sie an Ihre Kinder denken …«, setzte Laurenz nochmals an. Er klammerte sich an den Gedanken, dass er einfach weiterreden, sie in eine Diskussion verwickeln, sie verunsichern musste.

»Klappe«, sagte Goran wieder. »Das hat deine Schwester auch schon versucht. Ist sie doch, oder? Wenn man genau hinschaut, sieht man es.«

»Was habt ihr mit ihr gemacht?«, rief Laurenz.

»Klappe!«, herrschte Goran ihn an, dann sah er zu seinen Leuten und sagte: »Wir müssen es einfach tun. Irgendwann ist immer das erste Mal. Wir haben viel vom kommenden Bürgerkrieg gesprochen – heute hat er begonnen.«

Da erklang plötzlich ein Lied. Laurenz glaubte für einen Moment, es sei nur in seinem Kopf. Doch die tiefe Stimme gehörte Matthew.

»Du sei bei uns, in unsrer Mitte«, sang er. Langsam und getragen. »Sei du bei uns, Gott.«

Nur diese beiden Verse, immer wieder.

Annabell senkte zögernd den Lauf ihres Gewehrs und sah die anderen unsicher an.

»Hör auf, du Affe!«, brüllte Goran. »Halt dein Maul.«

Matthew sang lauter.

Und plötzlich mischte sich ein anderes Geräusch in die Melodie.

Ein Hubschrauber. Schon war er zu sehen, kam näher und tiefer.

Aus einem Megafon rief jemand: »Polizei! Lassen Sie die Waffen fallen.«

Und noch jemand rief etwas, die Stimme kam nicht von oben, sondern aus dem Wald da drüben.

»Gebt auf, es ist aus!«

Linda! Laurenz sah seine Schwester näherkommen und bei ihr Paul Scholten.

Goran, Otto, Annabell und Svea wirbelten herum. Der Hubschrauber setzte zur Landung an.

»Seht es ein«, rief Linda gegen den Lärm, »ihr könnt nichts mehr machen. Werft die Gewehre weg.«

Otto stieß einen Fluch aus und schleuderte sein Gewehr ins Farnkraut. Annabell tat es ihm gleich, Goran zögerte.

Da hob Svea ihr Gewehr und legte auf Linda an. Spucke flog aus ihrem Mund, als sie schrie: »Das ist alles dein Werk, du Satansbraut.«

Dann krachte der Schuss und die Felswand warf ihn zurück, sodass man im Augenblick gar nicht hätte sagen können, von wo er eigentlich gekommen war. Und ebenso wenig hätte Laurenz sagen können, wie

Paul Scholten es angestellt hatte, sich genau in dieser Sekunde schützend vor Linda zu werfen. Mit einem Schrei brach er zusammen. Im nächsten Moment wimmelte die Lichtung von schwer bewaffneten und gepanzerten Polizisten. Laurenz hatte das Gefühl, ihm würden die Beine wegsacken, doch schließlich gehorchten sie seinem Befehl doch und er rannte auf seine Schwester zu, die auf dem feuchten Boden kauerte und Scholtens Kopf in ihrem Schoß hielt, als wäre sie eine Pieta.

»Laurenz Broich«, flüsterte Scholten. »Es war mir eine Ehre.«

Ein feiner dünner Blutsfaden rann aus seinem Mundwinkel.

Er lächelte.

10

Freitag, 1. Dezember

Auf dem Adventskranz brannte die erste Kerze.
Zwei Tage zu früh. Sie brannte für Paul Scholten, der noch auf dem Weg ins Krankenhaus an seiner Schussverletzung gestorben war.

Der Kranz stand auf dem Fliesentisch im Pfarrhaus und drumherum saßen Laurenz, Matthew, Linda, Olek und Eberhard senior.

Es war Mittag und alle gemeinsam konnten zum ersten Mal richtig aufatmen, nachdem sie am Tag zuvor die restliche Zeit auf einem Polizeirevier verbracht hatten, um ihre Aussagen zu machen. Am Morgen waren Marc Wagner und Georg Hedwein dagewesen, Laurenz und Linda hatten berichtet und sie hatten zusammen für Paul Scholten gebetet. Auch Linda.

Otto und Annabell, Goran und Svea wurden vermutlich gerade in diesem Moment dem Haftrichter vorgeführt. Noch am gestrigen Nachmittag hatte das Jugendamt Cajetan und Monica, Freya, Brandolf und Alhard in Obhut genommen. Keine schönen Aussichten für Kinder, noch dazu kurz vor Weihnachten, fand Laurenz, aber inzwischen hatte er gelernt, dass echte Detektivgeschichten im Grunde niemals ein Happy End fanden, das ging einfach nicht, es lag in der Natur der Sache. Auch gab es nicht auf alle Fragen eine Antwort, denn ob sich tatsächlich sogleich die Schweizer Behörden in Bewegung gesetzt hatten, um den Waffenhändler Jacquet dingfest zu machen, würden sie womöglich nie erfahren. Trotzdem war Laurenz froh. Vor allem, wenn er die verliebten Blicke registrierte, die Linda und Olek tauschten. Es brauchte bekanntlich ein ganzes Dorf, um ein Kind großzuziehen. Diese skurrile Runde hier am Fliesentisch war zwar kein Dorf, aber ein guter Anfang, fand Laurenz.

Nur der alte Eberhard rutschte unruhig auf dem Sofa hin und her und schaute alle fünf Sekunden auf die Uhr.

Endlich klingelte es. Der Alte warf unwillkürlich Olek einen Blick zu. Doch der hatte ja einen Schlüssel, außerdem saß er hier im Sessel. Eine andere vermisste Person stand draußen. Laurenz ging zur Tür und führte gleich darauf Rhea Elzner und deren Großvater Theodor Wiehl ins Zimmer.

Eberhard senior erhob sich und seine Augen bekamen einen feuchten Schimmer.

Laurenz sah die beiden alten Männer an und sagte: »Nebenan ist ein kleiner Besprechungsraum, da könnt ihr euch zurückziehen und erst mal alleine reden. Später unterhalten wir uns alle gemeinsam.«

Er zeigte ihnen den Raum, dann kehrte er ins Wohnzimmer zurück.

»Mit einem so großen Empfangskomitee habe ich nicht gerechnet«, sagte Rhea mit einem Blick in die Runde.

Matthew antwortete: »Manchmal braucht man ein ganzes Dorf, um sich mit der Vergangenheit zu versöhnen.«

»Ha«, machte Laurenz, »ist das denn jetzt wirklich ein echtes afrikanisches Sprichwort?«

»Habe ich mir gerade ausgedacht. Aber klingt doch gut, oder?«

Laurenz Broich ermittelt weiter ...

Leseprobe

Magnus Mahlmann

Und sie will sich nicht trösten lassen

Ein Fall für Laurenz Broich

ISBN 978-3-7510-1244-7

Ab Sommer 2021
im Buchhandel erhältlich.

J.P. BACHEM KRIMI

1

Dienstag, 15. Juni

Er war es ja eigentlich längst gewohnt, in fragende Gesichter zu blicken, da der Priesterberuf anscheinend immer exotischer wirkte. Zumindest außerhalb der katholischen Kirche. Hier aber befand er sich im Nachbarschaftsladen, den die Pfarrgemeinde Maria Magdalena als sozialen Treffpunkt zwischen den Hochhausblocks der Mauspfad-Siedlung betrieb. Ihm gegenüber saßen Birte Molzhagen, Kirchenvorstandsmitglied und zugleich Vorsitzende des Laden-Vereins, und Jola Bialek, die seit ein paar Monaten als Sozialarbeiterin angestellt war und sich hauptsächlich um Jugendliche ohne Schulabschluss kümmerte.

Jola Bialek war klein und schmal, geradezu zierlich und es überraschte ihn fast jedes Mal, wenn sie ihre tiefe Reibeisenstimme erhob.

„Herr Pfarrer Broich", begann sie.

„Broich", warf Laurenz rasch ein, „Broich reicht, lassen Sie den Pfarrer einfach weg."

„Herr Broich. Ich bin seit fast zwanzig Jahren in dem Job und habe schon für vier verschiedene katholische Träger gearbeitet. Und ich weiß das echt zu schätzen, wenn Leute wie Sie, ich meine: Priester, sich für die Basisarbeit interessieren, die wir in der Jugendhilfe so leisten. Echt, Herr Pfa …, Herr Broich, das find ich ganz, ganz super. Aber was Sie vorschlagen, geht vielleicht ein bisschen übers Ziel hinaus."

Laurenz holte Luft, um etwas zu entgegnen, doch

an seiner Stelle sagte Birte: „Man muss wissen, dass Herr Broich davor Gefängnisseelsorger war. Er kommt durchaus mit Menschen klar, die eher am Rande der Gesellschaft stehen."

„Ich will doch gar nicht sagen, dass Sie das nicht könnten", sagte Jola Bialek in Laurenz' Richtung. „Mir geht es vor allem um Verlässlichkeit. Ich finde es toll, dass Sie sich für die Jugendlichen interessieren und mit ihnen Gespräche führen wollen. Aber das kann man dann nicht bloß ein- oder zweimal machen. So ein Angebot muss kontinuierlich sein. Die meisten jungen Leute, mit denen wir es zu tun haben, kennen von zu Hause aus kaum Verbindlichkeit oder Struktur. Sie sind es gewohnt, hin und her geschoben zu werden und haben internalisiert, dass sich eigentlich niemand wirklich für sie interessiert."

„Aber genau das ist ja meine Absicht", beharrte Laurenz. „Mein Auftrag, meine Berufung. Ich möchte einfach mehr für die Menschen da sein, die von sich aus keinen Kontakt zur Kirche suchen. Für die Menschen, zu denen Jesus auch hingehen würde."

Es wurmte ihn, dass er hier saß und beinahe um etwas bettelte, was er doch im Grunde auch hätte anordnen können, schließlich war er leitender Pfarrer. Doch irgendwie war das auch ein Jahr nach seinem Wechsel aus dem Knast hierher ins rechtsrheinische Kölner Magdalenen-Veedel auch bei ihm selbst noch nicht richtig angekommen. Ein Grund dafür konnte ebenfalls gewesen sein, dass der Kardinal ihn damals nicht irgendwohin versetzt hatte, sondern ausgerechnet in seine Heimatgemeinde, wo nur ein paar Straßen vom Pfarrhaus entfernt sein Elternhaus lag, in dem sein Opa lebte und seine Schwester Linda in dritter Generation das Familienunternehmen weiterführte: das Detektivbüro Broich.

„Und außerdem", fuhr die Sozialarbeiterin fort, „bitte verstehen Sie das nicht falsch, Herr Broich, ein weiteres Thema ist Vertraulichkeit. Gerade die jungen Frauen wollen lieber mit einer weiblichen Bezugsperson sprechen, weil ..."

Ein lautes Pochen. Jemand wummerte gegen die Tür. Der Laden öffnete täglich um zehn, jetzt gerade war es kurz vor neun. Aber der verzweifelte Ausdruck im bleichen Gesicht des etwa achtzehnjährigen Mädchens, das draußen stand und durch die von Kinderhänden buntbemalten Glasscheiben sah, ließ offenbar keinen Aufschub zu.

„Wenn man vom Teufel spricht", murmelte Jola. „Sorry, ich glaub, ich muss mal kurz."

„Ja, bitte, nur zu", sagte Laurenz.

Die Sozialarbeiterin stand auf und öffnete die Tür.

„Charyl, Mensch, was ist los? Komm rein, ich hab mir schon Sorgen gemacht, weil ich dich seit Wochen nicht gesehen habe."

Das Mädchen stürzte herein, schien kurz verunsichert aufgrund der Anwesenheit von Laurenz und Birte, doch dann platze es aus ihr heraus: „Mein Baby ist weg!"

Jola schloss die Tür und fragte sichtlich irritiert: „Welches Baby?"

„Meins. Ich ... hab sie Jenna genannt. Ich hab sie vorgestern geboren und ..." Charyl brach in bittere Tränen aus.

Jola schaute das Mädchen konsterniert an. Dann nahm sie sie in den Arm und sagte: „Du hast ein Baby, Charyl? Du warst schwanger? Und hast das die ganze Zeit verheimlicht? Komm, lass uns mal nach hinten ins Gesprächszimmer gehen, dann kannst du mir in Ruhe alles erzählen."

Charyl befreite sich aus der Umarmung, sah Laurenz an und sagte: „Ich weiß, wer Sie sind. Sie sind der Pastor, oder? Ich … muss was beichten, ich glaub, ich hab was ganz Schlimmes gemacht. Ich hab Jenna weggegeben, weil ich dachte, ich kann doch kein Baby großziehen, gerade jetzt, wo ich die Chance auf eine Ausbildungsstelle habe. Ich hab sie zur Babyklappe gebracht. Aber das hätte ich nie tun dürfen! Und heute Morgen ist mir das auch klar geworden, dass ich Jenna unbedingt behalten will, ganz egal, was mit dem Job wird, sie ist doch mein Baby! Und da bin ich zur Klinik gefahren und wollte sie zurückholen, aber da haben sie gesagt …" Charyl schluchzte herzzerreißend auf. „Da haben sie gesagt, sie wissen von nichts. Sie haben gesagt, da hätte überhaupt gar kein Baby in der Klappe gelegen, schon seit Monaten nicht."

Wieder brach sie in Tränen aus.

„Komm", sagte Jola bestimmt und bugsierte das Mädchen in den hinteren Teil des Ladens zu dem separaten Raum, wo die Beratungsgespräche stattfanden.

Laurenz sah den beiden nach. Er hatte mal irgendwo gelesen, dass es so etwas gab – dass Frauen eine Schwangerschaft bis zur Geburt sogar vor ihrem engsten Umfeld verheimlichen und niemandem etwas auffällt. Trotzdem kam es ihm unglaublich vor. Charyl war nicht schlank, aber auch nicht dick, sie trug eine Jogginghose und ein ausgeleiertes Sweatshirt und dennoch schien es ihm kaum vorstellbar, dass man darunter einen Babybauch verstecken konnte. Er musste an seine Schwester Linda denken, die gerade in neunten Monat war, in wenigen Tagen würde er Onkel werden. Die riesige Kugel, die sie vor sich herschob, ließ sich ganz sicher nicht kaschieren. Aber Charyl hatte das offensichtlich gekonnt.

Er wechselte einen Blick mit Birte und sie flüsterte: „Was für eine fürchterliche Geschichte. Bahnt sich da vielleicht ein neuer Fall für deine Schwester an? Und womöglich für dich?"

Laurenz seufzte tief. Das war so ziemlich das Allerletzte, was er von diesem Besuch im Nachbarschaftsladen erwartet hatte. Und davon ganz abgesehen – wenn es eine Konstellation gab, mit der Linda sich unter keinen Umständen jetzt befassen sollte, ging es ihm durch den Kopf, dann mit dem Fall eines vermissten Neugeborenen.

Linda saß auf dem Beifahrersitz ihres alten Beetles, legte beide Hände auf ihren großen runden Bauch und spürte, wie eine kleine Ferse von innen dagegen drückte, als wäre das eine Art von Kommunikation. Sie wusste nicht wirklich, ob das jetzt die Ferse war oder irgendein anderes Körperteil, aber irgendwas vom Fuß oder Knie musste das wohl sein, denn Betül hatte gesagt, dass der Kopf schon mehr oder minder startklar unten im Becken saß.

Olek lenkte mit einer Hand den Wagen durch die schmalen Gassen und legte die andere Hand ebenfalls auf Lindas Bauch.

„Beweg dich, reg dich, wiege dich", sagte Olek zärtlich, was ein kleines bisschen komisch wirkte. Nicht nur, weil man aus dem Mund dieses riesenhaften, muskelbepackten Mannes keine poetischen Worte erwarten würde. Sondern auch, weil er, der Ex-Knacki ohne Schulabschluss, erst seit letztem Herbst die Abendschule besuchte und inzwischen begeistert die Bücher der Literaturnobelpreisträgerin Olga Tokarczuk las, aus denen er bei jeder Gelegenheit zitierte.

Gerade waren sie zur Vorsorgeuntersuchung bei Betül gewesen, Lindas Hebamme. Der errechnete Geburtstermin stand schon nächste Woche fett im Kalender markiert und Betül hatte nochmals erklärt, dass es bloß eine Mär sei, dass „die ersten Kinder" meistens später als errechnet auf die Welt kämen. Von Linda aus durfte es losgehen, sie hatte keine Lust mehr aufs Schwangersein, neun Monate reichten völlig. Der Anschnallgurt drückte unangenehm am Bauch und überhaupt fühlte sie sich absolut unbeweglich, der Rücken tat weh, die Beine schwollen manchmal an und all das war in einem Beruf, bei dem man sich oftmals wieselflink oder auch nur halbwegs unauffällig verhalten musste, nicht eben hilfreich.

Doch als sie jetzt in ihre Straße einbogen, wünschte sie sich urplötzlich doch noch etwas mehr Zeit. Denn vor dem alten grünen, typisch kölnischen Dreifensterhaus hielt gerade ein Taxi, aus dem Koffer ausgeladen wurden.

Linda tat einen tiefen Seufzer. Die Herausforderung, Mutter zu werden, war ja schon groß genug. Jetzt musste sie außerdem gleichzeitig wieder Tochter sein. Tochter stolzer Eltern beziehungsweise noch stolzerer Bald-schon-Großeltern sowie im Ruhestand lebender Ex-Detektive, die es sich in den Kopf gesetzt hatten, ihren mallorquinischen Alterssitz gegen eine Elternzeitvertretung im kölnischen Familienbetrieb einzutauschen. Jedenfalls für ein paar Wochen.

Am liebsten hätte Linda Olek gebeten, das Gaspedal durchzutreten und weiterzufahren, aus der Stadt hinaus und irgendwohin, ans Meer vielleicht, wo sie in aller Ruhe das Baby kriegen könnte. Aber sie wusste gar nicht, wie das geht – also ans Meer fahren, eine

Auszeit nehmen, sie hatte seit Jahren keinen Urlaub gemacht, denn Detektivin sein war ein Twenty-four-seven-Job. Muttersein fraglos auch, sie würde beides miteinander verknüpfen müssen, irgendwie, zumindest für die nächsten rund zwanzig Jahre, am besten sie fing gleich damit an.

Wieder seufzte sie und sah, wie ihre Mutter und ihr Vater dem Taxisfahrer winkten. Das Taxi fuhr los und ließ direkt vor dem Haus die perfekte Parklücke frei, die Olek jetzt ansteuerte. Und noch einmal seufzte Linda und fügte sich ins Unvermeidliche.

Mord im Veedel:
Pfarrer Laurenz Broich ermittelt

Der ehemalige Gefängnispfarrer Laurenz Broich stolpert – eher unfreiwillig – in seine erste Ermittlung. Kaum angekommen als neuer Pastor in seinem Kölner Heimatveedel, überschlagen sich die Ereignisse und Broich muss Schwester Linda, die das elterliche Detektivbüro leitet, unter die Arme greifen …

Ein Regionalkrimi mit Charme und authentischen Charakteren, der beste Unterhaltung bis zum Schluss verspricht!

„Die Stärke des Romans ist seine Nähe zur Realität."

Robert Boecker,
Chefredakteur
Kirchenzeitung Köln

Magnus Mahlmann
Was die Gottlosen planen
Der erste Fall für Laurenz Broich
240 Seiten
ISBN 978-3-7616-3271-0
12 Euro

Blutige Schatten
der Vergangenheit

Auf den Spuren vergangener Zeiten taucht
Pfarrer Laurenz Broich tief in das dunkle
Kölner Milieu der Nachkriegszeit ein, denn
immer wiederkehrende Blutflecke an der
Wand holen den längst vergessenen Mordfall
einer jungen Frau ans Licht, der nie
aufgeklärt wurde …

Auch der zweite Fall der Regionalkrimi-Reihe
weiß mit Witz und Spannung zu unterhalten.
Aufregende Lesestunden garantiert!

**„So liebevoll wie auch humorvoll werden
die einzelnen Charaktere in Szene gesetzt.
Und ein Pfarrer als Hobbydetektiv verspricht
beste Unterhaltung"**

Stephan Eppinger über „Was die Gottlosen planen"
Westdeutsche Zeitung

Magnus Mahlmann
**Und sie sollen von
seinem Blut nehmen**
Ein Fall für Laurenz Broich
240 Seiten
ISBN 978-3-7616-3339-0
12 Euro

Ein Blick zurück

Tauchen Sie ein in die beliebten Szenen rund um die Protagonisten, so wie wir sie und ihr Umfeld in den letzten zwei Kriminalfällen kennengelernt haben.

St. Magdalena

„Rumpelnd verließ die Bahn den Untergrund, zog ihre Kreise und schleppte sich die Brücke empor, um den Rhein zu queren und am anderen Ufer wieder ins Dunkel einzutauchen. Schäl Sick, die »falsche Seite«, nennen die Kölner den rechtsrheinischen Teil ihrer Stadt, irgendwie noch Köln und irgendwie auch schon nicht mehr. Hier lag seine alte Heimat, sein künftiger Sprengel.

Das riesige Gemeindegebiet von St. Magdalena umfasste gegensätzliche Orte wie den historischen Ortskern rund um die Kirche, wo er aufgewachsen war, ein desolates Hochhausghetto, offiziell Mauspfad-Siedlung genannt, und am Seidenweg das Reichenviertel mit seinen ausladenden Bungalows inmitten von üppigem Grün, dazwischen die eintönigen Reihenhäuser mit Gartenzwergen vor der Tür.

Am Schnittpunkt all dessen, an der Haltestelle Mitscherlichstraße, stieg er aus, wie er schon hunderte, tausende Male als Kind und Jugendlicher ausgestiegen war. Hinter den Dächern der umliegenden Häuser ragte der Kirchturm von St. Magdalena auf, neugotischer Backstein, die kupferne Spitze war mit grünlicher Patina überzogen. "

aus: Was die Gottlosen planen

Pfarrer Laurenz Broich, unfreiwillig Detektiv

„*Laurenz glotzte seinen schwarz schimmernden Bildschirm an – der Computer war nicht eingeschaltet, das war er fast nie – und betrachtete sein Spiegelbild. Schmales Gesicht, lichter werdendes dunkles Haar, die kleinen runden Brillengläser unterstrichen seinen intellektuellen Habitus. Sollten sie jedenfalls. Eigentlich ließen sie ihn bloß noch introvertierter wirken, als er ohnehin schon war. Und dieses alte, schlabberige T-Shirt. Er hatte ja nicht einmal etwas Passendes anzuziehen, um Pastor zu sein!*"*
aus: Was die Gottlosen planen

„*Verdammt. Warum hatte er sich das so einfach vorgestellt? Er hätte Linda fragen sollen, wie sie in solchen Fällen vorging. Ganz bestimmt gab es da bewährte Techniken und Strategien, die ihm natürlich fremd waren. Wenn er im beruflichen Kontext knifflige Telefonate zu führen hatte, meldete er sich bisweilen mit Namen und Titel. Das Wort Pfarrer schien immer wieder Türen zu öffnen, die anderen verschlossen blieben. Trotz der Säkularisierung und all der Krisen und Skandale rund um die Kirche schienen Priester bei vielen Menschen noch immer einen Vertrauensbonus zu besitzen. Aber in dieser Sache, die mit seiner priesterlichen Aufgabe rein gar nichts zu tun hatte, wäre ihm ein solcher Auftritt unredlich vorgekommen. Wobei – im Grunde tat er doch bloß seine Arbeit …*"*
aus: Und sie sollen von seinem Blut nehmen

Detektivin Linda Broich, Laurenz' Schwester

„... die Frau mit der alten Lederjacke über dem roten Tank Top und dem kleinen Piercing im Nasenflügel war niemand anders als seine Schwester Linda ..."
aus: Was die Gottlosen planen

„Hier in diesem Haus war Linda mit ihrem älteren Bruder Laurenz aufgewachsen, hatte sich als Kind unter diesem wuchtigen Schreibtisch versteckt, während Großvater Eberhard, Gründer der Detektei Broich, über seinen Recherchen oder Berichten brütete. Hatte später ihren Eltern über die Schulter geschaut, nachdem diese das Unternehmen übernommen hatten, während Laurenz oben in seinem Zimmer hockte und theologische Bücher las. Oder mit der Katholischen jungen Gemeinde auf Ferienfahrt ging. Und heute saß sie selber hier, führte die Familientradition fort und stapelte ihre Papierberge in den Regalen, auf dem Sofa, dem Couchtisch auf."
aus: Und sie sollen von seinem Blut nehmen

Opa Eberhard Broich, Gründer der Familiendetektei

„Sein Großvater Eberhard Broich senior hatte in den späten Fünfzigerjahren die Detektei gegründet und dieses schon damals ziemlich in die Jahre gekommene, typisch rheinische Dreifensterhaus mit dem zeitlosen grünen Anstrich erworben. Im Parterre lag wie ehedem das Büro. Im ersten Stock und im Dachgeschoss waren Laurenz und Linda aufgewachsen, ihre Eltern hatten

die Detektei übernommen und rund dreißig Jahre lang geführt. Vor ein paar Jahren dann hatten sich Brigitte und Eberhard junior zur Ruhe gesetzt und waren nach Mallorca gezogen. Seither führte Linda die Geschäfte. Die WG aus Großvater und Enkelin schien einigermaßen zu funktionieren, wenn auch der Alte regelmäßig die angeheuerten Haushaltshilfen vergraulte."

aus: Was die Gottlosen planen

„»Na, auf dem Weg zu einem kleinen Mittagsspaziergang?«, fragte Laurenz. »Oder bist du in einem kniffligen Fall unterwegs?«

»Letzteres natürlich, mein lieber Enkel. Aber du darfst mich trotzdem begleiten, wenn du möchtest. Solange du dich ganz diskret verhältst. Gestern habe ich am Rhein den Schiffsverkehr beobachtet. Und gerade eben hat Olek mir gesteckt, dass es drüben am Büdchen nicht mit rechten Dingen zugeht. Angeblich tauschen Geheimagenten dort irgendwelche verschlüsselten Papiere miteinander aus, indem sie so tun, als würden sie Zeitungen kaufen.«

»Das muss ich mir unbedingt ansehen«, sagte Laurenz.

Eberhard hakte sich bei seinem Enkel ein und sie setzten sich in Bewegung.

»Ich weiß übrigens schon, dass Olek und Linda sich jeden Tag eine andere Story für mich ausdenken, damit ich an die frische Luft komme«, sagte der Alte. »Die denken wohl, sie könnten mich an der Spürnase herumführen.« Er zwinkerte und tippte sich mit dem Finger gegen den Nasenflügel."

aus: Und sie sollen von seinem Blut nehmen

Ex-Sträfling Olek, Bodyguard und Mädchen für alles

„Olek Mazur war einer von Laurenz' Schützlingen gewesen, damals in der JVA. Er war etwa zum selben Zeitpunkt entlassen worden wie Laurenz – das heißt: Die Justiz hatte Olek aus der Haft entlassen und der Erzbischof hatte Laurenz versetzt. Aber für die beiden ungleichen Männer hatte es sich durchaus ähnlich angefühlt, denn beiden war das neue Draußen-Sein anfangs recht unbehaglich gewesen. Nun bewohnte Olek seit gut zwei Monaten das Gästezimmer in Laurenz' Pfarrhaus und wurde von den Geschwistern als Haushaltshilfe für deren Großvater, den hochbetagten Eberhard Broich senior beschäftigt. Was Olek zum Anlass nahm, auch Laurenz und Linda bestmöglich zu umsorgen."
aus: Und sie sollen von seinem Blut nehmen

„»Woher kann Olek eigentlich so gut kochen?«, fragte Linda. »Du kennst doch sicher seine Knastakte, oder? Und warum kann er auch noch tapezieren und all diese Dinge?«

»Frag ihn selber«, brummte Laurenz mit vollem Mund. »Und frag ihn bitte auch, wie er sich künftig seine Woche einteilen will. Er hat heute vom Frühstück bis zum Abendessen drei Haushalte gemanagt – Opas, deinen und meinen. Vermutlich will er uns allen nachher auch noch eine Gutenachtgeschichte vorlesen oder sowas. Da kommt er locker auf eine Neunzigstundenwoche. Das können wir weder bezahlen, noch ist das moralisch.«

Die beiden Geschwister saßen in der kleinen Küche von Lindas Mansardenwohnung und ließen sich ein köstliches Kartoffelgericht schmecken, dessen Namen sie weder aussprechen noch überhaupt behalten konnten."
aus: Was die Gottlosen planen

Pater Matthew Mutumba, Laurenz' Pfarr-Kollege

„»Pater Matthew Mutumba ist zurzeit Pfarrverweser«, hatte Marc noch erklärt, »seit der alte Prälat Sondershausen verstorben ist. Der arme Pater Matthew zählt die Tage, bis ein neuer Pfarrer kommt und er die Leitung abgeben kann. Vielleicht besuchst du ihn demnächst mal.«

»Mach mir keine Angst«, brummte er und leerte sein Glas.

»Niemals«, beteuerte Matthew. »Angst ist der Pfad zur dunklen Seite, so sagt ein altes afrikanisches Stichwort.«

»Afrikanisch? Ich könnte schwören, das wäre von Meister Yoda aus Star Wars.«

»Vielleicht hat George Lucas das geklaut«, grinste Matthew.

»Tja, Familie«, sagte Matthew und nahm Laurenz das leere Glas aus der Hand. »Das ist ein weites Feld, wie man bei uns in Afrika sagt.«

»Unsinn!« Laurenz musste lachen. »Das ist von Theodor Fontane. Aus Effi Briest.«

Matthew füllte das Glas erneut, reichte es Laurenz und goss sich dann ebenfalls eins ein.

»Diese Schriftsteller klauen doch alle wie die Raben.«

Matthew hob sein Glas. »Eine andere afrikanische Redewendung lautet: Das ist der Beginn einer wunderbaren Freundschaft.«

»Nein«, lachte Laurenz und hob ebenfalls sein Glas.

»Der Satz stammt aus dem Film Casablanca.«

»Liegt das nicht in Afrika?«, entgegnete Matthew. »Cheers.«"

aus: Und sie sollen von seinem Blut nehmen